U0599837

血色分队

周沫然 著

吉林文史出版社

图书在版编目（ＣＩＰ）数据

血色分队 / 周沫然著.-- 长春：吉林文史出版社，
2016.7
ISBN 978-7-5472-3301-6

Ⅰ.①血… Ⅱ.①周… Ⅲ.①长篇小说－中国－当代
Ⅳ.①I247.5

中国版本图书馆 CIP 数据核字(2016)第 186465 号

书　　名：血色分队
作　　者：周沫然
责任编辑：钟杉　陈昊
出版发行：吉林文史出版社
印　　刷：廊坊市海涛印刷有限公司
版　　次：2018 年 5 月第 1 版
　　　　　2018 年 5 月第 1 次印刷
开　　本：880×1230　　1/32　　印张：10
字　　数：280 千字
定　　价：40.00 元

地　　址：长春市人民大街 4646 号
电　　话：0431—86037451（发行部）
网　　址：www.jlws.com.cn

目　录

第一章 神枪手的命运

一九三九年五月，鲁西平原、定县以西一百三十里，一个没有名字的坡地上。

临近夏季，一股子燥热正侵袭着整个鲁西平原，各处的山坡上、密林中，露水总会凝结起来，在遇见轻微的晃动时落下，几乎每根树枝上都结出了几滴露水，这些枝叶繁错交杂地生长着，如同密布在阵地上的导火线，静静等待能够引燃它们的火源。

时间正一分一秒地流逝，树枝上的露珠凝结得越来越大，却总也掉不下去，两支枪杆就这样静静地混杂在树枝中，任凭露水凝结也纹丝不动，仿佛这只是两根树枝。

一双乌黑的眼睛正透过长枪的瞄准镜死死盯着山坡下面那条小路，枪手的名字叫王翰，身上覆盖着草编的伪装，花白的头发与枝叶混杂在了一处。在他的身旁是徒弟周长川，这是一个体形纤长面容俊朗的年轻人，两人遵照团长的指示，已经在这里潜伏了两天，但是要等的人一直没有出现。

周长川将困乏到极致的肩膀稍稍向前靠了靠，以便能够顶住枪托，可是他细微的动作还是将枪杆上的露水震落了下来。

"长川，你不该乱动，在狙击手眼里，没有露水的枝干那就是枪，难道你不明白吗？"王翰用极低的声音说道。

周长川扭过头笑了笑，压低了声音说："师傅，您太紧张了，咱们已经这样趴了两天了，如果不活动一下，身体就要僵硬了，有时候我真以为您已经睡着了，竟然毫无动静，其实我还是觉得应该多带点儿人来，直接歼灭所有鬼子岂不是更好。"

"我们这次对付的是鬼子的王牌狙击手，狙击手都有着鹰一般的眼睛，如果人太多，他会察觉的。今天是执行任务的第三天早晨大约七点，你再重复一下任务内容。"

"是，根据军区的情报以及团长的指示，日军运送特种弹药以及护送特别人员的小队近日将路过县城西面的山间小路，目的地是定县。我们的目标是小队核心人物，什么川的日本狙击手。"

"他叫芥川宇，样貌不详，是日军华北方面军步兵独立十二联队里的头号狙击手，他在北面战场完成任务，运输特种弹药归队，为避免与我独立团遭遇，很可能选择小路行进，这是我们目前得到的所有情报，我们的任务就是击毙芥川宇，然后迅速撤离。"

"那万一他们不走这条路怎么办？"

"这里是敌后，我们没有能力守住每一条路，只能靠经验选择这条最有可能的小路，无论如何，我们都不能放弃任何一个微小的可能！"

"师傅，这个芥川宇我们不知道样貌，如何在几十人的队伍中认出来？"

　　"既然是头号狙击手，地位必然可敬，鬼子比较注重军阶地位，他很可能走在队伍最显眼的地方。另外我估摸他的配枪应该是九七式狙击步枪，跟我这把枪一样，不过鬼子现在用的是四倍光学瞄准镜，比起我的二点五倍瞄准镜更加精准，这种枪最大射程接近八百米，而且枪口的火光和白烟很微弱，不容易找到对方的藏匿点，相比起我们平时用的土枪和步枪要先进很多，明白吗？我们必须干掉这个王牌狙击手，不然会给我们的同志带来更多的牺牲。"

　　午后的燥热让人昏昏欲睡，晌午刚过，王翰轻轻地擦了擦额头上的汗水，伸腿碰了一下周长川说："长川，观察前方十点钟方向的树林，有轻微异动。"

　　几乎昏睡过去的周长川被踢醒，连忙揉了揉眼睛拿起望远镜向远处看去。在茂密繁稠的树林里，影影绰绰显现出人影来，从树枝缝隙有规律的闪现来看，这是一支训练有素的队伍。周长川连忙舔了舔手指放在空中感觉了一下说："师傅，今天天气很好，西风，风速微弱，咱们可以指哪儿打哪儿。"

　　王翰默默点了点头，聚精会神地瞄向山下。

　　大约十几分钟后，一小队人已经毫无遮挡地出现在了山间小路。

　　"师傅！"周长川仔细看着小路的动静，眉头紧锁道："这些鬼子太狡猾了，他们穿的是老百姓衣服，没有军装无法分辨军阶，每人都背着竹篓，肯定装的是枪和弹药！"

　　丛林小路上，一队人依次有序地前行，为首的是一个大胡子，他是队伍的领队，职位曹长，为了顺利抵达日军占领区域，一行十七人，伪装行进数十公里无人察觉，沿途遇见采药与砍柴的山民便会将其杀害以隐蔽身份，他们最主要的任务就是确保一个人的安全，这个人便是军中的王牌狙击手芥川宇。而此时的芥川宇，正走在队伍的最末尾。

"师傅，从他们的队形以及步伐来看肯定是军人，他们还背着竹篓子，里面应该都是弹药和枪械，为首的是个大胡子，目光有些呆滞，看来不像个狙击手，后面那几个人有点儿可疑，队伍最后面是个小个子，带个草帽，看起来也不像，倒像个通讯员。"周长川举着望远镜小声汇报着。

王翰死死盯着山下的队伍，用瞄准镜很快地掠过每一张脸，可是依然无法判断出目标芥川宇。

此时的芥川宇也正撩高了草帽四处查看着地形，在他眼里，每一处的细微动静都不会被漏过，因为无论是作为狙击手还是面对狙击手，漏过任何细节都可能是致命的。

这时队伍中间的一名士兵回头略带挑衅地说："芥川少尉，你可是联队长身边的红人，为什么不走在最前面，以显出你高贵的、无可比拟的身份呢？"

芥川宇体会出其中的嘲讽，不由得露出一排牙笑道："伊藤君，我之所以走在后面有两个原因，第一是我这样的身材走在前排会有损我大日本皇军的威严……"

队伍里顿时爆出一阵嘲笑声，芥川宇不屑地继续说道："第二个原因，是因为一旦遇见敌人伏击，我可以根据你们中弹的方位迅速判断敌人的位置，以便帮你们报仇。"

队伍中顿时不再有任何笑声，为首的曹长略感晦气地撇了下嘴，警惕地观察起四周来。

周长川的手心开始冒汗："师傅，敌人已进入三百米范围，还在接近，但是目标不详，我们该怎么办？"

王翰的额头也开始冒出汗来："按照现在的情形，我们的任务可能要失败。"

周长川咬了咬牙说："这可不行，我们蹲守三天了，早知道带一支机枪来，我豁出命冲下去把他们全突突了。"

"别说气话，敌人马上到达最佳距离，上膛准备战斗，你注意观察一下队伍的列队情况，找出重点目标，迅速打出子弹然后立刻撤退。"

周长川将望远镜塞进衣服，将手中的三八式步枪慢慢伸出草丛，死死地瞄向了为首的日军曹长。

透过二点五倍的瞄准镜，王翰已经可以清晰地看到队伍的情况，几名身形较高的士兵走在队伍的最前面，从领子处已经显现出穿在里面的军装，他们背的竹篓都是统一的高度和大小，长度足可以装一支三八式步枪，队伍中间那几个人目光有些无神，并不像狙击手该有的神态，而在队伍的最后，那个小身材的日本兵引起了他的留意，因为这个士兵显得很警惕，目光贼贼地盯着四周的情况，似乎要从周围的一草一木获得他想要的信息。不过以他的身材以及队列的位置，却很难将他与王牌狙击手联系起来，王翰慢慢将枪口转向了队伍最前列。

当枪声响起时，整个树林都为之震动，一群惊弓之鸟直冲云霄，消失在天际边。

芥川宇以最快的速度侧翻着滚进一旁的草丛里，从背后的竹筐里快速抽出九七式狙击步枪，子弹是提前就上膛的，他眼见队首的曹长和一名士兵已经倒在了地上，其他人就近伏地还击，他则快速从侧面爬向一处高地，这里是一个与对面平行的山地，可以使自己拥有一个良好的视野。

当周长川打出第一发子弹后迅速观察了队伍里每一个人的反应，不由得骂道："他奶奶的，最后面那个小个子不见了，速度太快，一定是他！"

王翰惊道："你说得对，能这么快消失在树林里，那人一定就是芥川宇，看来我们打错了，任务失败，马上撤离。"

"什么？我不甘心。"

"不甘心也要撤，这是命令！"王翰说完便快速收拾装备。

周长川看了看王翰，有些不忿地站起来刚要转身，一颗子弹不偏不倚地打在了胸口，周长川仰面倒在草丛中，王翰急忙回过身扒开他的衣服却发现子弹正打在望远镜上，长出口气："算你小子命大，这颗子弹平行打来，说明芥川宇已经占据了对面一处高地，形势很不利。"

周长川使劲揉了揉胸口骂道："狗娘养的，差点儿就撂这里了，看我非宰了他。"

"这个芥川宇实战经验远远超过我们，如果伏击不成功就很难再击毙他，我们必须快速撤离，不过他的视角范围已经阻断了我们撤离的线路，目前他应该已经确定我们是两个人，并且刚刚击中一名，那么他一定认为这丛林里只剩下一个人了，你安静地趴着别动，我冲出去，他会将所有的注意力集中在我身上，你必须快速判断他的位置，明白吗？只要还有机会干掉他，我们的任务就不算失败。"

"可是师傅，这样您太危险！我……我没把握……"

"长川，你要相信自己，你是我一手带出来的，你还年轻，我不能让你冒险，但是你要记住，我今天冒险是为了让你今后不再冒险，明白吗？"说罢，王翰将九七式狙击步枪递给周长川，坚定地指了指对面的树林，转身一个箭步冲出了树林，向丛林跑去。

周长川来不及多想，趴在草丛中透过瞄准镜死死盯住了对面的灌木丛。

根据刚才的枪声，芥川宇已经判断出对方是两个人，自己伏击的第一枪便打中一人，这让他感到一丝兴奋，进而更加确认此时跑出丛林的必然是最后一人。于是芥川宇毫无防备地迅速将枪管瞄向跑动的人影，身形的动作已不再保持绝对隐蔽，势必要解决掉这个即将逃脱的敌人。

当芥川宇扣动扳机的一刹那，一种不祥的预感突然侵袭心头，虽然他确认不可能还有第三人，但还是本能地突然压低了一下身形，几乎同时，一颗子弹已经擦着自己的头皮飞过，划开一道口子，鲜血立刻覆盖住了双眼，而自己的子弹也如同毒蛇一般，死死咬住了跑动的人影。

周长川一时间无法确定第一枪是否打中，连忙上膛就要补第二枪，却发现草丛中已经失去了芥川宇的行踪，他突然意识到，这场战斗自己已经输了。

当周长川回头寻找师傅时，子弹已经穿过了王翰的脖颈，他已经永远倒在了那片丛林中。

第二章 返乡

定县最南面的骆家庄，是八路军鲁西军区定县独立团驻地，庄子是附近数一数二的大庄子，平时走动的村民以及过往的八路军战士让这个庄子显得十分热闹，只是今天，庄子里显出一份凝重，再也看不出半点儿热闹劲儿。

与此同时，团指挥部外的警卫员正站在门口，显出一脸的惊恐，团长李啸元正在指挥部里来回踱着步子，不时地会停下来将屋里唯一的粗木桌子拍得啪啪响，房间里还有一个人，正是周长川。

"你自己说说你这次的任务是怎么回事？我派出了我们团最好的狙击手，你们两人跟我拍着胸脯说保证能完成任务，还跟老子说去的人太多会提前暴露目标？结果呢？我把全团仅有的一把狙击枪配给了你们，出发前我就跟你说了王翰同志是我们团的神枪手，无论如何，哪怕牺牲自己也要保护他的安全……你不但没有完成任务，还损失了我们最好的射击教官，你还有脸回来？"李啸元指着周长川的鼻子，气得直发抖。

"报告团长……我跟师傅在预定地点埋伏了三天，第三天早上七点左右发现敌人，但是他们化装成百姓，无法辨别目标芥川宇，我们只能选择击杀可疑人员，却被芥川宇逃脱，是我的失误没能一枪击中敌人，师傅他……"周长川眉头紧锁，紧握的拳头始终无法舒展，在脑海里总会若隐若现地出现芥川宇的身影，挥之不去。

"说不出来了？你不用这种表情看着我，我比你还痛心，你知道王翰是从什么时候起就跟着我吗？你知道他救过我多少次吗？我想你也不知道，现在可好，特种弹药被人家送到了县城，芥川宇那小子也活蹦乱跳在县城吃香喝辣，我们呢？我的王翰呢？啊？"李啸元不由得鼻子一酸，一屁股坐在了凳子上，再也说不出半句话来。

周长川始终低着头，眼泪已经不争气地落在地上，却不想被人看见，在他的脑海里，始终无法抹掉那最后一颗子弹，鲜血滴在心口，如同火烫的烙铁掠过身体每一寸肌肤，让他没法忘却这份痛苦。

李啸元停顿了好一阵说："鉴于你在战场上不合格的表现，现在宣布我对你的处理意见，即刻起你不再担任团部狙击手一职，交出你的枪，你就只配给老子当个伙夫，我跟你说，这次绝不轻饶。"

周长川这才抬起头，抹干了眼泪，瞪圆了眼看着团长，停了好一会儿突然说："团长，我认为我不再是一名合格的战士，我申请退役返乡！"

"什么？你再给我说一遍！"李啸元突然暴跳如雷，如同炸了锅一般。

周长川很坚定地又说了一遍："我现在的状态已经不适合继续作战，我申请回家种田！"

李啸元咆哮道："回家种田？好嘛，这是你给老子损失一个教官后的答复？你个烂泥扶不上墙的，赶紧给我滚得远远的，哪儿来的回哪儿去！"

"谢谢团长批准！"说完，周长川面无表情地从窗前捡起一块抹布走到院子，一屁股坐在了地上开始擦枪。警卫员连忙跑过来劝他，被周长川一把甩开，他执拗地开始拆卸枪支。

"周长川，团长他人其实挺好，就是脾气差点儿，你也就别倔了，啊。"

"让我把枪擦完，这支枪是师傅亲手交给我的，现在归还团部，我要擦净了，师傅一直都是个爱干净的人。"众人一看劝不动他，便不再吭声，任凭他一人独自折腾去。

定县，坐落于鲁西平原边界处，是通往外省的交通枢纽，日军华北方面军步兵独立十二联队驻扎在此，联队长是坂本吉太郎，年岁四十左右，是日军联队长中最年轻的，李啸元所在的独立团与坂本联队周旋了一年多，却没占到半点儿便宜，双方就这样相持着，成为了当时的常态。

县城以东四十里处坐落着一个小村落，名叫九里庄，这里是距离县城较远的一个村，自从定县被坂本联队作为驻地后，每个月总会派遣催粮官来这里收粮，而配合收粮的正是庄子上的地主严景和，因为他无论春夏秋冬总是戴着一副墨镜，故而被起了个外号，叫眼镜和。

当周长川背着包袱刚到村口时，村口的老槐树上立刻响起一声尖锐的口哨声，随后便跳下三个人，一个高大魁梧，一个身形瘦挑儿，还有一个微胖憨傻，三人一下就将周长川团团围住。

"此路是我开，此村是我建，要想此处过，留下包裹来。"身形瘦挑儿的那个人高声喊道。

周长川没心情跟他们打趣，径直往村里走去，三人一看势头不对，连忙跟在了后面。

"川子，我老远就看到你回来了，他们还不信，你不是参加八路了吗？怎么一个人回来了？有任务？"身形挑儿的人小声问道。

"别听刘顺瞎叨叨，是我先看到你的，我说你一定是有啥特别任务回来了，喜娃子还说你是干不下去了，我可帮你使劲儿收拾过他了。"身形魁梧的那人一把揪过有些憨傻的喜娃子，露出后者脸上的巴掌印给周长川看。

刘顺骂道："好你个鲁大志，你打喜娃子就是不给我面子，你看把他打的，瞧这巴掌印，我跟你没完啊，先欠着……"

周长川猛地站住身，眉头紧锁道："你们都别烦我，我这次犯了很严重的错误，只能回家种地了，以后我不再是八路军了！"说完便径直进了村子，留下三个人傻傻愣在那里，有些不知所措。

当周长川走进自家院墙时，正看到母亲周陈氏在院里晒麸子，每当看到黄色的麦麸，他总会条件反射感到肚子很不舒服，因为每次吃麦麸都会有这样的结果。

"川儿回来了？你好一阵没有回来了。"周陈氏放下手里的活，拍打着周长川身上的土，苍老的脸庞越发憔悴。

周长川从兜里掏出一小沓纸币递给母亲："娘，这是我攒下的部队津贴，您收好买点儿荞面吃。"

"傻孩子，荞面才能买多少，换成麸子能吃好一阵，现在县城里鬼子的催粮队比以前来得更勤了，他们问地主眼镜和要粮，眼镜和就来管我们要，这日子越发过不下去了，村东头你刘爷爷上周才死了，瘦得皮包骨头，指定被饿死的，这种事啊恐怕以后还会有的。"

周长川叹了口气，进屋里倒头躺在床上蒙了被子，几天前的事仿佛烙印在脑子里一般，无法让人平静，芥川宇的身形样貌始终挥散不去，一闭上眼，就看到他举着九七式狙击步枪瞄向自己，这份恐惧，甚至超过了对他的痛恨。

这时，门外传来一个羞怯的声音，随后便是母亲周陈氏的呼唤："川儿，潘云来看你了，快出来。"

周长川起身出门，正看见潘云抱着一个木盆站在门口，见到周长川，潘云不觉笑了起来，一对酒窝儿如同刻在脸上一般："周大哥，我听喜娃子说你回来了，我就来看看，我这正要去河边洗衣服，你刚回来，快把身上的脏衣服脱了我拿去一起洗了！"

周陈氏在一旁笑得合不拢嘴，冲周长川比画着让他脱衣服，周长川皱了下眉，有些不大情愿地将上衣脱了递给潘云，潘云将衣服放在盆子里看着周长川说："还有裤子呢，你进屋换，我等你。"

周长川摆了摆手说："没了，我就这一条裤子，脱了就光腚了，你赶紧着就洗这一件吧。"

潘云有些窘迫地回头看了看周陈氏，得到后者肯定的答复后，只得冲周长川笑了笑，转身出了院子，嘴里还哼着小曲，平添了几分喜悦。

周陈氏笑着说："瞧人家潘云多有心，这是个好娃儿，你就别老摆一副臭脸行不？"

"娘，这种事还是别管的好，我现在心烦，你就让我安静会儿吧。"

"你个臭小子，我还能不知道你咋想，你就惦记着敏丫头，那也是个好孩子，可人家是地主家的千金，你有几斤几两能高攀得起，就别再去想人家了，成不？"

"我现在什么都不想，都别来烦我。"周长川有些气愤地转身走进房门，一头躺在床上再也不动弹，留下周陈氏一人独自摇头叹气。

回到家里的日子让周长川感到少有的平静，仿佛回到了儿时的光景，日出而作，日落而归，每天陪在母亲的身边，还有一群小伙伴围在身边，恍惚之间，周长川静静地躺在村口的老槐树上便睡了过去，当阳光洒在周长川的脸上时，暖暖的感觉让他很是舒服，以至于忘记了自己正躺在一棵百年老槐树上。

树下的一阵呼喊声惊醒了周长川，他下意识地一翻身，险些从树上掉下去，他抓紧了树枝看下去，发现鲁大志跟喜娃子正在下面仰头叫自己。

"你俩干吗呢？吓我一跳，把我整下去非收拾你俩不可。"说着，周长川一松手，轻轻落在地面，阳光映在他黑黝黝的瓜子脸上，透出几分刚毅，肌肉显得很壮实，身形仅仅比大志小了一圈，要知道，鲁大志的身形在全庄子是排行第一的。

"老大，我们找你半天了，原来你在这上面窝着啊！"喜娃子憨憨地笑着说："有件好事儿来通知你。"

周长川拍了拍身上的土疑惑地看着这两人。

鲁大志一把将周长川拢到身边小声说："我们刚在村东口看到老曹头在帮眼镜和晒去年的陈麸子呢，就他一个人，这可是好机会啊。"

"我不去干那些个偷鸡摸狗的事儿，要干你们去！"

"哎老大，你这么说可就不对了。"大志将一根麦草津津有味地含在嘴里说："那麸子是啥？是给牲口吃的，你说咱们去拿一点儿算偷吗？就算是被狗啊鸡啊啥的吃了去它不也浪费吗？再说了，那些个地主家的作物，本就是咱们种的啊。"

"是啊，老大，上次我们扒了眼镜和屋子外墙的红砖你也同意了啊。"喜娃子笑着添油加醋道。

"上次那不一样，那是做好事，咱们帮衬着给李伯家补房漏，不然也不会去扒拉人家的院墙，眼镜和可不是好惹的，再让他逮到，你们可都吃不了兜着走。"

鲁大志略微犹豫了一下，回过头给喜娃子递了个眼色，两人纷纷叹了口气，鲁大志继续说："其实我们也不想干这等昧了心眼儿的事，不过啊，拗不过刘顺那小子，我估摸着这时候吧，他已经得手了……"

周长川听罢狠狠瞪了两人一眼，急匆匆向村东头赶去，二人则一路小跑跟随而去。

第三章 眼镜和

三人路过村东头严景和家外墙，仔细听了听没动静，便急匆匆又绕过两处宅院，赶到打谷场，正看见一个瘦弱的人影抱着一满怀的麸子要走，被一个有些驼背的老人堵住了去路。

"你个天杀的，欺负我个老头子，你还有良心没，赶紧把东西放回去，这是你能拿的吗？"老曹头死命拽着刘顺的胳膊，急得眼泪都要出来了。

"老曹头，你可知道这麸子是谁种的不？都是西村老李头家种出来的，眼镜和收了他们家所有的粮食，现在我送点儿麸子给他们家应急，这不算难为你吧，再说了，眼镜和要你晒这些麸子做什么？喂牲口的！他才是天杀的不管我们死活了，少了这点儿麸子他又看不出来的。"刘顺一边说一边用胳膊试图拨开老曹头的手臂，谁知老曹头抓得更紧了，始终不肯放手。

见两人僵持不下，周长川急忙赶过去抓住两人低声说："曹老叔，顺子也是急了干出这事，我替他给您陪个不是，如果你们继续这样吵闹，眼镜和来了可就不好办了，好听点儿说您这是护着他的麸子，可是，如果顺子这臭嘴瞎胡说，事情恐怕没法简单说清楚啊。"

刘顺看了看周长川，眨了眨眼急忙说："说得太对了，我这人说话不遮不拦的，我万一嘴臭说是您指使我贪了这麸子，末了却给我分得太少，您说眼镜和还指不定信谁呢，是不？"

老曹头气的哆哆嗦嗦松开刘顺的胳膊说："好好，你们这些个小王八羔子，我说不过你们，赶紧拿了走，别再让我看到你们！"

刘顺冲众人笑了笑，抱紧了麸子向村里跑，转过一处宅子正要向前走，低着的头眼见一双黑色厚底的地主鞋，猛一抬头，迎面看到一副漆黑的墨镜，差点儿顶住自己的脸，他不由得将头向后缩了缩，看见墨镜下面是一张皱皱巴巴的脸，一张大嘴正大口吐出一股烟雾，呛得刘顺连连后退几步，这才看清面前站着的正是地主严景和，外号眼镜和。

刘顺转身要跑，被严景和上前一步一把揪住耳朵拽向打谷场，喜娃子远远看到严景和，转身就跑了，周长川心说糟糕，却只能硬着头皮迎了上去，鲁大志紧跟在后面。

"严老爷，慢着点儿，小心揪坏了顺子的耳朵。"

"揪坏？我直接揪掉了也不是什么难事！敢偷我严景和东西的娃子还没生出来呢！"严景和咧着嘴露出几颗金牙，使劲地扭了一下手腕，刘顺叫得更欢了，恨不得把身子腾空了。

鲁大志急了，想去救下刘顺，却被周长川拦住了。

周长川叹了口气说："严老爷，您就高抬贵手，放了顺子吧，他以后指定不敢了，我跟刘顺愿意帮您把这些麸子都晒好收进仓房，您看如何，也算给他一个教训。"

严景和低下头，墨镜落在鼻梁，露出一双绿豆般的眼睛说道："你这也算教训吗？根本就不够分量，等我想好怎么处罚他自然会找他来补偿，不过现在只能先绑了树上容我想想，嘿嘿。"说着，拽着刘顺就往村口走去。

鲁大志急得来回跺脚，周长川想了想说："大志，你去给顺子爹送信，让他赶紧到村口给顺子求个情。"

"那眼镜和要是能这么轻易善罢干休我还用跺脚着急吗？"鲁大志垂头丧气地坐在地上。

"如今也没有办法，小敏在哪儿你见了吗？"周长川似乎想到了点儿什么。

"我刚刚看到潘云那小丫头叫上敏丫头去了北面小河洗衣服，你去那边找吧。"老曹头指了指北面说。

在庄子北面一公里的位置是一条小河，大约一丈宽，是全庄子的饮水源头，严敏正跟潘云在河边洗衣服。

"严大小姐，这次真的感谢你，要不是你给我家的那袋子麦麸，我跟我娘都饿死了。"

"那些麦麸不算什么，但是千万别让我爹知道，上次我给长川他娘送了点儿过去，我爹审了我好几天。"严敏用袖子擦拭了下额头，阳光映在她的脸上，白皙的皮肤泛着光泽，清秀可人。

"我知道的，严大小姐，你也很在意周大哥吗？我发觉他不在的这些日子你很照顾他娘。"

"说什么呢？"严敏脸一红说："我们从小一起长大，感情自然是好，我对顺子他们也挺好啊。不过，你刚才说什么来着？我也很在意周大哥？意思是你也在意了？"

"我……"潘云有些不知所措，但是很快就有些失落："你们都是从小一起玩到大的，只有我，是十多岁才跟着我娘流落到这里的，要不是曹爷爷还有周大哥帮衬着我们，可能我早就饿死了。所以我的确很在意周大哥，但是……但是他似乎更在意你。"

严敏抿嘴一笑正要说什么，却远远看到周长川正急匆匆跑了过来。

"瞧，说什么来着，刚说起长川，人就到了眼前了，是你把人家惦记来的吧？"严敏打趣道，抬头仔细看了看跑来的周长川，却发现他脸上透出一丝紧张。

"小敏，总算找见你了，刘顺被你爹绑在树上了，你帮他求求情吧，不然肯定被打个半死。"

严敏有些惊愕地看着他，一双碧黑的眼眸子映着河水的光泽显得很是慌张："顺子又怎么啦？都叫你们别去惹我爹的，非不听。"

"路上再跟你说，快跟我走。"周长川拉着严敏就往村里跑去。

潘云眼看着两人手拉手往村口跑去，不由得将手里的衣服甩在河边，嘬着嘴蹲在地上暗自说道："刚刚还说没什么，现在就拉上手了。"

村口聚集了数十村民，刘顺被绑在老槐树上，一脸土灰色，在他身旁，站着满脸胜利姿态的严景和，看到人来了不少，他变得越发趾高气扬："乡亲们都来了，那我就让你们评评理，我严某人在村里这十几年，可不曾掘过谁家的祖坟，也没有欺负了谁家的老小，各位都是看在眼里，明在心里的，这次，这小崽子实在是有点儿过分了，我晒点陈麸子，他却要偷了去，如此的罪大恶极，我绑了他，也在情在理，大伙说是不是？"

"呸！"刘顺瞪圆了眼睛看着严景和说："严老财，你整天就知道收粮收粮，多少人都吃不饱，你这昧了良心的土财主，我拿点儿麸子去救人，怎么就罪大恶极不可饶恕了？我倒要听听你的道理来。"

严景和咧开嘴露出几颗金牙说："那我就慢慢跟你说道说道，这首先呢，土地是我严某人的，给了你们来种，我收租子也是理所当然吧？二来，最近这是个什么光景，我不用说大家也明白吧，日本人现在成了咱们的天，他们来收军粮，我能不给吗？我又哪儿来的那么多粮食？不还是要各位乡亲一起分担些，我错了吗？千说万说无论你怎么狡辩，你偷我的粮，是不是一件龌龊事儿？大伙给评评理。"众人都沉默不再吭声。

刘顺被说得不知如何应答，恼怒地低着头不愿说话。这时，人群中一阵骚动，周长川带着严敏冲进了人群。

"爹，你怎么能绑人呢？千错万错，先把人放了再说。"严敏不由分说就上前想要解开绳子。

严景和连忙抓住女儿的手："我的小祖宗，你怎么跑来了？"说罢转头狠狠瞪了周长川一眼说："你小子等好了，给我添乱就没你好日子。"

严敏甩开父亲的手说："爹啊，你要是再这么恃强凌弱，我就不认你这个爹了，不就偷了点儿麦麸子，那东西你都拿来喂骡马的，给乡亲们应个急有啥子不行，顺子是不该用这种方式，但毕竟没啥恶意，你就别揪住不放了。"

一旁的喜娃子看到严景和遭到如此严厉的指责，高兴地直拍手，却发现大伙都默不作声，连忙将手插进了口袋里。

"你这个吃里爬外的小蹄子啊，你妈死得早，我一手拉扯着你，选了私塾供你读书，就是让你这样数落你爹吗？你能不能给我点儿面子，啊？"严景和气得直跺脚，但是又拿这个女儿没一点儿办法。

严敏并没有妥协的意思，伸手就去解绳子，刘顺抬头看了看她，不由得感到一丝暖意，却又隐含了几分窘迫，不自觉地低着头不再言语。

严景和气得直跺脚，在一旁吼道："刘顺，你们家可一直还欠着我的租子呢，你小子给我记着，如果下月还不给补齐，我一定收了你家的地，你等着。"

严敏皱了下眉头，连推带扯地拉着严景和离开了人群，径直向村里走去。

刘顺松了松胳膊，又揉了揉耳朵，远远地望着他们的背影，不由得叹了口气，心说这后面的日子又该怎么过呢。

三天后，周长川意外得到了一条消息，村里一名参加独立团的小战士回家探亲，偷偷告诉周长川三天后团里会有一次大行动，可能会联合八路军山东纵队的三个团对河间县城来一个围城打援的行动，目的是伏击日军回援的一支步兵中队，以鼓舞敌后抗日的热情和斗志，同时也消耗了敌人的有生力量。

这个消息如同一针强心剂，在周长川的心里逐渐生根发芽，再也无法磨灭……

在庄子的打谷场上，周长川刘顺等人围坐在一起。

"你是说我们几个去打鬼子？你发烧了吧？"刘顺嚼着一根麦草，摸了摸周长川的额头。

"是啊，老大，我们一直都听你的，可是我总感觉这等于去送死啊。"喜娃子不自觉地摸了摸脖子。

"打就打，我觉得长川的想法很好，我有的是力气，一胳膊就能拧下小鬼子的狗头来。"大志倒是死心塌地地支持这个方案。

刘顺不由得拍了一下大志的脑袋："你个五大三粗的家伙，你可知道你胳膊还没伸开呢就已经吃了花生米了，还拧脑袋！"

"就是！"喜娃子在一旁附和道："你家里就剩你一个了也没啥负担，人家顺子哥可还有爹娘等他养呢。"

三个人都不由得齐刷刷看向周长川。沉默了许久后，周长川低头在地上画了个简易地图说："既然是围城打援，那么打援的地点和围城地点之间就会有一段空缺，依照日军的战斗实力，不可能在打援的地方全部被歼灭，自然会有漏网之鱼，那么这段空缺的地方，就是我们发挥实力的地方，所以，我们就在伏击部队的后面再打一个伏击。"

刘顺皱了皱眉："可是我们好像还没同意你这个疯狂的想法呢！"

"我同意。"鲁大志举着手乐呵呵看着其他两人。

周长川停顿了一会儿，静静地看着刘顺说："你知道下个月你要交给眼镜和的租子有多少吗？如果你没有意外的收获，你家的地就要被收了，忘了村东头刘老爹是怎么死的吗？我们不能等死，虽然我不再是一名八路军战士，但是我们必须要为乡亲做点儿什么，当然，也是为了自己。我们不可能去当土匪，那么，这个意外的收获就只能从鬼子那里取了，不是吗？"

喜娃子看着刘顺，等待后者的答复。刘顺皱了好久的眉头，终于叹了口气问道："可是……我们拿什么去打伏击？"

当天夜里，月光将庄子的打谷场照得通亮，四处寂静没有半点儿声响，周长川静静地坐在一堆草垛子旁。突然，一个娇小的人影出现在打谷场，周长川赶紧迎了上去，从那人手里接过了一个长条形的盒子。

"这东西真沉啊，你们要这个是干吗去啊？"严敏一边揉着胳膊一边问。

"我们去打鬼子，很快就回来。"周长川打开盒子，取出里面的长枪，这是一把崭新的中正式步枪。

"有多少子弹？"

"喏，就这些了。"说着，严敏将几颗金闪闪的子弹交给周长川，周长川一看，皱了皱眉头，这里只有四颗子弹。

"我可是背着我爹偷出来的，这支枪是他一个北平的老朋友送他的，你们可一定要打赢了还回来啊！"

"放心吧，连子弹也不会少你的。这次真的谢谢你了，顺子说你肯定会帮我们，原来是真的。"

严敏脸一红说："我帮你们是因为我也是中国人，别老在我跟前提顺子，再说了，打鬼子也是我的心愿，那个……刘顺人呢？"

"我让他跟大志他们去准备伪装用的草披了，我们这几个人就属他做伪装最快。"

"那你们可一定要注意安全，我听爹说那些小鬼子个个都是神枪手，没人能打过他们。"

周长川默默点了点头，一阵绞痛侵袭心头，让他感到很不舒服，他心里明白，如果这个心病不能根治，它将会伴随自己一辈子，使自己永远也无法面对自己的师傅、自己的恩人。

第四章 围城打援

当太阳刚刚露出一丝光芒的时候，周长川一行四人已经穿过了四个村子，到了一座山脚下。在山的另一边便是河间县城，这里是日军独立十二联队所属小川大队的驻扎地，大队长是小川雪松少佐。

当他们赶到这里的时候，县城的四周刚交上了火，场面如同攻城一般，周长川知道这是围城打援的第一步开始了。

此时交火声断断续续，周长川爬上山坡，远远看去，河间县城外面战火燃烧，城西和城东还有城北都有大量火力进攻点，唯独南门只传来零星的枪响，周长川想了想，心中便有了大概。

与此同时，在距离县城南门十里的一个山坡上，埋伏着八路军定县独立团，这是一个加强团，兵员多达九百余人，团长正是李啸元。此时，三挺九二式重机枪架在山坡上，紧紧盯着山坡下的公路。

侦察连连长高小虎手里攥着地雷引线，小声跟团长说："团长啊，咱们这招儿真的能等来鬼子的回援部队吗？咱们可是把全部家当都用了。"

李啸元说:"这招儿叫围城打援,三国里刘备打孙权的时候就用过这招儿,小日本哪里懂得咱中国这博大精深的战术理论,现在县城被围了个水泄不通,小鬼子肯定害怕,定县离得太远,现在离他们最近的就是在南面扫荡的青木中队,所以咱们现在是以逸待劳,在这里等就是了。"

高小虎挠了挠头说:"这次这么好的立功机会,为什么还设了两道伏击点?"

李啸元说:"鬼子的装备好过我们,战斗素质也比我们强,单以我们的实力还很难吃下,所以我请示了上级,这次连夜调来了山东纵队的三个团兵力,两个团负责围城佯攻,一个团在我们南面五里设了第一道伏击点,负责消耗敌人弹药和有生力量,我们是第二道伏击点,上面把所有弹药都集中给了我们,务必将这支中队全部歼灭。"

高小虎说:"那意思是鬼子到我们这里就算是到了尽头了,咱们给他全锅端!可是,这都俩时辰了,鬼子咋还没来?"

李啸元用驳壳枪的枪杆敲着高小虎脑袋说:"你小子咋这么没耐性的,当年老子跟着我那老战友王翰,为了狙杀一个大尉,足足等了四天时间,一点儿都没动,拉屎都拉在裤子里,最后还是我那老伙计一枪解决战斗。"

"嘿,太神了。"高小虎揉着头说:"可团长,我好像没见过这位叫王翰的前辈啊。"

李啸元沉默了片刻,说:"他已经牺牲了,为了吸引敌人的狙击手,暴露了自己,都是因为他的那个徒弟周长川,不过你刚来那会儿他已经走了。"

"团长，这个周长川我倒是听说过，听说他是咱们团第一个要求退伍回家的，你放他回家是不是太可惜了？那可是王翰老前辈一手教出来的。"

"当然可惜，但那是他自己的选择，我们八路军从来不拉壮丁，都是自愿参军打鬼子，我也没有办法，当时气急了说话也有点儿冲。不过我相信他迟早会发现，他是属于这片战场的，他不会忘记那杆枪，更不会忘记他师傅的嘱托。"高小虎点了点头，慢慢将目光重新集中在山下的公路上。

在县城通往南面的大路上，一队高头大马首先出现在路的尽头，这正是小川大队在外执行围剿任务的步兵中队赶了回来，马队跑在最前，大约十多骑，身后的步兵中队慢跑前进，大约两百人左右。

日军走在最前的是隶属小川大队的步兵中队队长青木植中尉，刚刚接到河间县城被围的电报后，立刻带了步兵队回防支援。

在青木植的心里，并不认为河间县城遇见了所谓的大规模围攻，之前因他与小川不和，被派出去负责剿灭游击队，他一直推行肃清政策，根据他的主张，十里八乡的村子都被屠了大半，哪儿还有部队能围攻县城的，想到这，他轻蔑地冷笑一声，侧过身跟旁边的副官说："小川雪松一定是怕我在外面剿灭敌人立功，才找个借口把我调回来，实在是卑鄙啊。"

旁边的副官连忙附和道："中尉阁下在外面的功绩是有目共睹的，这是谁也无法抹掉的。"

青木植满意地笑了笑继续说："如果河间县城真的被围攻，那么敌人必然会速战速决，以避免遭遇定县的援军，但是从我们一路的攻占路线来看，支那人的战斗力是完全不可能快速攻占县城的。小川雪松难道连一个县城都守不住，实在是太可笑了。"

副官急忙附和道："按照河间县周边的村落排查结果，支那兵的势力已经极其微弱，仅存一个团级编制，在下认为，这样的实力并不是我们所需要担心的。"

"嗯，不过这个团具体方位在哪里，你有做过调查吗？"

"是的，卑职从皇协军中派出了十余名探子乔装村民四处打探过，这个团人数还在不断壮大，但具体人数未知，就在上周，我们查到他们的驻扎地大概在骆家庄附近，那里沟壑林立，不适合机械化作战，但是按照他们的武器装备实力，也只能龟缩在那里等待机会。"

"等待机会……"青木植反复念叨了几遍，突然一种不祥的预感涌上心头。正这时，旁边的土坡后面猛然间冒出数百条枪，一齐开火，日军士兵瞬间倒毙数十人，青木植猛然一惊，高声喊道："全体成防守阵型，迅速隐蔽。"

日军剩余步兵队迅速形成防御阵型，利用掩体进行还击，后排日军士兵两人一组用掷弹筒开始瞄准土坡，炮弹落下，尘土飞扬。

负责第一道伏击的是八路军山东纵队第二纵队第七团，团长雷明。此时雷明心里清楚，第一道伏击遇到的敌人是最强的时候，不能恋战，目的是消灭有生力量并消耗对方弹药，给第二道伏击的准备工作争取时间。

青木植抽出指挥刀喊道："通讯兵，立刻给县城发电报，说我部遇见伏击，请求支援。"

不多时，通讯兵跑步回报："报告中尉，县城方面命令我部迅速突围向县城靠拢，目前县城兵力无法抽调支援。"

"什么？小川这个混蛋。"青木植骂道。

中队副官观察着对面的土坡说："中尉阁下，这应该是敌人的游击队，没有重火力，且射击密度松散，我们完全可以击溃他们。"

青木植想了想说："不用，那样会带来不必要的牺牲，小川想看着我死，我就必须好好活着回去。命令掷弹手打光炮弹，务必迫使敌人撤退，步兵暂时不要进攻，架起重机枪原地还击。"

一阵炮火过后，重机枪打的游击队战士无法露头，雷鸣看了看日军死伤情况，冲通讯兵喊道："通知各营，再打完一梭子弹，将身上的手榴弹全部招呼上去，然后迅速撤离，不可恋战。"

当战场恢复平静时，青木植阻止了步兵的追击，规整了部队，带着剩余的百余人迅速向县城赶去。

当部队到达距离县城十里的地方时，青木植略微放缓了一下速度，看了看旁边的山坡说："这些支那人实在是愚蠢，这里的地形林木茂密，远远好过刚才的土坡，他们如果在这里设伏，我们必然会受到重创，不是吗？"

身旁的副官说："是的，想必他们只是临时找了那个地方，并没有做持久战的准备，这也符合八路游击队的作风。"

此时，独立团一营营长赶到李啸元跟前说："团长，一分不差，刚埋好地雷铺平道路鬼子就到了，看来第一道伏击很有效，鬼子就剩了一百来人。"

李啸元点了点头，小声命令道："放马队走到地雷以外再打，先打步兵，那些马可都是宝贝，我要活的。"

众人点头称是，向下传命令。

突然间爆炸声此起彼伏，日军对这突然的第二次攻击显然缺乏预判，顷刻间已经有十余名日本兵被炸得血肉模糊，残肢横飞。

青木植被巨响震得在马上摇晃了几下，被副官扶着向路边的山坡看去，原本杂草丛生的山坡瞬间吐出几条火舌，明显是重型机枪，他心里一惊，急忙拉住马匹，指挥战斗。

日军士兵极力保持着阵形不被打乱，快速向山坡反击，但无奈大路两旁没有足够深的壕沟躲避，这些壕沟都被独立团给填平了，于是从山坡看下去，日军所有的火力点都暴露在视野中，显得狼狈不堪。

青木植手握指挥刀，看到山坡上成片的火力点铺天盖地打下来，他知道自己低估了敌人的实力，刚才的战斗消耗了大量弹药，他知道这次很可能难逃厄运，身旁的副官拉着青木植的马匹向县城退去，步兵队一边还击一边跟着马队向县城方向移动，李啸元心说自己的弹药也就刚够打这一通了，于是猛然站起身来，高声命令道："把身上的手榴弹全给我扔下去，一营二营冲锋，三营掩护。"

冲锋号声响起，五六百人铺天盖地冲下山去，一边冲一边放枪，日军在枪声中纷纷倒毙，双方顷刻间展开白刃战，喊杀声震天，冲锋距离很短，日军训练有素的射击无法发挥便即刻被人海侵没，完全丧失了装备的优越性。

日军只能上刺刀狼狈招架，却难以抵挡八路军的人海战术，被大刀砍杀，倒地毙命者众多，双方进入到白刃战最艰苦的时刻。青木植的骑兵队带着二十余名士兵逃离战场，向县城飞奔而去。

李啸元急忙喊来高小虎说："这个狗娘养的青木，竟然还敢跑，你立刻带着警卫连给老子去追，务必全歼敌人，明白吗？最主要的是我要马，那些马啊！"

高小虎一咧嘴："团长，他们有马，我们追不上啊。"

"滚你娘的蛋，就算跑，也给我把马追回来，你知道现在马匹是多重要的战争资源吗？快去，不然就跑回城里去了！"

高小虎吐了下舌头，连忙带着侦察连疾奔而去。

青木植逃出去二里地突然勒住缰绳转身看了看身后已经跑得气结的士兵，喊道："后面追兵紧咬不放，既然逃不脱，我决心死战到底。"

副官连忙勒住缰绳说："中尉阁下，此时战机不利于我们，我们应撤回县城。"

身后一名步兵小队长跑上前说："中尉阁下，我们无法摆脱敌人，请求留下步兵拖住敌人追兵，中尉阁下与骑兵回县城求援。"

副官看了看这名小队长说："中尉阁下，山田小队长身经百战，就由他们挡住追兵，我们回去带援军回来救他们，否则我们都会死在这里。"

青木植看着远处，点了点头，转身带着仅剩的五名骑兵向县城飞奔而去。

高小虎带着警卫连刚看到骑兵队的背影，正要紧追而上，迎面遇见了日军的阵地阻击，急得直骂娘，却没有一点办法，眼看着骑兵向县城飞奔而去。

第五章 半路杀出

在距离县城五里的地方，大路在这里遇见一个土坡，笔直的宽路被拐成了一条细细的小道，这里正是周长川设伏的地点。

周长川静静地趴在土坡上的草丛里，这里的视线很好，背对着县城，面前一直能观察到小路上三四里的范围。这把中正式步枪自然无法跟之前的三八式步枪相比，不过用来近距离射杀敌人还是很有准头的，他伸手将绑在枪杆上的杂草向两边拨了拨，给标尺露出一个瞄准的空间。

在小路的两侧，刘顺和喜娃子一人一边蜷缩在地上，身上盖满了杂草，手里紧攥着一根绳子，绳子的中间埋在了小路的土里，一点儿痕迹也看不出来。

"嘿，我说顺子，你这绊马索有用没？别到时候马跑得快，把你俩带跑了！"鲁大志提着一根标枪蹲在不远处的树后低声问道。

"你懂个屁，我爷爷当年教我的能有错？待会儿马来了我们要把绳索拉到马的腿半腰，高了我们就被拖走了，低了马就跳过去了，懂吗？"

"唉，知道了。"喜娃子在另一头应道，他身上盖满了草，只露出一双眼睛死死盯着小路的尽头。可他转念想了想又回过头问道："可是顺子哥，老大怎么会知道来的一定是骑兵？万一是步兵怎么办？"

"说你笨，还真是笨，长川说了，这次独立团以优势兵力伏击，怎么可能有步兵能跑掉，只有骑兵，那个李团长为了那些马绝对不会下狠手，所以能逃出来的也只有骑兵懂吗？"

喜娃子似懂非懂地点了点头，便不再言语了。

鲁大志看了看远处，回过头看了看周长川躲避的草丛说："顺子，你说长川只有四颗子弹，万一来的敌人多了可怎么办？"

"如果敌人太多，那就实行第二计划呗，放他们过去，咱们继续回家种地去，这还不简单。"刘顺躺在地上使劲嚼着麦秆，其实心里一直在打鼓，既紧张又兴奋。

"大志哥，等会儿我们绊了马，你可记得来救我们，全指着你拧掉小鬼子的脖子呢！"喜娃子乐呵呵地说道，完全没有恐惧的意识。

"你就看好了，爷爷我手里的长矛可不是盖的，及不上川子的子弹，也绝不会让敌人好受，当年我在山上打猎时就没扎歪过……"鲁大志眉飞色舞的还要说，被刘顺摆摆手打断了，他这才听见了马蹄声，由远及近快速向自己疾驰过来，大伙的心一下就提到了嗓子眼儿。

青木植带着仅剩的五名骑兵飞奔了近五里路，惊恐地观察着周围，发现后面的追兵并没有赶到，不由得慢慢减缓了行进速度，副官提马跟上前来说："中尉阁下，这些支那人实在是太狡猾了，竟然围攻县城的同时埋伏了两道伏击点，他们到底哪儿来的这么多兵力？"

青木植叹了口气："是我们大意了，以为我们的肃清政策很成功，敌人已经被压制住了，可事实完全不是我们所想，他们肯定调集了其他地区的部队连夜赶来配合作战，我们败在了轻敌，败在了自负啊。"

"中尉阁下，我们还有机会，回到县城，我们重新来战，一定会杀光所有的支那兵，为我们的战士报仇。"

"你认为我们回去小川雪松会放过我吗？山田的队伍是不可能挡住敌人的，这一仗我丢失的是一整支中队，而作为指挥官，我却独自逃脱，这是何等的耻辱，他能让我选择自裁就已经算是仁慈了。"说着，青木植完全失去了信心，行进速度变得越来越慢。

刘顺一看有些急了，如果马速太慢，绊马索根本起不到作用，这可怎么办。他向远处的周长川看去，却不能说话，只能用露出的眼睛给他递眼色，希望他能明白。

周长川透过标尺，已经很轻易地锁定了目标，但是马速逐渐减慢，他意识到了小路上的伏击可能要落空，敌人是一行六匹战马，自己的子弹只有四颗，在保持一枪一个的情况下还需要解决两名士兵，他必须要让绊马索起到作用，他思考了片刻，决定活捉那个当官的。他将枪口从为首的军官身上移到了他旁边的副官，枪声响起，子弹呼啸而出，正击中副官的胸口，鲜血溅出，顿时人仰马翻。青木植猛然惊醒，却在短时间里无法确认敌人方位，急忙带着另外四名士兵快速飞奔起来。

刘顺一下就兴奋起来，他给对面的喜娃子使了眼色，二人铆足了劲儿，就在马匹临近绊马索时，二人突然拉起了绳子，前后三匹马顿时翻滚栽倒，马背上的人也被甩出十米外，但是后面的两匹马及时勒住了缰绳，刘顺一看不好，连忙向旁边一闪身，站起来就跑，一边跑一边喊大志："姓鲁的，你的标枪呢？窝在怀里下崽儿呢？"

还在马上的两个日本兵抽出马刀，分头去堵喜娃子和刘顺，周长川的枪声再次响起，追击喜娃子的日本兵应声翻滚下来，刘顺跑向大志的方向，正看见鲁大志抓着标枪准备掷出来，连忙一缩头，标枪发出嗡嗡的响声呼啸着从刘顺头顶划过，径直插入日本兵的胸口。

刘顺抱着头好一会儿不敢动，差点以为自己的脑袋没了，他正要发火，却看到鲁大志捡了地上的马刀如同猛虎一般冲向了敌人，被摔地上的三个日军当中就包括了青木植，他被重重甩出十多米，想要爬起来，却只能死死地趴在地上无法动弹，缓了好一阵，听见了两声枪响，他才勉强站起身来，正看见一个壮汉提着马刀冲了过来。

另外两名日本兵爬起来看到大志，立刻冲过去想拦住他，却不想被鲁大志左右两刀劈翻在地，青木植用手抹了一把脸上的血迹，踉踉跄跄伸手去掏配枪，然而鲁大志已经冲到了面前。

周长川看得真切，急忙向战场跑，边跑边喊："大志，刀下留人，大志，别……"话没说完，青木植的脑袋已经滚落一旁，手里还握着手枪。

周长川跑到跟前，看了看一地死尸，怒骂道："你耳朵被驴踢了，没听到我喊那么大声，我要活的，这个当官的肯定有价值，可以送到独立团套点情报。"

"啊，你说得太晚了，俺都杀红眼了，何况他正要掏枪呢，不是俺死就是他翘辫子，你说是不？"鲁大志一边说，一边仔细端详着马刀，露出一副惊喜的神情。

喜娃子扛着五只长枪走过来，蹲下身从青木植手中掰下手枪递给周长川："老大，这是好东西，你拿着，以后你就是我们的老大，瞧，别腰里多威风。"

周长川接过手枪，在手里把玩了一会儿说："大志，你把马匹牵走，扔掉马鞍马镫，咱们到邻县卖掉换钱，顺子，你跟喜娃子把鬼子的衣服都扒了包起来带走。"

"什么？还要扒衣服？你真成地主老财了啊！何况这也太晦气了。"刘顺有些不大情愿。

"你懂什么，这些都是军官的衣服，指不定以后会派上用处，你们就赶紧点儿，鬼知道县城那边会不会再出来接应的鬼子。"

一听可能还有日军，三人不敢再发牢骚，连忙干起活来。周长川则在一旁看着战场，他没想到在这场遭遇战中自己只用了两发子弹就解决了战斗，更没想到自己的战友具备着不可小瞧的战斗力。

此时，在小路的南面，高小虎带着侦察连好不容易解决掉日军的阻击，一路急匆匆地跑步追赶骑兵队，追到距离县城五里的地方，突然发现前方有情况，立刻赶过去一看，全都傻眼了，高小虎来不及喘气，转身急忙就往回跑。

李啸元这里的战斗已经全部结束，歼灭敌人百余人，团里牺牲了四十三名战士，取得大胜，现在就等侦察连的喜讯了。

不多时，高小虎气喘吁吁跑了回来，李啸元不知情况如何，赶忙递给他一杯水问："你那边情况如何，追到了吗？还是被围城部队消灭了？"

　　高小虎急忙喝了几大口水，才缓过来说："报告团长，我领命追击马队，追到距离县城五里的时候发现了骑兵跟青木那小子，已经全部死掉了。"

　　李啸元眉头紧锁，喃喃自语道："怎么还有伏击？这次任务是秘密行动，只有我们这几支部队知道，是什么人干的？"

　　高小虎看了看团长，很肯定地说："报告团长，依照我的推测，应该是……"高小虎突然放低了声音，说："团长，我敢肯定，是被土匪截胡了。"

　　团长一惊，没太肯定自己听到的。

　　高小虎依然一脸的严肃，说："我敢肯定，真的是被土匪干掉的。"

　　李啸元笑了笑，说："你这小鬼，看了几个尸体都能分辨出来是谁干的，再说了，这周围哪儿来的土匪啊。"

　　高小虎有点儿不服气地说："团长，我真的敢肯定。"

　　"为什么？"团长问道。

　　高小虎一板一眼地说："青木的马队一行六个人，从头到脚，除了裤衩儿，所有衣服，武器，还有那几匹马，都不见了！"

　　李啸元抬头看了看高小虎，一声不吭地坐在了一块石头上，再也没说出话。

第六章 完璧归赵

骆家庄，团部指挥所里面吵杂声响成了一片。

李啸元把桌子拍得啪啪响，吐沫星子喷得到处都是，团部的所有骨干都到齐了，规规整整站了三排。

"这次的任务事前只有你们知道，是怎么外泄的？竟然让不明身份的一伙人劫走了重要的物资，我这脸都让你们丢完了。"李啸元喝了口水，指着这些人，气得抖了抖袖子，一屁股坐在椅子上。

"团长，那指不定还是友军那边泄漏的呢，不一定是咱们这边啊？"高小虎低着头，小心翼翼地看着李啸元。

"放屁！"李啸元吐沫星子喷了高小虎一脸："这次行动我上报分区后一直到行动当天才决定支援的部队，而且人家还是刚从战场上撤下来，紧接着就投入到围城的战斗，你倒给我说说人家是怎么把情报泄露出去的！一定是你们，平时就嘴巴不把门，到了关键时候掉链子，让底下的人知道了跑出去四处透风！你们这些……我都不知道怎么说你们！"

众人都不再言语，房间里静得掉根针都能听见，只有高小虎明白，团长这是心疼到手的那几匹军马，还有青木身上的配枪。

九里庄打谷场，深夜时分。

"你说这手枪真精致啊，指定是个好东西。"喜娃子借着月光盯着周长川手里的短枪看个不停。

周长川说："这是一支南部十四式手枪，就是俗称的王八盒子，很多日本低阶军官都配有这种枪，弹夹能装八颗子弹，可惜这个日本中尉只带了十几发子弹，等子弹打完了这枪就只能变成废铁了，要留着紧要关头来用，喜娃子，你去把那些日军衣服，埋在后坡老庙旁边，一定要隐蔽点儿，以后可能有用处。至于那些长枪，也要妥善藏起来，大志，你是一个人住，我记得你屋里的土松，回去再挖挖，把枪包裹起来埋下面，下次行动会用到，但绝对不能让人发现。"

喜娃子跟大志应了一声分头去干活了。

"川子，这次真地要谢谢你，不然的话我们真心没有这样的勇气。这下我们家的困难都解决了，我再也不用怕那个眼镜和了。"

周长川看了刘顺一眼，笑道："这次也让我看到了你们的实力，咱们几个加在一起的战斗力快顶上正规军的一个班了。不过说到感谢，你更要感谢一个人，她可比我重要多了。"

"谁啊？"

周长川朝远处嘛了嘛嘴说："瞧，说曹操曹操就到，就是她了。"

黑暗中，一个娇小的身影向二人走来，刘顺看了半天，原来是严敏，不觉得有些脸红，好在夜晚是看不出来的。

"你们早来了啊？我爹刚睡下，不然我出不来。"

"小敏啊,我这里有个好消息和一个坏消息,好消息是我们成功狙杀了日本一个军官,坏消息是,用掉了两颗子弹却无法补回来,但是枪可完璧归赵了。"说着,周长川将中正式步枪递给了严敏。

月光照着严敏的脸庞,看得出她也很兴奋:"子弹呢估摸着我爹是不会发现的,重要的是你们真的成功了,你都不知道我多担心,那可不是去打兔子打野猪,那可是日本人,你们竟然这么厉害。"

刘顺急忙说:"小敏啊,这其中我的功劳可大呢,我设计了一种绊马索,那是我家祖传的,鬼子的马跑过来的时候,我……"

没等刘顺说完,严敏就打断了他说:"行啦,不就是绊马索,我也会,我就想听听长川给我讲讲那两颗子弹的故事。"

刘顺碰了一鼻子灰,只得作罢,垂头丧气地把脸转向了一边,听着周长川讲述战斗经过,其间不时地会传出严敏一惊一乍的感叹,仿佛在听一件神话传说一般。

夜色渐浓,三人的畅谈却只是刚开始。

当严景和收到刘顺交的租子钱的时候,他的金牙露在外面久久没能收回去,他不相信这个穷小子突然能把偷的麸子钱还有以前欠的租子竟都折成了钱票还回来,这样的事在他的地主生涯里是从来不可能见到的,他暗自认定,这小子一定是做了什么偷鸡摸狗的事情。

他一回到宅子便找来了他最得力的狗腿子郑三,这个人满脸油光一脸的横肉,是严景和从小捡来,当牲口一般养在后院,如今算来也有快二十岁了,终日里就是帮严景和收租子和给日本人送点八路军的消息,还有就是欺负一下村里的乡亲,这些年尽干了这些个龌龊事，但是有一点，对严景和他是绝对的忠诚，他一直将严景和视作父亲一般，毫不在意自己如同牲口般的地位。

"老爷子，您找我？"郑三总会尊称严景和为老爷子。

"庄子里那个刘顺，就是小时候你没少欺负过的那个小子，最近似乎有点儿小动作，你平时多帮我留意一下，捎带也盯紧了那个周长川，有什么不妥的就来跟我说。"

"放心，那小子逃不过我的眼睛。"

"哦，还有，我那闺女你也知道，现在年岁越大脾气也越差，总是跟我对着干，跟周长川他们走的有点儿近，我呢，上个月给北平我的老朋友写了封信，如今有回信了，他能帮我把小敏送去京城女子学校，学点礼仪，兴许能嫁个有点儿头脸的人家，我也就放心了，你呢，回头帮我把院子里埋的那些个细软给刨出来，我要用了。"

"是，老爷子，不过，小敏去那么远您放心吗？"

"不放心又能怎样，至少那边被日本人占着，暂时还算太平啊不是！我们这里呢？这儿就是个战场，随时都可能挨了枪子吃了炮弹。我是不想让她再回来了。正好，那些钱还有一部分我打算在县城捐个维持会的小官，吃饱穿暖还有日本人保护，这不挺好吗，不过呢，现在的当务之急，还是要好好劝劝我的宝贝闺女，希望她能明白我的苦心。"

严敏正在院里喂鱼的时候，严景和已经站在了她的身后。

"小敏啊，来让我看看这鱼喂得怎么样了！"

"还能怎么样，肯定没那郑三肥就是了。"严敏并不愿意搭理这个做尽坏事的爹。

"怎么说话呢？郑三自幼无父无母，本就是个可怜之人，我收养他，你难道有意见吗？"

"我可没意见，但是对于我娘的死，我一直有意见，村里人都说是你烧死我娘的。"

"胡说！"严景和突然激动起来："谁跟你说的？我非撕烂他的嘴，我说过很多遍了，你娘是得了失心疯，自己把自己烧死了，这么多年过去了，你还是忘不掉这些个陈芝麻烂谷子的事？"

严敏头一低，不再吭声了。

严景和叹了口气，拉着严敏坐在椅子上说："小敏啊，你爹在你眼里可能是个不干好事的土财主，我也从来不会标榜我是个好人，但是我对你那可是真的心疼啊，我严景和只有你这么一个女儿，为了你，让我豁出这条老命不要也愿意啊。"

"好了，爹，我知道了。"严敏转身要走，被严景和拉住了。

"小敏啊，爹跟你再说件事，你看，现在这地界不太平，日本人还有那些个皇协军有事没事就四处胡作非为，你爹我也没能力保护你，所以呢，我盘算着，把你送去北平，在那里上个学，你不是一直想去上学吗，这赶巧了，有个女子学校正要招生，爹送你去，行不？"

严敏一皱眉："绕了半天弯子，原来是这事，我不去，我不怕鬼子，长川他们能保护我。"

"胡说些什么。"严景和打断严敏的话恼怒地说："那些个混小子能保护你什么？日本人那可是手握真枪实弹杀人的玩意儿，稍有大意就是丢性命的。"

"鬼子也不见得都厉害，长川就能把他们收拾得找不见北。"严敏刚说完就发觉自己说漏了嘴，连忙捂着嘴跑进了屋里，再也没出来。

严景和呆呆地愣在那里，细细琢磨严敏的话中含义，不由得悟出了点儿什么，冷笑了一声转身出了门。

第七章 分队成立

在遭遇伏击的第二天，河间县城外，几辆军车疾驰而至，一名日军军官走下车，带着卫兵杀气腾腾径直走进了小川雪松的指挥所。

这次伏击对小川大队的打击是空前的，损失一支步兵中队不仅仅是削弱了作战实力，更主要的，是在这样的相持阶段，严重挫伤了军队的战斗士气，起到的反作用是不可估量的。

当小川雪松看到坂本铁青的脸色时，立刻吓得不知所措。

"小川君，我这次来想必你知道是为了什么吧？"坂本不怒自威的问话深深震慑住了在场的每一个人。

"是，联队长阁下。"小川连忙上前几步，低下了头说道："这次是我严重的失误导致青木君的牺牲，请联队长阁下原谅。"

坂本吉太郎冒出一丝怒火，说道："你难道只以为自己的愚蠢牺牲了青木君一个人吗？你还牺牲了一个中队的将士，还有大日本皇军的威严和我的尊严，你明白吗？"话音刚落，坂本左右开弓，扇了小川四个嘴巴，小川的嘴角瞬间冒出血丝来，他低着头站在那里，默不作声。

坂本继续说："这次的围而不攻你竟然看不出是个圈套吗？八路的狡猾对于新到这个战场的战士会有所陌生，但是对于你这样有经验的长官，难道也没有觉察吗？你竟然还要求回援！"

小川低着头小声说："是，我完全低估了八路的狡猾，他们围了县城三道门，独独留出南门，然后又在南门外设下了两道伏击点，实在是太狡猾了。"

坂本回过身看了看挂在墙上的地图说："更可耻的是，青木君的装备和军装也被扒走，这是对大日本皇军威严的严重挑衅。华北方面军司令部不久前刚刚下达命令要求各部队在所管辖区域内全面剿灭八路军和游击队，谁知竟在命令下达的短短一月内就被八路消耗了我一个中队，还是在我的眼皮底下，小川君，你现在由少佐降为大尉了，你的部队直接由我来指挥，你负责带领炮兵中队，随时准备战斗，懂吗？今后，我会给你一个将功赎罪的机会，希望你能够好好珍惜。"

小川雪松连忙应诺，心里依然胆颤不已。

九里庄向西三里地的树林里，周长川带着刘顺大志还有喜娃子正蹲在一处树丛里练习枪法。

"我们人太少，所以我们需要躲在暗处，让敌人在明处，如果想杀更多鬼子，就要有耐心，明白吗？"周长川将杂草绑在枪杆上，用一件草编的毯子盖在背上，匍匐在地上，看起来就跟一丛野草一样，完全看不出人形。

"长川啊，我以为干完这次买卖咱们就收手了，现在咋还练上兵了？"刘顺嚼着麦秆儿盯着草垛子发呆。

"我觉得挺好，我们学习打枪，将来肯定能用到，下次有机会我还想打那帮狗日的！"鲁大志一边学着编草垫子一边饶有兴趣地看着周长川手中的那杆三八式步枪。

周长川站起身将步枪交给鲁大志，转过头跟刘顺说："在这种战乱年代，就算我们不学这些，难道就能过太平日子吗？你知道日本鬼子什么时候会到你家里吗？拿走你的粮食，杀掉你的亲人，他们随时都可能做得出来，周围已经很多村子被屠村了，难道你还以为我们缩在家里就会安全吗？"

刘顺被问得哑口无言，蹲下身编起草垫，一旁的喜娃子嘿嘿笑着说："上次打鬼子真过瘾，这下我们有枪了，只要学会怎么用，以后我们就谁也不怕了！"

周长川从大志手中拿过步枪，拉开栓说："我会把我学到的战斗知识教给你们，如果我们将来拥有一支队伍，我们就要成为一支最强的队伍。"

"为什么不回到八路军独立团呢？"刘顺问。

"我回不去了，在那里，我永远是个罪人，我没办法再面对那身军装。"周长川短暂的沉思过后叹了口气，提了提精神说："来，我给你们讲讲这杆长枪，这叫三八式步枪，我们叫三八大盖，因为这上面有一个防尘的盖子所以才叫这个名字，枪长一米二，瞄准的时候利用这个槽加上准星来配合，敌人距离超过一百米了就要打开标尺配合瞄准，这枪比那杆中正式步枪准头要高，不过杀伤力一般，我见过很多战士被子弹打穿后没产生什么大伤，但是中正式步枪威力就大了，经常打身上一个血窟窿。"

喜娃子瞪圆了眼睛听得直咧嘴："妈呀，保佑咱们都不会被打中。"

一旁的鲁大志狠拍他的头骂道："你个丧气的家伙净胡说八道。"

周长川苦笑一声说："在战场上绝不能害怕，如果你害怕了，枪的准头就没了，阵地战里你每次探头看准对方方位后要立刻开枪，即便是打不中也会干扰到对方的射击，你的命也能保住，我师父王翰就曾经说过，战场上，谁够胆识谁就赢！如今想来，这话一点儿没错。"

刘顺皱着眉说："但是我们只有四个人，敌人每次出动都是大部队，我们很难对敌人产生威胁。"

"我们的队伍小，就要慢慢扩大，上次卖马的钱还有不少，如果有人愿意加入我们，我们可以发津贴，但是前提是真心能跟咱们打鬼子保家园。"

"对，咱们有武装力量了也就不怕眼镜和这种恶霸了，还能保护咱们庄子不被鬼子欺负，招兵好，我第一个赞成。"大志紧握着拳头兴奋地说。

刘顺想了想说："你这么一说，我倒是想起了几个发小，在南面张家庄住，一个叫张木林，一个叫张小鱼，张木林他爹是个打猎的，他家有个老炮筒子，他枪法特好，张小鱼是个鬼精鬼精的人，跑得比我还快，最适合搞侦察，就是不知道他们愿不愿意加入咱们，改天咱们去找他们聊聊。"

周长川点了点头，在他心里，虽然对师傅充满了愧疚，却始终希望能继续抗日，即便是不在八路军的队伍，他自己也能为抗日尽自己的最大努力，这一点，是他从未动摇过的信念。

当四人快到村口的时候，周长川让大志将枪支藏在衣服里从侧面溜进村里，他跟刘顺喜娃子则若无其事地慢慢走向村口，却不想在村口遇见了几个身穿黑色马褂的人。

"你们三个给我站住，是不是这个村的人？都叫什么名字？"为首的黑衣人瞪着眼看着三人，有意地将黑色褂衫撩开，露出腰里别着的驳壳枪。

周长川感到一丝不安，他知道这些人是维持会的，他们通常只会缩在县城里，今天来到村里自然会有不寻常的任务。

在听到回答后，黑衫人不由得露出一丝冷笑："原来你就是周长川，我们找的就是你，来人，给我绑了！"

刘顺一个闪身站在周长川面前，怒目瞪着来人，黑衣人正要掏枪，周长川一把拨开刘顺走上前说："抓我总要有个理由吧？我犯了什么事？"

"私藏枪支弹药！"声音来自几个黑衣人的身后，众人看过去发现是严景和，在他的身后，郑三押着周陈氏正慢慢走来。

周长川一下急了："严景和你干什么？放了我娘，有事冲我来！"

严景和把墨镜向上推了推，露出金牙笑了："别急别急，大家乡里乡亲的，你娘她好着呢，不过呢，你就不好了，我在你屋里找到了这个。"说着，严景和从腰里掏出那支南部十四式手枪在空中晃了晃："你这枪哪儿来的？是不是通敌杀害皇军得来的？"

周长川一皱眉，看了看那把枪，又看了看被郑三摁着的娘，不由得眼里迸出火花说："这把枪是我捡的，这件事跟我娘还有刘顺他们都没关系，他们什么都不知道，把他们放了，要抓就抓我一个人！"

严景和露出一种难以捉摸的神情继续说："捡的？那我问你，你之前失踪了大半年，是不是投共了？"

周长川知道，如果说实话，他们自然会用母亲来威胁自己说出八路军的消息，于是面无表情地说："没有，我在县城光明街的光明茶馆做伙计。"

一名黑衣人眼珠子转了转上前说："这个我知道，光明茶馆的老板娘喜欢打麻将，我上个月还跟她打过呢！"

周长川冷笑一声："你糊涂了吧，老板叫张可行，他老婆前年就死了，到现在还是光棍。"

黑衣人看没能诈住周长川，恼怒地退到了旁边。

严景和踱着步子走到周长川跟前，嘿嘿笑道："你总算是栽在我手里了，来吧，跟我们进屋叙叙旧吧！"说着，给郑三一个眼色，郑三放开了周陈氏，过来押着周长川跟着一伙黑衣人回去了。只留下刘顺和喜娃子呆呆地站在那里不知所措。

第八章 被捕

喜娃子待了好一阵才反应过来，拽了拽刘顺的衣角说："你说他们会把老大怎么办啊？会枪毙吗？"

"不知道。"刘顺茫然地看着远处，有些措手不及。这时鲁大志赶了过来，听完喜娃子的讲述气得牙根痒痒，一跺脚骂道："他奶奶的，被那些个维持会的人抓走指定交给日本人，活不了的，咱们跟他们拼了吧，我去拿枪！"说着就往家里走。

刘顺连忙拽住他说："你个火爆脾气就不能消停一会儿，现在还没带走呢，只是关在眼镜和家里，咱们先想想其他办法。"

"对了！"喜娃子连蹦带跳地喊："去找严敏啊，她指定帮咱们！"

刘顺看了看大志，点了点头说："喜娃子，你去眼镜和家里听听动静，给我盯住人，大志去打谷场找，我去北面小河找，一定要尽快找到严敏，她是我们最后的希望。"

当刘顺赶到小河边时，果然见到严敏在那里洗衣服。

"严敏，出大事了！"刘顺上气不接下气的跑到河边，先往嘴里灌水喝。

"看把你跑的，出什么事了？"

"周长川被你爹抓了，你爹还跟维持会的人勾搭在一起，从长川家里搜出了我们缴获的鬼子枪，如果交给日本人肯定是要枪毙呢。"

严敏心里一惊，连忙扔下衣服就跟着刘顺往家里跑，边跑边询问事情的经过，刘顺喘着气一五一十讲了一遍。

周长川被两个人押着胳膊站在屋里，严景和跟刚才那个黑衣人的头目坐在椅子上，眼睛直勾勾地盯着周长川，仿佛要从他身上挖出更有价值的东西。

"周长川啊，其实那年你离开村子的时候我就怀疑过你，因为那个时候，土八路的独立团刚刚到了咱这地界儿，跟皇军打了几仗，名声起来了，有不少村里的年轻人投了过去，我记得你就是那时候走的，是不？"严景和眯着小眼将眼镜向下扒了一下看着周长川。

"我没什么说的，我当年的确是进了县城给人当伙计，你们是想诬陷我！"

黑衣人喝了口茶说："老严啊，这小兔崽子还挺倔，我觉得交给日本人才是最明智的，那些日本人整天嫌我们没有功劳，抓不到八路的探子，咱们这次就给他送去几个人得了。"。

严景和眼珠子转了转说："说到这儿了，我倒是有点儿私事想跟您说道说道。"说着，给几个人使了个眼色，郑三带着几个黑衣人押着周长川出了屋子，在院子里候着。

严景和这才小声说："李会长，您现在可是日本人眼里的一把手啊，如果他们连您都嫌弃，那其他人岂不是没法活了！"

李会长眯着眼笑起来说："我就这么说说，其实我也就是日本人底下打杂的，他们对这地界又不熟，还是要靠我们来搞情报什么的，自然离不开我们。说实话，我也就是图了个在县城安全一些，至少有日本人保护啊，咱也不做什么伤天害理的，帮他们维持一下治安，收收税什么的，再打探一下消息，偶尔抓个共党，不也落得自在。"

严景和听完满意地点了点头说："嗯，这个呢，正是我严某人拜托李长官的第二件事了，这第一件事，您帮我带这小兔崽子走，我眼不见心不烦，免得我女儿为了这事跟我闹。这第二件事……"说着，严景和从袖子里哆哆嗦嗦取出一块红绸子，里面包裹着鼓鼓囊囊一小包，慢慢塞进李会长的手里说："我老了，没几天活头了，这兵荒马乱的，我也不要求什么，就是啊，打算送我那闺女去北平上学，而我呢，能跟着李会长混个差事，我就很满足了。所以啊，我女儿的通行证还有我这把老骨头的安置就全指望您了。"

李会长心领神会地接过了包裹，在手里掂量了一下，笑道："这是哪里的话，当年我爹跟你爹那是多铁的关系，如今到了咱们这一辈，必定要互相扶持一下才对嘛，就凭这次你揭发的这个周长川，即便不是八路，咱也能想个法子定他一个通共的罪，交给日本人领一份油水。这就叫双赢，双赢啊。你想谋个一官半职的那就太简单了，有我在，老哥就只管收拾行李进县城吧，我这儿正缺个副会长呢。"

"有李会长这句话，我严某人就算放心了。"

"关于令爱的通行证，我即刻就回县城亲自帮老哥打点，估摸明天能办成，也了却你的心事，明天，我派人来接你，给了你通行证，顺便带着这个姓周的一起进县城，以后有我吃喝，就一定有老哥你的油水！"

严景和连连道谢，让郑三将维持会一行人送出了村口。

严景和站在院子里，看着被绑在木桩上的周长川，显出一副犹豫不决的表情，他慢慢走到周长川跟前，点了个烟袋，凑到跟前说："长川啊，怎么说我也是看着你长大的，你爹死得早，村里的人没少接济你，你对村里的长辈也都有些感情是吧，如果你能告诉我些关于八路的消息，哪怕一点点儿，我就免掉全村一年的租子，让他们吃饱穿暖，你看怎么样？"

"哦？严老爷，这么说你还是很念旧情的，那你这些年积攒的钱财都是村里的乡亲帮你一点一滴干出来的，你为什么就没在之前念点旧情免了租子呢？你知道村里多少人都吃不饱，又饿死了多少人呢？"

严景和故作惊讶地说："有这等事吗？我不知道啊，你说这样的事我严某人怎可能坐视不管，这真是天大的误会啊。"

周长川冷笑一声说："即便是你免了村里的租子，你觉得那些个日本鬼子和他们的狗腿子能善罢甘休吗？他们就真的不来村里收粮吗？你能管得住谁？"

严景和被问得哑口无言，正要发作，院门被推开了，严敏急匆匆冲了进来，严景和一见女儿来了，转身走进屋里，假装给烟袋加烟草。

"爹，你这是干吗呢？为什么绑了周大哥？"

"小敏别闹，现在他有通敌嫌疑，我必须抓了他，明天就送他去县城，我看他嘴巴能有多硬。"

"爹！"严敏愤怒地说道："你什么时候变成鬼子的狗腿

子了？你还要为了那些鬼子来迫害我们中国人吗？"

"啪"的一声，严景和转身一巴掌打在女儿的脸上，严敏向后退了几步，捂着脸低头哭起来。

"闺女啊，你长这么大，我这是第一次打你，你不该这样说你爹。你知道我为了你付出了多少吗？你说我是狗腿子？我做狗腿子还不是为了你！"

严景和气得浑身发抖，坐在椅子上不再动弹，严敏哭了一阵，似乎下定了决心一般说："好，我答应你，我去北平上学，只求你放了周大哥，我就只有这一个请求。"

严景和见有转机，不由得叹了口气："维持会的李会长明天就派人来带他走，我也要去县城做官了，这姓周的可是你爹的升官筹码！"

"你不答应我，我现在就死给你看，让你当了官也一辈子愧对我娘！"说着，严敏从桌上抄起一把剪刀架在脖子上，那锋刃几乎划破了皮肤。

严景和连忙摆手说："小敏别干傻事，爹答应你，爹答应你还不行吗？"

"那你现在就放了他。"

严景和略一犹豫说："闺女啊，你先放下剪刀听我说，这人现在还不能放，明天李会长还要派人来，不过你放心，我去县城是当官的，我说他周长川没罪就没罪，然后把他放回来就是了，这个过场还是要走的。"

"你说的是真的吗？"

"当然是真的，闺女都拿命来要挟了，我怎么敢骗你呢。你今晚收拾一下行李，明天我拿到通行证就让郑三一路送你去北平，你爹我就去县城过个安乐日子。以后咱爷俩指不定还能不能见面呢，你就多陪陪爹吧，你放心，我还能骗你不成。"
严景和摸着女儿的头发，眼睛瞟了瞟屋外的周长川，暗自在心
里下了必杀的念头。

第九章 劫囚

夜里，月光映白了整个大地，打谷场的草垛旁，刘顺三人正团坐在一起想办法。

"照我说，他们就一个郑三看着长川，我们冲进去救人就是了，别管那么多。"

"大志别冲动，他们有枪，无论伤了谁都不是开玩笑的。何况我们连大门都进不去，我们不能乱来。"

"那你说咋办？就看着长川被抓走？"

喜娃子看了看两个人，说："下午严敏不是说了她爹同意放人了吗，只不过要等到县城里再放。你们俩还盘算什么！"

鲁大志一把拍到喜娃子的头上骂道："你个被驴踢的脑袋，眼镜和的话能相信？那是搪塞严敏的，我们真等他们进了县城，那可是日本人的地方，还能活着出来？"

"你们先别吵，容我想想。"刘顺拿着一根树枝在地上比画了半天，说："如果想救出长川，咱们就要在老洼弯这里动手，这里杂草丛生，是去县城必经的小路，适合隐蔽，咱们在那里埋伏好等他们，大志，你去拿两支枪出来，子弹装满，咱们明个就打他个措手不及。"

鲁大志应了一声就急匆匆走了。

"怎么就两支？"喜娃子叫道。

"你负责勘察敌情。"刘顺撇了撇嘴骂道："长川教打枪的时候也没见你好好学过，万一伤了自己人就麻烦了。"

喜娃子一撇嘴，不再吭声了。

"等大志回来，咱们就出发，提前赶到老洼弯勘察地形，然后开始伪装，希望长川教我们的东西能用上。"刘顺似乎是说给喜娃子听，却又仿佛自言自语一般念叨着。

第二天一直到了晌午，两个黑衣人赶到了九里庄，当他们将通行证递在严景和手里时，严景和激动地看着通行证愣了好半天，急忙找来郑三带着两人去屋里休息，然后径直来到严敏的屋门口，推开门，看到严敏正站在床边收拾行李箱。

"小敏啊，瞧瞧，你的通行证下来了。我的心也算放下了，我让郑三下午就送你去北平。"

"是吗，这么快就要走了？"严敏没有显现出一丝的兴奋，继续整理自己的行李箱。

"小敏，到了那边就要靠你自己照顾自己了，爹每月都会给你寄生活费的，你就在那边好好学，不管学个啥都好，只要不在这乱遭遭的地界就成。"严景和将一个包着银元的小袋子塞进了行李箱，还想帮忙收拾却被严敏挡在了身后。

"你还生爹的气？你放心，爹就算进了县城，也不干那些个昧了良心的缺德事儿，爹这也是自保，迫于生活啊。"

严敏停住了手里的动作转过身说："让我再跟周长川说几句话好吗？"

"你还理他做什么，你现在这样叛逆，多半都是他教坏的。"

"我只想在临走前，跟他说几句话。"看到严敏坚定的神情，严景和只得点了点头。

严敏来到院子看着周长川，后者被绑了一夜，显得极其疲乏，看到严敏，勉强笑了笑。

"周大哥，我替我爹给你道歉，你我从小一起玩到大，我的心思你自然明白，无论我爹做了天大的坏事，他毕竟是我爹，是我娘死后这世上对我最好的人，我不想为他辩解，但是我真心地希望你能原谅他。"

周长川看着严敏说："嗯，你放心，其实从小到大我对你爹也没有那种极深的恨意，我不会怪他的。"

"周大哥，我爹答应我，带你去县城走个审讯形式就一定放了你，他保证了的，不过我下午就要去北平了，去上学，虽然我并不知道我能学点儿什么。"

周长川苦笑一声，心说小敏依然还是单纯得可爱，竟然相信她爹的搪塞言辞，不过嘴上却说："上学很好啊，不过现在的中国，战乱纷飞，伤亡无数，如果你愿意，可以学医，好好地救助那些受苦受难的百姓。"

"嗯，我会的，周大哥，我听你的。听你以前说，八路军的队伍是真的为百姓好，他们才是真正能打鬼子的队伍，你说的都是真的吗？"

"应该说是共产党，八路军只是共产党领导的一支队伍，总有一天，你会明白的，明白在这场战争中，我们需要这样的一个党。"

老洼弯距离定县十五里，本是一片人头般高的杂草区域，因为是东面村镇通往县城的近路，被人走多了，便形成了一条小道，但是路两边的视野依然为杂草所掩盖。

周长川被捕的当夜，在这片杂草中，三个黑影正急匆匆编着草垫子。

"你们两个人一人一杆枪，我啥也没的，整个就是陪看戏的嘛！"喜娃子一边嘟囔着，一边编着草垫子。

"你说你学到了啥？你知道标尺怎么用不？拉栓能拉动不？"大志说着，将编好的草垫披身上比画了一下，发现尺寸小了，于是又铺开继续编起来。

"我咋就不会了，再说，我不会你们不兴教我一下啊。"

"你两个少说几句，等会儿隐蔽起来，你两个先睡，我放哨，三小时后喜娃子换我，再三小时大志替换，到时天就该亮了。"

鲁大志将编好的草垫子盖在了身上，躺地上便睡起来，喜娃子躺在他旁边翻过来翻过去的，大志一瞪眼说："你出鼠一样的打滚儿，想干吗？"

"明天真打开了，我这心里没底。"

"就知道你小子德行，给你，还真不敢少了你的！"说着，大志从怀里变戏法一般掏出一个日军的97式手雷扔给喜娃子，后者一阵惊喜，连忙抱在怀里不再吭声，倒头便睡。

当周长川离开村子的时候，回头看了看那棵老槐树，他并不知道自己后面会发生什么，但是他此时更担心的是自己的兄弟，还有即将远行的严敏，他不清楚自己对严敏是怎样的一份感情，他们从小一直在一起，周长川忍受着严景和的欺压，却又总会在困难交加的时候得到严敏的帮助，周长川的母亲常说，严景和干着缺德事，他的女儿却在帮他积德，这样啊，就抵消了。周长川时常会觉得信佛的母亲想法怪异，如今看来，其实还是很有些道理的。

在通往县城的土路上，周长川被反绑了手跟严景和走在最前面，后面跟着两个维持会的黑衣人，周长川面无表情的样子让严景和感到有些不解。

"我说川娃子，你好像一点儿也不害怕？你知道现在要去的是日本人的地盘不？那里可不是好玩的，日本人说你有罪，那你就活不过今天，可狠着呢。"

"哦？比你还狠吗？那我也算是能见识一下，就算没白活了。"

"你就嘴硬吧，从小到大就你带着那几个小王八蛋跟我对着干，别以为我不知道小敏私下来帮衬着你们，我不想她恨我罢了，不然你们早都饿死了。"

"原来严大财主什么都知道啊，那你有没有想过，严敏做的事是救了你呢！正所谓你失了德你女儿帮你积了德，这才免了你后世的报应！"

"呸！老子从来不相信有什么报应。"说着，严景和在周长川身后狠狠踢了一脚骂道："你个小王八蛋马上就死到临头了，竟然还想着法子骂老子，要不是有小敏在，昨个在村里我就结果你了，这世道，就算枉杀了你也没人会在乎，懂吗？"

因为被踢了一脚，出于惯性，周长川向前跨了几大步，与后面的三人拉开了距离，就在这时，枪声突然响起，清脆异常，走在最后的两个黑衣人还没反应，一人已经倒地不起，胸口冒出殷红的鲜血，片刻之间，草丛迅速跳出三人冲了过来，另一个黑衣人本能地要举枪，喜娃子边冲边骂："你狗日的，还想开枪！"说话间已经将97式手雷扔了出去，大志跟刘顺连忙喊了句"趴下"便卧倒在地，这颗雷正砸在那人的脸上，顿时鲜血迸出，雷掉在了地上，却迟迟没响。

趴在地上的刘顺问喜娃子："你他娘的拉撞针了没？"见喜娃子摇了摇头，气得爬起来就揣了他一脚。

不过战斗也已然结束，那黑衣人被砸得倒在地上呻吟，再无反抗之力，而严景和坐在地上有些不知所措，完全忘了自己怀里还有一把南部十四式手枪。

"嘿，你个小王八羔子，谁让你扔手雷的？扔就扔吧，还不拉撞针！"大志爬起来提着喜娃子的领子骂道。

刘顺喘着气说："还好他不会用，不然这一扔估摸着把长川也炸没了。"说完，连忙给周长川解绳子。

"别总说我，就你俩能干，开两枪就打中一个人，还说自己枪法好！"喜娃子有些不愿意地嘟囔着。

严景和颤颤巍巍地站起身，慢慢向身后的草丛挪动，突然一转身就钻进一人高的草丛跑起来。

鲁大志看见急了："嘿，他奶奶的，那土财主还想跑，看我给他屁股上钻颗子弹。"说着抬枪要打。

周长川撤下身上的绳子，一把拽住了鲁大志说："算了，让他走吧，咱们欠小敏太多，就当看在她的面子，她就这么一个亲人了。"

鲁大志撇了撇嘴，将三八式步枪背在了肩上，又从地上那两人身上搜来两只二十响揣在裤袋里，走到几人身边说："我们半路劫人本就是不想引火上身，你放走了眼镜和，我们可就麻烦了，村里是回不去了，我们能去哪儿啊？"

刘顺想了想说："还记得我之前说的张木林和张小鱼不？那俩人是我从小玩大的，咱们就去找他们吧。如果顺利的话，也许能招募他们加入我们。"

　　四人商量再三，严景和的逃脱是计划之外的，县城那边的日军也就知道了这支反日力量，目前他们并没有什么更好的去处，于是一行人直奔张家庄而去。

第十章 战火中的恋人

午夜时分，定县以南一百二十里，王家岭。

寂然的夜色蔓延了整个山谷，即便是已经习惯了黑夜的人，也会在这样的夜色中显得茫然无措。山谷的两侧是绵延的峻岭，如同两只慵懒的狮子静静地躺在一旁，毫无生气，却又让人无法逾越。

在这段山谷的两头，驻扎着日军华北方面军步兵独立十二联队，此次联队长坂本吉太郎集结了一支步兵大队和一支炮兵中队，分别堵住了山谷南北的出入口，日军与山谷两侧的高山形成了一道密不透风的包围圈，而身处这个包围圈的，则是国民党中央军第四集团军暂编第五军所属的一支预备团。

此时的国民党士兵正紧紧地抱着枪坐在战壕里，四周间或传来咳嗽声，除此之外，便再也听不见半点儿声响，他们在等待着什么，或许只有他们自己知道，这份等待，充满了绝望和无奈。虽然已经进入初春，但是刺骨的寒意时刻都在提醒着每一个人，死亡近在眼前。

林一雄静静地躺在战壕里，仰头看着天，嘴里的烟头几乎烧到了嘴唇。他很清楚，预备团这次被日军赶进了这个死胡同是早有预谋的，他们不会仁慈地放走送到嘴边的肥肉，如果没有强有力的增援，那么这支部队注定只能灭亡。

"林团副，我们已经被围了两天了，如果再没有增援，我们可就交待在这里了。"发出抱怨的是通讯兵李忠国。

"周围的友军还没有回信吗？离我们最近的第74团只有半天的路程，他们竟然两天都没有赶到？"团里的警卫营战士赵峰抹了一把嘴上的泥土，死死盯着李忠国手中的电台。

"没有，我已经呼叫了很多遍，如果对方的电台没有坏掉，肯定收到了，到底是为什么啊，我就想不通了。"

林一雄一口吐掉嘴里的烟屁股，翻身爬出战壕看了看远处日军阵地里微弱的灯光，然后又退了回来说："这些不是友军，是鬼子的帮手，他们各自为政，只知道保存实力，绝不肯轻易施援，这种事我已经见多了，只是以前都不是致命的，这次却卡在了喉咙要了老子的命。"

"这么说，咱们真的要交待在这里了？可团座不是这么说的。"赵峰有些急了，转而变得有些失落。

林一雄拿出火柴摸了摸口袋，发现没有了烟，于是将火柴重新装回口袋，冲李忠国说："继续发报，用明码发，就说我团隶属暂编第五军，奉命运送物资赶往主战场，遭遇敌军，伤亡殆尽，被围于王家岭，现请求友军驰援，如若继续等待观望，我团五百将士必将殉国，党国重要资源亦将落入敌手，痛心疾首，祈望援手！"

说完，林一雄顾不得众人的失落，猫着腰跑向战壕西边的一个临时木屋里，借着昏暗的蜡烛光亮，一名身着军装的女人正坐在木凳上，用手帕轻轻地擦着一支手枪，灯光映在她白皙的脸上，现出一份动人的容颜。

"赵婉，你还没休息一下吗？后面可能会有场恶仗。"林一雄关切地坐在赵婉身旁，抓住了她正擦枪的手。

"还记得这把枪吗？"赵婉将一只擦得很亮的手枪放在蜡烛下面。

"记得，这是去年我准备离开团部单独执行任务的时候送你的，M1934手枪袖珍款！"

"我没想过竟然有人会送女孩子手枪的，你是第一个，当时的确是把我吓到了。"

"是吗？那你一定以为我是个只会打仗的大老粗了。"

赵婉轻轻地摇了摇头说："没，我知道你是为了我好，想让我学会保护自己，对吗？"

"嗯，在这种世道，我们都要学会保护自己，你这样的美人自然就更应该了，于是我将配枪送给了你，并没想过是否合适，只觉得你会用到。"

赵婉叹了口气："瞧，这次就要用上了。"

林一雄有些颓然地将赵婉揽在怀里说："我希望你一辈子也用不到。"

停了好一会儿，林一雄整顿了一下心情问："团座那边有命令了吗？到底是突围还是死守？"

"刚才通讯兵来通传团座命令，务必让我们死守北面战壕，以避免敌人两面夹击。他将带领南面的一营二营进行突围，如果能撕开口子便会即刻通知我们撤出。"赵婉将写着命令的那页纸递给林一雄，后者看也没看便揉成了团扔在了地上。

"当初遭遇袭击的时候我就建议立刻撤离，可他曹剑就是太傲，认定对方只有一个中队，一定要打，我说了不下三遍这里地形不熟，不可恋战，可是他不听，被日军一路引到这个山岭才发现中了圈套，已经有一个大队在这里等我们了，他的独断害了全团人，也害了你。"林一雄紧紧攥着拳头，心中郁气不得宣泄。

"别说了，事已至此，也许真到了殉国的时候了，不过能跟你死在一起，我挺满足。"赵婉将头靠在林一雄的肩膀上，瞬间软化了这铁汉的心，后者的眼泪不由自主地流了下来。

正在这时，外面一阵嘈杂，林一雄抹了把脸，站起身冲出了小屋，借着月光正看见几个士兵在厮打。

"怎么回事？都给我住手！"林一雄一脚蹬开一个人，其他人也都不再动弹。

"林副官，他们几个想投降，我骂他们，这就打上了。"赵峰狠狠瞪着对面几个人。

林一雄冷冷地看了看这几个人问道："是谁要投降？"

几个人互相看了看，其中一人上前一步说："长官，我有个同乡投降当了伪军，给家里捎过信，说吃住也不差，在这世道，能保住命就很难了，更不要说吃饱饭，我们现在如果继续抵抗是死定了，不如先委曲求全，等日后再做打算，好汉不吃……"没等他后面的话说完，林一雄掏出配枪"砰"的一声正打在这人的胸口，尸体翻倒在地，众人不敢再作声。

赵婉跑出来看到此番情景，来到林一雄身边说："他们也都是吃苦的人，既然不愿再穿这身军装，何必强求呢？"

林一雄一摆手说："我林某人此生最痛恨投敌叛国者，你们谁还想投敌？"众人不再言语，各自散开。

赵峰走过来说："团副，这些人太可恨了，一心想着投敌，如果再这样下去，军心不稳，这仗更没法打了。"

"赵峰我命令你，整个北面战壕巡一遍，但凡有人议论通敌话题，就地枪决，这样的窝囊废我们一个也不要。"赵峰领命而去，林一雄回头看着赵婉，有些怜惜地说："外面冷，你回去吧，刚才吓到你了，对不起。"

"没事，我知道你对国家的忠诚是不可动摇的，我只是心疼这些士兵，他们年纪轻轻就死在了战场，无法再回去见到他们的亲人，甚至想有一座坟也是奢侈的想法。"

林一雄看了看远处日军阵地的灯光，不由得叹了口气。

此时的日军阵地上，坂本吉太郎正站在高高的土坡上，远远地看着漆黑的山谷，向身边的副官小野吉川问道："小野君，你说敌人此时是在睡觉呢，还是在准备战斗呢？"

"联队长阁下，我认为此时的敌人已经完全丧失了反抗的能力和决心，只等我们收网全歼他们。"

"你错了，他们依然还拥有不错的武器装备，不可小视，如今既然他们已经成了囊中之物，那我们就不要再为了他们损失太多了，你说是吗？"

这时，一名通讯兵跑步前来报告："报告联队长，南面敌军开始突围，请指示。"

"严令福冈的步兵队不可贸然出击，用火力将敌人压制住即可，总攻由我来进行。"

小野吉川上前说："联队长阁下，我们应该直接命令炮兵中队进行炮击，即可全歼敌军。"。

坂本吉太郎摆了摆手说："小野君，你忘了我们的目的了吗？这支中央军带着一种德式 37MM 反坦克炮弹，这才是我们攻击他们的主要目的，我们必须拿到这批炮弹，一来可以避免正面战场支那军对我们装甲车的威胁，二来也可以给帝国带来更多的战争资源，但是如果用炮火攻击，那批武器势必会化为灰烬，我们的辛苦也就白费了，我之所以带来一支炮兵中队，只是为了震慑住敌人，避免他们与我军冲锋对阵，毕竟我们的兵力并没有压倒性优势。"

"原来如此，我明白了，那我们下一步该怎么做，请联队长阁下指示。"

"待天明时，对山谷进行扫荡，务必将敌人消灭并取得弹药物资。"

小野吉川应命而去，坂本吉太郎仰起头看了看漆黑的夜，消瘦的面容在火光下显得冰冷而又诡异。

第十一章 誓死决战

　　林一雄躺在战壕里，四周散发着泥土和血腥混合在一起的气味，他始终仰望着天空，看着天上的星星，他更愿意想象自己正躺在苏北的自家院子里，没有战争没有烦恼，与赵婉相伴余生……当天空慢慢放亮的时候，他的梦境也慢慢地变得清晰起来，一阵骚动将他拉回到现实。

　　"团副，鬼子开始进攻了。"李忠国在战壕的另一端喊道，这喊声并不大，却惊醒了所有战壕里似睡非睡的人们。

　　林一雄一个翻身向远处看去，日军阵营里队伍集结完毕开始向山谷摸过来，大约一个小队的兵力。

　　"所有人注意了，躲避好，把鬼子放近了打，节约子弹。"林一雄将手枪别在腰里，从身边的死人堆里捡出一支毛瑟98K步枪，用手抹去上面的血迹，拉开枪栓看了看，转身架在战壕边向远处瞄去。

　　带队的日军小队长伊藤小心翼翼向山谷推进，六名日军抱着掷弹筒紧跟队伍的后面，最前面的步兵一边前进一边仔细探察动静，发现对面死一般的寂静，猫着的身子慢慢站直了些，向前的步伐也加快起来，伊藤在后面看在眼里，低声喝道："你们没听到我的命令吗？谨慎前进，不可冒进！"然而话音刚落，枪声已经响起，最前面的那名士兵已经中弹瘫倒在地。

打出第一枪的是林一雄，他知道敌人准备充分，只有打乱他们的阵脚，激怒他们，才能迫使他们冲锋，那样战壕里的这几十杆中正式步枪才能发挥最大作用。

伊藤急忙命令卧倒，却无法辨识对面的火力点，于是两边各派出两名士兵向战壕摸去，林一雄掏出火柴点了根树枝，插在战壕边上，然后一翻身错开一个位置静静地瞄向山谷。

日军发现战壕里微弱的烟雾，于是招了招手，四个人同时向烟雾处摸过去。

林一雄向旁边看了看，冲李忠国和赵峰摆了摆手，众人不再吭声，躲进了战壕。

"砰"的一声，猫着腰走在最前面的一个日本兵被林一雄击中，子弹穿过了胸口，当场毙命。日本兵连忙躲在树丛后面还击，林一雄面前的树木被打得木屑乱溅。

林一雄屏住呼吸，找准一个日军躲藏的位置，准星等在他露头的空档，猛然间敌人抬起头准备射击，枪还没提起来，林一雄的子弹已经穿过了他的头颅，尸体后仰着倒在了地上，脸上布满了恐惧的表情。

仅剩的两名日本兵感到一阵恐惧，转身想要逃离，却将身形完全显现在林一雄的视野下，林一雄连射两枪，尸体倒地，不再动弹。

伊藤在后面看得真切，恼羞成怒，拔出战刀喊道："对面只有一个狙击手，一班冲上去，务必拿下战壕！"

十多名日本兵猫着腰急速冲向战壕，林一雄看到目的达到，转过身冲李忠国使了个眼色悄声说："这十几号鬼子就交给你们了，我歇会儿，记得，放到越近越好，五十米再打。"

李忠国点了点头，向下传递命令，众人立刻将步枪架上战壕，等待敌人的到来。

伊藤的一班步兵一路行进两百米并没有遇见任何抵抗，他们突然意识到，也许对方的狙击手已经没有了子弹，这在之前的战场上是经常遇见的情况，于是放松了警惕，加速向前冲去，距离战壕五十米时，枪声突然响起，前排的士兵瞬间翻倒在地，子弹贯穿了整个身体，鲜血喷洒而出。日军瞬间便失去了冲击力，就地四处找掩护，却被集中的子弹击中，死伤一多半，仅剩的几名日军明白已经落入敌人的圈套，完全丧失了斗志，却只能落得进退两难的境地。

伊藤在后面怒不可遏地挥舞起战刀喊道："掷弹筒准备，不惜一切代价给我炸平敌方阵地，二班三班准备冲锋。"

林一雄用望远镜看了看远处，当看到掷弹筒时不由得喊道："全体注意，对方上掷弹筒了，卧倒找掩护。"

话音刚落，炮弹便落在了阵地上，尘土飞扬，几名士兵被炸死，林一雄趴在地上抬起头正看见赵婉从木房子冲出来，急忙起身扑了过去，一颗炮弹在他身旁爆炸，碎片打在林一雄的背上，现出几道血口子，他起身想问问赵婉的情况，却发现自己完全听不见了声音，刚才的爆炸让他的耳朵出现了短暂失聪，赵婉连忙将林一雄拉进木屋，让他坐在椅子上给他包扎伤口。

"你刚才不该出去的，太危险。"林一雄昏昏沉沉适应着环境，说的话连自己也听不太清。

"我担心你，就冲出去了，没想过那么多，对不起。"赵婉一边自责，一边处理他身上的伤口。

不多时，外面的炮声停了，林一雄知道，鬼子这是轰完炮要冲锋了，顾不得刚包好的伤口，提着枪冲出了木屋，看着战壕里的一片狼藉喊道："还有没有喘气的，鬼子要冲锋了，还能动的跟我一起打那帮狗日的。"

数人应答却已全无刚才的士气，林一雄放眼看下去，能迎战的只剩区区数人，不由得心里一阵凄然，想不到自己竟然会战死在这里，却白白搭上了赵婉的美好生命。

"团副！"李忠国一边喊着，一边紧握着电报机，仿佛随时都可能掉落地上："团副，南面突围失败，团座……没了。"

林一雄并没有答话，这样的结果他甚至在被围之初就已经预见，然而征战多年，真的到了马革裹尸的时候，其中的悲凉不禁还是涌上心头。

"各位弟兄，我林某征战多年，你们其中也有不少人一直跟随着我，我虽然不是什么优秀的将才，却也还算爱国，如今突围无望，我决意与敌人同归于尽，如果各位愿意，我们就一起做个伴吧。"说完，林一雄将刺刀装在枪杆上，摸出几发子弹一颗一颗上入枪膛。

众人沉默片刻，纷纷将刺刀装入枪柄，静静等待敌人的到来。

伊藤等烟雾散去，发现对面阵地已然失去了抵抗能力，于是向仅剩的三十多人挥了挥手，部队迅速向战壕冲去。

队伍刚冲到离战壕不到五十米的距离上，枪声再次响起，为首的三名日军当场倒毙，伊藤连忙指挥还击，从枪声来看，对面俨然只剩下了数人还在还击，形势已明，伊藤站起身挥舞着战刀喊了句"冲锋"，队伍迅速冲进了战壕，与国民党军队混战在一起。

林一雄狠狠蹬开一名日本兵，举枪要刺，却被另一敌人撞翻在地，他起身要继续搏斗，被三四支枪顶住胸口，一名日本兵上膛正要射击，突然从木屋的方向传来一句日语呼喊，日本兵都停了下来，林一雄看过去，说话的正是赵婉，她站在木屋前，冲伊藤用日语喊了几句话，伊藤略加思索，回过头冲日军喊话，立刻有人围上来缴了林一雄和几名通讯兵的枪，将他们同赵婉一同捆绑起来向山谷外推去，林一雄不由得回头看了看战壕，几名日本兵正用刺刀将伤员挨个捅杀，哀嚎声不绝于耳。

"你跟他们说了些什么？"走在路上，林一雄小声问赵婉。

"我说我们几人是中央军情报科的，他杀掉我们只能换来尸体，而我们的头脑能帮他们获取更多。"

"你这是要投敌？"林一雄有些眼急。

"不，我想了很多，我们落得如此地步，多因中央军的人心溃散所致，但我们不能怨恨他们，因为我们是中国人，可是刚才在战场，我们已经是他们手中的羔羊，我不愿意看到你死在我面前，我觉得我们还可以同鬼子周旋，我们用老旧的情报来误导他们，如果能让他们损失惨重，那我们的牺牲就有了更大的意义，不是吗？"

"可是你这样太冒险，这些鬼子根本就不是人，你让我跟他们虚与委蛇，我宁愿战死沙场。"

"别说了，我一个弱女子，本就无法左右战争，但是我要保住你，哪怕只能保住很短暂的瞬间，付出再大的代价我也愿意。"

坂本吉太郎用望远镜看着战场，一名通讯兵跑步到面前说："报告联队长，前方阵地已经成功拿下，敌人全数歼灭，伊藤少尉让我前来汇报，共俘虏六名国民党士兵，他们是敌军的情报人员，或许对我们有用。"

坂本吉太郎点了点头说："我们现在立刻回定县军部，这些俘虏交由伊藤君派人送到距离最近的小川部，让他审问后给我交一份详细资料。"说完，坂本吉太郎回过头冷冷地看了一眼硝烟弥漫的战场，转身而去。

第十二章 小试牛刀

　　春季的鲁西平原多雨潮湿，道路泥泞，日军的机动部队不同程度受到制约，机动性大打折扣，八路军趁此时机，对敌人展开了一轮大范围的袭扰。

　　周长川觉得这是个机会，他把刘顺和张木林叫到一起商量。

　　"这次国共一同进行的反攻主要目标是摧毁敌人的公路桥梁还有战略设施，咱们还是比较擅长干这个的，如今我们在这张家庄收获也很不错，队伍也有十多人了，我觉得可以去搞几个小规模的破坏了，你们怎么看？"

　　刘顺和张木林不约而同地点了点头，说到打鬼子，每个人的积极性都很高，因为在每个人心中，都充满了悲痛和仇恨。

　　周长川派出侦察兵张小鱼打探了周围十多个村庄的情况，最终将目标锁定在了距离九里庄二十里的一个日军据点，这里距离日军大本营定县最远，由六个日本兵和十余个伪军把守，是一个理想的突袭目标。于是周长川决定在这里打头一仗。

　　日头刚冒出树梢的时候，八路军定县独立团侦察连连长高小虎带领着队伍已经潜伏在一丛芦苇中，在他们的前面，是敌人的一个哨岗。

不一会儿，从前面退下一名战士，来到高小虎身边说："高连长，前面这个岗楼外面大约有一个班的伪军，岗楼里面的日军数量不详，但从每天送进去的伙食来看也就五六人，机枪口有两个，摆着两挺九二式重机枪。报告完毕。"

高小虎摆了下手，跟身边的人说："没我的命令，不准开枪，我要先部署一下。李排长，一会儿你们排担任主攻队，先拿掉机枪。"

李排长嗯了一声问："连长，这次团长把队伍分散开来搞游击战会不会出什么岔子啊？"

高小虎回过神看了一眼李排长说："咱这团长可厉害着呢，我虽然调来咱们团不久，但是很早就听说过咱们的团长厉害，这次他是要锻炼一下咱们连，按照他的话说，坂本那小子带着不少人去打国民党中央军了，咱们也不能闲着啊，所以要搞点儿破坏，顺便也考察一下咱们侦察连的功力，正所谓侦察连不光能侦察敌情，还要有能打硬仗的决心和能力，所以，这次无论如何也要给我拿下炮楼，明白吗？"

众人应诺，纷纷摩拳擦掌准备投入战斗。

正在此时，"砰"的一声枪响，打破了四周的平静，芦苇里面的高小虎连队一下子就炸开了锅。

高小虎低声骂道："狗日的，这是谁开的枪，我还没下命令，谁敢开枪，简直就是无组织无纪律……"

众人面面相觑，都不知道是谁开的枪，这时，几声枪响传来，再看岗楼外面的伪军，倒地了三四个，剩下的转身想往岗楼里面退，被里面的日军一脚踢了出来，只好匍匐在工事后面动弹不得，高小虎这才知道，开枪的是另一拨人。

在岗楼的另一端，周长川带着队伍用了一天时间赶到据点外围，这里是一片芦苇地包围着的空地，一条小路贯穿据点，路的北面十几里就是河间县城，路的南面十里是另一个据点，无论哪里来增援这里都要半个小时以上。周长川带队埋伏在了岗楼的西面，高小虎的部队正好在东面。

周长川和张木林的子弹准确地击杀了岗楼门口的两名日军，刘顺等人放枪打死了三个伪军，周长川指了指机枪口，张木林点了点头，两人不约而同分别瞄向了两个机枪口。此时两人距离机枪口只有百米有余，周长川竖起标尺，稳稳地瞄准着，一名日军刚刚露头在机枪口准备射击，周长川的子弹就已经射穿了他的钢盔，鲜血流满了面部，尸体瘫软下去，随后一声枪响，张木林盯着的机枪口也有一个日军倒毙身亡，仅剩的日本兵不敢再出现，鲁大志突然高喊道："我们是八路军的大部队，这次老子带来了两百人，今天来只杀鬼子，里面的二狗子听着，放下武器逃命去吧，我们不杀！"

伪军里面多数人只是为了生计或者被胁迫才干了这差事，并非真心实意，遇见能活命的机会，哪儿还敢抵抗，纷纷放下枪，举着手跑出工事，慌不择路地逃走了。

另一边的高小虎拿着望远镜看得真切，不由得赞叹这样的好枪法，身边的李排长小声问："连长，他们都敢用咱的旗号，那咱们上不？"

高小虎摇了摇头说："咱们是杀牛刀，在这宰鸡场用不到了，咱们还是看好戏吧。"

日本兵显然有些不知所措，躲在岗楼不敢出来，周长川小声下达着命令："顺子，里面还有三四个鬼子，我和张木林瞄了机枪口给你做掩护，你带几个人悄悄摸过去把岗楼炸了。"

刘顺起身点了几个人，一挥手，一小队人就冲出了隐藏区摸向岗楼。

里面的敌人仿佛感觉到了危机的来临，一个鬼子兵冒险去握机枪，刚刚将枪口对准了刘顺他们，"砰"的一声，周长川一枪就结果了敌人。

刘顺一队人冲到岗楼外，倚在门口，一名队员从掩体处捡来两个 97 式手雷交给刘顺，后者拉了撞针，在墙上磕了一下，一个闪身从窗口扔了进去，紧接着就是一声巨响，炮楼里顿时尘土飞扬，刘顺率先提枪冲了进去，给没炸死的鬼子补了一枪。几声枪响之后，炮楼的鬼子全部被消灭。周长川的小分队损伤为零。

周长川等人连忙冲出隐藏区，在岗楼里外找弹药，要在敌人的支援部队赶来前安全撤离，鲁大志一眼就看到一支歪把子轻机枪，急忙冲过去抱在怀里。

这时，东面芦苇里传来一声咳嗽声，众人立刻警戒起来，鲁大志猛地跳起来端起歪把子机枪就准备开枪。高小虎连忙喊起来："哎哎，小心点儿，自己人。"

周长川仔细看了看，出来的这个人个子很高，面色发黄，浓眉大眼，身穿八路军制服，周长川瞅见来人腰里别着驳壳枪，知道是长官，周长川问："我们是附近庄上游击队来打游击的，这位长官是哪个部队的啊？"

高小虎说道："我是八路军定县独立团的侦察连连长高小虎，你们刚才很有两下子嘛，枪法很不错，是谁打的啊？"

周长川说："原来是独立团的，报告连长，是我和另一名战士，我俩负责狙击。"

高小虎的脸色突然有些变化，悻悻地说："团长给我的任务就是端掉这个岗楼，结果被你们半路截了，哎，你们说我最近怎么这么倒霉的。"

高小虎转头问身边的李排长："上回吧，那个什么青木的马队被土匪给截了，咱们就缴获到几条裤衩儿，这回吧，到嘴的肉又被游击队给截了，哎。"

周长川瞪大了眼睛，用眼角看了看刘顺，刘顺又转过头看了看鲁大志，众人都看着别处，全当没听见。

周长川看队伍已经打扫完战场，冲高小虎说道："连长，我们已经打扫完战场，要离开了，请连长保重，两挺九二式重机枪当做见面礼送给连长了。"

说完，没等高小虎反应，周长川就带着队伍扛着战利品跑了。

高小虎还有些意犹未尽，自言自语道："嗨，他们还挺大方，你说我是该说倒霉呢还是幸运。"

跑了没多远，鲁大志回过头扯着嗓子喊道："连长，根据时间推算，鬼子的增援部队片刻间就会到达，来日再叙。"

高小虎听得真切，看到身边的李排长没反应，说："李排长，没听见啊，敌人就要来了，还不赶紧传命令撤离啊！记得扛上人家游击队送的机枪！"说完就转身钻进了芦苇丛。

第十三章 青天白日徽

周长川带着队伍穿过一片芦苇地，走了二十多里赶到了河间县城西面的一个村庄，众人决定先在村里休整一夜，明日继续向西面袭击第二个据点。

此时天已经全黑，周长川一行人远远地就看到这个村子，在月光下依稀能辨别村子的概貌，但是全村没有一点儿亮光，死一般的沉寂。

刘顺小声说："老周，我怎么看着有些不妥，这也太安静了。"

旁边的喜娃子说："看这神气，该是被鬼子扫荡过了，才会这样。"

周长川仔细听了听，似乎隐约听到了人声，连忙示意队伍停止进村，点了喜娃子、大志、刘顺还有张木林，示意这些人跟他进去，其他人原地待命。

一行五人慢慢摸进了村子，这个村子并不大，大约有四十几户人家，家家都是门房敞开，破损不堪。周长川顺着微弱的声音慢慢摸到村子靠西的一户大房跟前，声音变得真切起来，周长川仔细一听，立刻就警觉起来，是日语。

　　周长川借着月色摸到围墙跟前，找到一处破损的地方，往大屋看去。这间大屋前后足有两百平米，应该是地主家的宅院，院子门口站着两名日军，正在说话，屋内隐约也有说话声和火光漏出来，这是一小队日军，但是人数不详。

　　周长川蹲下身，示意其他四人，分散检查村子，确认还有没有其他日军。

　　不多时，四人回来，都摇了摇头。刘顺用手语问周长川打不打？

　　周长川估摸了一下敌人的实力，示意喜娃子先出去召集其他人慢慢摸进村子，同时示意鲁大志和张木林找机会干掉守卫。

　　周长川跟刘顺猫着身子绕过了房子到了屋后，轻轻翻过了墙，趴在窗户下面往里面看。

　　这间房里面没有家具，正中一个火堆，火光闪烁不定，一共五名日军围着火堆说话，几支三八大盖立在旁边。在房子的角落，躺着六个人，都被捆绑着手脚，衣服很脏，看不出来是什么人。

　　周长川低下头，给刘顺使了个眼色，两人慢慢退回到正门，鲁大志和张木林正在等机会，不多时，一个门卫说了句话，向一旁的土墙走去，鲁大志嘴里叼了把短刀慢慢摸过去，就在日本兵准备上厕所时，刀子已经划过了他的脖颈，一声都没发出来。

　　余下的那个门卫等了一会儿，觉得不对劲，刚巡视到围墙外，张木林一把捂住对方的嘴将敌人扑倒在地，张木林身材瘦弱，制服敌人后无法腾出手来用刀，鲁大志摇了摇头，提着刀，不紧不慢地走到跟前，蹲下身，就像宰杀牛羊一样在鬼子喉咙划了一刀，起身就走，即便是黑夜，也能看到他得意的模样。

此时，喜娃子带了村外的十余个战士摸进了村子，在围墙外面一字排开等待命令。周长川带着刘顺和大志来到房间门外，一边站了一个，鲁大志端着歪把子轻机枪站在正中，周长川在空中数了三个倒计时，数到一的时候，鲁大志蒲扇般的脚端在门上，残破的红漆门咣当一声倒在地上，鲁大志一个箭步冲了进去。

围着火堆的五个日本兵听见门响就知道不好，三个反应快的转身就去拿枪，被鲁大志一梭子弹当场击毙，另外两个日本兵惊慌失措的坐在地上，完全失去了反抗能力，几个人冲上去按住绑了起来。鲁大志正要开枪，周长川连忙拦住说："我们以前有规定，日军俘虏不能杀，这是纪律。"

周长川让几个人在村子四周警戒，其余的人进到房子里取暖。因为听到枪声，房间角落绑住手脚的人开始蠕动起来，周长川使了个眼色，喜娃子一众人上前松绑。当喜娃子解绳索时，无意间碰到一个人的胸口，突然跳了起来，指着地上那个人说："这，这有个女人。"

刘顺没好气地说："我还以为你摸到个地雷，女人有啥怕的，先松绑。"

这几个人慢慢爬起来，口里塞的东西也抠了出来，借着火光，周长川从这些人满身的泥土中，依稀辨出了衣服上面的青天白日徽章，这些人是国民党中央军。

周长川直到后来才慢慢地对国民党军队有了更深的了解，这是一支国家的军队，在正面战场起到了重要作用，国民党军队里面有很多忠义的勇士，这也是周长川后来最为感慨的一点。因为他今天就遇见了一位。

几个人站起身，一个高个子军人走出队伍，很显然，这代表他在这里官职最高。

这个人脸上满是泥泞，混着血迹，很难分辨出样貌来。周长川给喜娃子示意了一下洗脸的动作，喜娃子连忙出门去找水了。

此时这个国民党军官开口问周长川："你们是八路军吗？"

周长川说："我们是游击队，我是队长周长川。"周长川很奇怪，这个人的语气中竟然没有感激之情。

这个军官继续说："我是中央军第四集团军预备团的副官，我叫林一雄，这些都是我的部下，这位……"说着，指向他身后那个被喜娃子确认是女人的军人说："她是我们团的情报科长，叫赵婉。"

赵婉的脸上同样是泥泞不堪，戴着军帽，微微笑了一下说："谢谢你们相救，本来以为这次就要死于敌手了。现在还能活着，又能为国家出一份力了。"

周长川点了点头，军派不同，也无需繁琐的礼节。众人都默默看着这一群狼狈不堪的国民党军队，似乎很想知道这些人的遭遇，但是又都不肯开口。

林一雄整理了一下衣服，突然目露凶光，转身大踏步走向墙边，提起一支三八式步枪，径直就走向墙角那两个日军，刘顺看出了端倪，刚想阻拦，林一雄端起枪，两枪就结果了日本兵的性命。

众人不由惊在那里，鲁大志端起枪指着林一雄说："你不知道纪律啊？俘虏是不能杀的。"

林一雄又狠狠踢了两脚地上的尸体说："那是你们的纪律，我是国军，我们的纪律就是对鬼子杀无赦，懂吗？"

鲁大志瞪大了眼睛，不知道该说什么，回头看了看周长川，周长川摇了摇头，大志收起枪站在后面不言语了。

林一雄仿佛对所有人说，又仿佛自言自语道："我们团负责运送特种弹药去前线，结果遭到包围，突围了三天三夜，最后队伍硬是拼掉了所有人，团座也在突围中牺牲了，我们被俘，鬼子准备带我们回县城套取情报。"

此时喜娃子端了一缸水进屋，让这些人洗脸，赵婉被安排到第一个，当她洗完了脸，清秀的面庞也呈现出来，是一个标准的美人。

喜娃子悄悄跟旁边的人说："嘿，这国民党当官的净会享受，身边都放着漂亮美人啊。"周长川回过头瞪了一眼喜娃子，后者再不敢出声。

周长川问道："林团副今后准备去哪里呢？"

林一雄洗了把脸，露出原有的方形脸庞回答道："团都打没了，我也不是什么副官了，你就叫我名字吧，我们团全军覆没，没脸再回重庆，我打算去北平沦陷区加入国军当个普通士兵继续打鬼子。"

鲁大志不失时机地上前说："何必上北平啊，我们不就是打鬼子的，不如加入我们得了。"

林一雄难掩脸上的失望，默默摇了摇头，说："生为黄埔军人，死做黄埔军魂。各位的好意我心领了，大家门路不同，但同为杀贼，望日后再合作吧。"

鲁大志听完琢磨了半天，问旁边的张木林这句话啥意思，张木林悄悄回了一句，鲁大志一下跳了起来，嚷道："好你个忘恩负义的家伙，你竟然嫌弃我们是游击队啊，你们黄埔军校有啥了不起的，打仗还不是溃败得连老家都找不见了，有啥能的啊。"

刘顺赶忙冲上去捂住他的嘴，拉出了屋外。周长川仔细打量了一番林一雄，的确透出一份忠勇之气，这样的人，必然是个领导的好材料，可惜了国民党军队有着这些出类拔萃的人物，却始终作战不力，不仅损失了大好河山，也牺牲了千千万万的将士，想到此，不禁感慨万千。

林一雄没有在意鲁大志的话，继续说："周队长能否给我们几支枪，我林某感激不尽。"

周长川笑了笑说："不用客气，叫我周长川就行，我们白天刚在一个据点缴获了几支枪，给你们吧，去北平的路不好走，据点很多，一路保重。"

林一雄感激地看了看周长川，转身带着余下五人提了枪消失在了夜色里。

周长川有些失望地看着夜色喃喃自语："要是能来帮我们就好了。"

第十四章 营救

初晓时分，小分队出了村子，继续向西面敌人的据点行进，准备袭击下一个目标。

刘顺追上最前面的周长川说："我昨晚听你的意思，你很欣赏那个林一雄？我怎么没觉得他有多厉害。"

周长川长出了一口气说："这是一种直觉，就像狙杀敌人一样，有时准星不一定就代表已经瞄上了敌人，这时要靠直觉，你觉得敌人下一个移动的位置会到哪里，你就打下去，准没错。我看林一雄那小子也一样，靠的是直觉，他是个人才，可惜人家看不上咱游击队。"

刘顺似懂非懂地点了点头，继续问："坂本联队最近很活跃，听消息说已经扫荡了好几个村子，应该是在抓游击队，咱们的行动今后要再小心点才行。"

周长川点了点头说："说实话，咱们的队伍才只是个雏形，当年我的师傅跟我说过，一支专打游击战的队伍会成为一把利刃，随时插向敌人的心脏，这支队伍依靠快速移动和精准射击，能打得敌人措手不及，这也是我一直想要的队伍……"

周长川心里知道，成立一支带有狙杀性质的游击队一直是师傅王翰的心愿，可惜师傅为了保护自己牺牲了性命，那么，现在只能由自己来完成这个未完的心愿。

队伍刚跨过一道山梁，突然前面的山坳传出几声清脆的枪响，周长川连忙举起手示意队伍注意隐蔽。

张木林从后面赶了上来，说道："听声音这枪响不是冲我们来的。"张木林身为经验丰富的猎手，能够听声辨位，是一名优秀的猎人。

这时前面又传出几声枪响，越来越激烈。周长川竖起食指比画了个"1"向右侧一摆，刘顺立刻带了一队人向右侧前行包抄前方枪响的位置，周长川又向左面一摆手，张木林带了另一队人向左前方冲过去，随后周长川带着剩下的人急速跑上前面的山坡，趴在山梁上往下看去。

下面有一条小道，两面树林密集，枪声正从左右两方的树背后对射出来，显然是一场遭遇战，两边的人都只靠树林掩护对射，一时难分难解。

旁边的喜娃子眼力好，看到小路上躺着几具尸体，小声跟周长川说道："队长，下面尸体俺看得真切，两具是鬼子的，还有两具是中央军的。"

周长川仔细看了看，果然不错，他心里一紧，难道是林一雄？

林一雄没有撒谎，他的确是没脸再回重庆，全团都牺牲了，独独他跑出来，即使回去重庆，也依然会被其他同僚所耻笑，但是他也的确是没看上周长川的游击队，在他的观念里，游击队永远是一支客观存在的、却又可以随时被忽略的队伍，国民党军队在战场上数十万的与日军冲杀，那才算作战争，游击队这样的"小打小闹",在他看来,实在是难登大雅之堂。

当林一雄一行六人走出村子时,赵婉有些不解地问道:"你也说了,咱们没脸回重庆了,刚才的游击队对咱们有救命之恩,为什么不去帮他们呢?都是抗日队伍。"

林一雄苦笑了一下说:"想我堂堂团级副官,难不成真要加入不见天日的游击队吗?我当年怀着杀身成仁的决心考取黄埔军校,是为中华光复战死沙场的,不是为了东逃西窜当游击队的。"

赵婉紧绷着嘴唇,苍白的脸上流露出一丝无奈,林一雄和赵婉其实一直都是一对没有公开的恋人,在大是大非上面,她总会尊重林一雄的想法,所以即使有些不理解,她也还是会支持他的决定。

这六个人出了村子一路向西前行,准备走山路绕过鬼子据点,一行人刚刚越过一个山沟,突然间发现不远处有一队日军巡逻兵,大约有一个班十二人。走在最前面的林一雄最先发现,急忙示意后面的人回撤,但是已经来不及,日军也同时发现了林一雄,迅速展开进攻阵形向他们发起攻击,林一雄回过头,发现身后的士兵如同斗败的公鸡,斗志全然尽失。

双方对射数枪,林一雄这边已经有两个士兵中弹身亡,鬼子也有两人被击中要害当场倒毙,敌人火力很猛,打得林一雄躲藏的树干上树皮乱溅。

仅剩的士兵正是李忠国和赵峰,李忠国冲着林一雄喊:"林副官,你带着赵科长赶紧走,我两人挡住敌人,快走。"

林一雄咬着牙,猛然间回身打了一枪,击中一个鬼子大腿。他的身体刚回到树后,子弹就噼噼啪啪打在了身后的树干上。他看着躲在身旁树后的赵婉,猛下了决心,喊道:"多谢两位好意，我本就无脸返乡，今日誓死要与敌殊死一战。赵婉，你赶紧先走。"

赵婉坚决地摇了摇头。

林一雄刚要发作，山间突然传来几声枪响，对面的日本兵应声倒下三个，剩下的七个日本兵这才惊觉山上还有敌人，连忙更换阵形，由进攻转为防守，速度之快让林一雄也为之感叹。

周长川这队人首先开的枪，射中了三个敌人。下面的情况周长川看得真切，林一雄几个人被逼到了绝路，日军追击敌人的速度和战斗素质都很出众，林一雄想逃跑的话结果肯定是全军覆没。

鲁大志在一旁悄悄的跟喜娃子嘀咕："这几个烂菜叶子还嫌弃咱们游击队，现在遇见鬼子不也还是缩着头挨打。还不如不救，你说是不？"

喜娃子挠了挠头，刚想说啥，抬起头看了看前面，又把话噎回去了。大志回过头一看，周长川正瞪着他，于是也把脖子一缩，抬着枪往山坡下面瞅。

周长川随后用手语通知左面的张木林绕到敌人后路堵住，让右面刘顺队伍下到低坡帮助林一雄，自己带人拦腰狙击日本小队。

日军很快就发现这样的合围之势，于是有些急切的想从林一雄这边打开缺口，两名日军连续投掷手榴弹攻击林一雄四人，赵峰被手榴弹炸伤，及时躲在一棵树后避免了被日军狙杀。

另外两名日本兵试图从后路去击退游击队，但是很快就发现这支游击队完全不是散兵游勇，一个日本兵被张木林一枪击中胸口，当场毙命。另一名日军慌忙回撤，被其他游击队员击中臂膀，三八式步枪掉落在地上也不敢去捡，匆忙回到树林掩体中，掩体里一名大腿受伤的军曹看了看身边这最后五个人，眼中出现了绝望的神情，对着所有人喊了一句激励的话，拖着伤腿就向外面冲去，他的枪刚抬起来，刘顺一枪打过来正中头部，尸体瘫倒在地，又有两名日军冲了出来朝向林一雄冲锋，被林一雄突然地闪身一枪，击毙一人，另一个日军则被远处的刘顺一枪击中腿部，倒地翻滚起来，林一雄闪出树桩，一枪就结果了地上的敌人，日军掩体后面只剩下一个伤员和一个士兵，伤员拿出手榴弹，决心与敌同归于尽，刚拉掉保险在钢盔上敲了一下、准备冲出掩体时，周长川从正上方一枪打中了日军腹部，手榴弹掉落地上轰然爆炸，另一个日本兵一条腿被炸飞在了天上，号叫着躺在地上打滚。

林一雄大步走向敌人，举枪就射，翻滚的敌人终于不再动弹。

刘顺让人打扫着战场，林一雄扶着受伤的赵峰，来到周长川跟前说："没想到又被你们救了一次，所谓大恩不言谢，后会有期。"转身准备离开。

周长川一把拍住林一雄的肩膀，说："林团副，我敬你是条汉子，咱们都是打鬼子的，你也看到了，我这支队伍并不是散兵游勇，我知道，你们中央军在战场上是大规模的打鬼子，痛快、舒坦，是不？我们就在这里板着指头算鬼子的人头数，你觉得憋屈，是不？"周长川突然之间话锋一转，说道："但是，你我都是军人，消灭敌人那是共同的使命，你们保的是国家，我们保的也是国家，你不能因为我们是烂菜叶你就不肯放进锅里啊。"

鲁大志在旁边捅了捅喜娃子说："瞧，队长用的都是我的词儿。"

周长川继续说："你说吧，你现在带着个伤员，还带着个女人，你们能走多远，这里是沦陷区，你们出了这个山头，就是死路，你是爷儿们，死就死了，你说赵婉同志呢，她落到鬼子手里会怎么样，你有想过吗？你可不能这么自私。"

这句话如同钢针深深刺痛了林一雄，他一点儿都不畏惧死亡，战士本应以战死为荣，只是他深深爱着赵婉，绝不能无视赵婉的安危，周长川说得没错，这里是沦陷区，这样的四个人又能走多远呢。

林一雄看了看身边受伤的赵峰、不远处的李忠国，还有在他心里最重要的赵婉，此时她因为劳累显得面色苍白，勉强支撑着。

林一雄咬了咬牙，说："周队长的话真是醍醐灌顶，我很抱歉之前对你们的态度，如果不嫌弃，你们的抗日队伍就算上我这四人吧。不过，我希望只是当你们的一个编外小队，将来如果有机会了，我依然是希望能回主战场的。"

周长川点了点头，他很明白，这个黄埔门生是不会甘心做个游击队员的。

刘顺他们打扫完了战场，周长川规整了一下部队，将目标做了更改，因为多了伤员和女人，于是几个人商量后决定先回距离最近的九里庄休整，随后便急匆匆消失在了丛林之中。

第十五章 血染九里庄

回到九里庄时天色已黑，一路上林一雄都是背着赵婉前行，以避免她过于劳累。鲁大志被安排背着伤员赵峰，眼看快到家了，刘顺心情也好起来，嚷嚷道："好些日子没回家了，等下回去给我爹好好讲讲咱们的战绩，不对，回去了要先做饭，我是快饿死了，估计大志最饿吧？"

鲁大志背着个人走了一下午，累得够呛，听到刘顺的话也没力气反驳，只在喉咙里崩出几个字："我要吃光你家所有的口粮。"引得众人哄然大笑。

就在这时，走在最前面的周长川突然做出一个停止的手势，后面众人连忙蹲下身子，队伍顿时鸦雀无声。

周长川紧紧盯着前面的村子，张木林赶过来问道："什么情况？"

周长川指了指村子，顺着他的所指方向，刘顺发现村子里面有几个房子着火了，火苗不大，但是很明显。根据火势推断，可能是大火已经烧到了尾声。

村子外面的枣树林上面挂着根白布条，这是周长川跟老曹头定下的密约，有危险了就在村口大树上挂上白布条。

周长川心里一沉，知道村子出事了，但是暂时不能确定严重程度以及是否有日军的埋伏。于是他立即找来张木林和刘顺商量。

刘顺本来走在队伍的最后面，上前来一看情况就急红了眼，父母都在村里，现在村子死一般的寂静，多数是凶多吉少。刘顺站起身就想冲过去，被张木林一把拉住，拽到自己跟前说："你这样冲过去，如果村里有埋伏那就等于送死，明白吗？"

周长川眼睛死死盯着村子，努力想看出点儿破绽，但是又什么也看不出来。身后，林一雄放下赵婉，悄悄摸了上来，看了看情况，说道："日军一般情况下扫荡了一个村后就会离开，他们只是让民众知道，凡是抵抗日军的，就是这样的下场，这就是肃清政策。我想应该没有埋伏，咱们可以派出四名战士围着村子从不同方向摸进去，一探便知。"

周长川默默地点了点头，向身后比画了一下，四名负责侦察的战士分两路围向村子，很快就进入到村子，不一会儿，四名战士出现在村口，示意安全。

刘顺第一个冲出了队伍，径直冲向家里。

周长川带着队伍迅速进到村里，让战士们挨家去看有没有伤员，这个寻找过程是一个既忐忑又悲痛的过程，当战士们推开家门看到地上的血迹和尸体的时候，不由得都心如刀割一般。

这时，刘顺家传来了一声长啸，那悲痛的声音如同狼啼一般撕人心肺，周长川急匆匆回到家中，前前后后找了个遍，却没有找见母亲，不由得扯下帽子，颓然地坐在井边，有些不知所措。

赵婉倚在林一雄肩头，眼中满含着泪水，喃喃自语："都说国破山河在，可是人都死完了，要山河还有什么用呢。"

不一会儿，鲁大志从村里背着一个人出来，轻轻放在井边，周长川赶紧起身扶着伤者，借着月光看，正是老曹头。周长川将手扶在他的身后，这才发现，老曹头的背部满是鲜血，应该是被敌人的刺刀伤的，此时他的气息已经很微弱了。

喜娃子端来水给老曹头灌了一点，过了很久，老曹头才慢慢醒过来，看了看四周，勉强咧了咧嘴说："大伙都回来了，真好，老头子我还能再见你们一面，真好。"

喜娃子的眼泪忍不住流了出来，想尽量掩饰，却总是擦不干泪水。老曹头对着周长川说："鬼子来了一个小队扫荡了村子，说是来找你的，你不在就抓了你娘走了，我估摸着是严景和告的密，村里的人死的死，抓得抓，你们也别找了，看见了就心痛，只是村里的女娃儿都被抓走了，小潘也在里面，你们……一定要去救啊，她们可不能落在鬼子手里。"

周长川用力点了点头，听老曹头继续说："大伙放心，我这点儿伤不算什么，一年前我那两个儿子被炮弹炸没的时候，那才是真痛啊，我死活不让他俩参军，结果还是被鬼子的飞机炸死了，早知道，不如跟鬼子拼了，哎——"

老曹头嘴角渗出血来，喜娃子连忙用袖子去擦，老曹头抓住喜子的手，问道："喜娃子……你老实告诉我，你到底多大了？"

喜娃子忍着眼泪，说了声"十六岁"。老曹头的喉咙发出咯咯的声音，想笑出来，却因为疼痛咧了咧嘴，继续说："我就看你小，当初你流落到庄子上还虚报了年龄，这么小的娃儿，真不该去打仗啊，你死了，国家还有个啥希望嘛……还能有啥希望。"说着，老曹头的手慢慢松开了喜娃子，头歪在一旁不再说话了。喜娃子放声大哭起来，在那样一个情感残缺不全的年代，能有一个对自己好的人，算是最幸福的事了。

第二天清早，周长川留下刘顺一队人把村里的遇难者妥善安葬，他则跟张木林等人商量下一步行动。

张木林有些担心的说："咱们现在如果去救人，实力根本不够，看摩托车轮印子去的方向，这个小队应该是定县来的，坂本联队的主力现在已经回到县城了，整整一个大队的兵力。"

周长川坚定地说："我们一定要去救人，我们不光要赶走侵略者，还要保护乡亲和我们的亲人。你我带队去定县周围先打探一下虚实。"

旁边的林一雄说："以前我在军队打仗，只看战绩，从来没有关注过民生，现在看来你们更有人情味。这次行动带上我，也许能用到。"

赵婉也上前一步说："也带上我，我懂日语。"

周长川上下打量了一下林一雄和赵婉说："看不出你们二位深藏不露，不过这次行动很危险，目的并不是打鬼子，而是救人，你们可以选择不去，我绝不怪二位。"

林一雄笑了笑说："你这分明是在骂人，我林某人绝不是轻重不分之人，救人也就等于给鬼子当头一棒，同时我也想去县城好好看看这个坂本联队的实力，我们团就是被他们打没的，无论如何我也要报了这个仇。"

周长川想了想抬头看着赵婉说："你说你懂日语？"

"作为情报科科长，不懂敌人的语言又如何破解敌意呢？

我是战前就在日本留过学的，主要是学习日本的文化习俗。"

周长川说："赵小姐是军中人才，我们这些粗人只懂打仗，如今有你们二位加入，我们的任务一定能成功。"

旁边的李忠国扶着赵峰走过来说："还有我们俩，我们也要参加这次任务，好好收拾那些小鬼子。"

周长川看了看赵峰的腿说："赵峰兄弟腿伤没好，先留在村里养伤，李忠国可以跟我们一起。"

"还有我！"刘顺目漏凶光走出村子喊道。

"顺子，你还是留下吧。"周长川心里一阵难过，顺子的爹娘当年都救济过自己，是村里的大好人，如今却遭了毒手。

"不，我要救出乡亲们，如果爹娘还在，他们也会支持我的。"

周长川叹了口气说："我希望你能听我的安排，不要冲动，这次进城行动你要听我的，行吗？"

刘顺点了点头，抹了把眼泪，默默走向村外的坟地。

"周兄，我们现在一共多少人多少枪？我们应做一个详细的计划。我们以这个地图当沙盘。"林一雄蹲在地上用树枝画出一个方形地图。

周长川看了看赵婉，又看了看林一雄问："啥是沙盘？"

赵婉说："就是模型的意思，县城的地形你熟，需要你画个地图来计划行动，我们行动前都会这样。"

周长川恍然大悟，急忙蹲地上画起县城的地图来。

第十六章 夜袭县城（一）

当天夜里，在定县县城外的一个土坡上，一队人趴在那里死死盯着县城大门。

定县是方圆数十里内唯一的大县，县城里面商铺买卖都很齐全，日军驻扎在这里，对县城里面的商业民宅并没有破坏，驻扎地征用的是县城的粮库，在县城的西南角。

周长川说完情况，叮嘱道："县城里有个叫光明茶馆的店铺，老板姓张，叫张可行，是八路军的内线，我曾经执行任务的时候在他那里落过脚，咱们可以混进县城去找他。"

林一雄说："敌人的兵力太多，如果稍有差池咱们这票人可就肉包子打狗了。"

张木林说："下午的时候我搞到十几张良民证，如果混作脚夫或者商贩还是可以混进去的。只是进去了没办法搞到枪支，张掌柜那里估计只能提供些短刀。"

这时，周长川被县城门口的两个人吸引住了。

在县城的门口，一个日军军曹搂着一名身穿日本和服的女人摇摇晃晃走了出来，显然是喝醉了，过检查站的时候，那个女人从军曹的口袋里掏出了一个证件，才被放行出来。

张木林也看得真切，似乎在揣测周长川的想法，说："咱们不需要那种通行证也能进去。"

周长川点了点头，说："我们混做百姓是可以进去，但是，如果想带上武器以及到指挥部又或者军营等军事重地查探情况就很容易暴露身份，只有那样的军官可以做到。让刘顺带几个人在这里准备接应我们，明天夜里我们按照计划准时行动，一切以枪声为准！"说完回过头跟鲁大志小声说了几句，大志应了一声，带着喜娃子就走了。不出一个时辰便跑了回来，手里拿着两身衣服，正是那个军曹和日本女人的。

鲁大志小声说："队长，任务完成，野外刚好有几个现成的坑，就把那俩日本人现场埋了，这个给你。"说着，递给周长川一张通行证，周长川又把通行证递给赵婉看。

周长川回过身问："大志啊，我让你带的东西拿出来吧！"

鲁大志连忙从随身包裹里拿出一套军装和一把日军马刀说道："好嘞，都洗得干干净净的，弹孔都给补上了。"

看到众人有些疑惑，周长川说："这是上回我们四人袭击鬼子马队扒下来的鬼子皮，我带了那个叫青木植的军装，等下张木林带队混作商贩脚夫进去，林一雄和赵婉辛苦些，跟我扮作鬼子进城探察地形。晚些时候在茶馆集合。"

赵婉在一边仔细看了看手里的通行证说："这个通行证上面有官阶限制的，这个只能军曹级别的用。"

周长川拿过来仔细看了看，沉思了一会儿说："我有办法，我穿军曹的衣服，林一雄穿中尉的，我们随机应变，在里面活动起来军曹的级别太低会受限制，中尉的身份就会好很多。咱们三个一起进去，给林一雄找瓶酒。"

十几分钟后，赵婉从树林里走出来，穿上和服的她，显得别有一番韵味，只是在这战争年代，儿女私情都只能放在所有意愿的最后，至少林一雄现在就是如此。赵婉不止一次地诉说过希望能去一个没有战争的地方，只期待过着平淡的生活，虽然这个想法很奢侈。林一雄一直都以国家兴亡为己责，即便是真向往那样的生活，现实也总会将他拉回到残酷的战争中来。

刘顺的小队傍晚时分赶到县城外，他带着几个人在县城外面看守枪支，张木林带了十几个人，分成四批，扮作商贩和脚夫，纷纷进了城，围着县城的街道转了几圈，确定了没人跟踪，陆陆续续钻进了光明茶馆。

随后进城的就是周长川一行人，穿上军装的林一雄一手搂着赵婉，一手拿了酒壶，摇摇晃晃就到了县城门口，周长川将钢盔压低了些，背着三八式步枪紧紧跟在林一雄身后。守卫的士兵连忙敬礼，问道："中尉阁下，您需要帮忙吗？"

林一雄不懂日文，只是含含糊糊说了一句现学的"什么"来打马虎，赵婉接过话说："中尉阁下喝多了，我送他回营就可以了。"说完就向城里走。

守卫士兵连忙拦住他们说："对不起，请出示一下通行证。"

周长川连忙把自己的证件递过去，士兵看了看，又交还给周长川。赵婉在一边摸着张一雄的口袋，装作支撑不住的样子说道："中尉喝多了，证件也不知道放在哪里了，请多多包涵。"

两个士兵对视了一下说："联队长的命令，所有人都要出示证件，请不要难为我们。"

赵婉在林一雄的背后敲了一下，林一雄醉眼朦胧地抬起头，说了句"什么"然后一脚把问话的士兵踢出去一丈远，嘴里字正腔圆地吼了一句："八嘎。"那眼神仿佛能把人吃掉一般，其实林一雄是真的怒气上头，是那种对日本鬼子的怒气，全撒在了这一脚上，那个士兵被踹的半天也没能站起来。旁边的其他士兵嘀咕了一下，纷纷立正敬礼，示意可以放行。

林一雄这才摇摇晃晃走进了城，旁边的周长川悄悄伸出个大拇指说："哥们儿，演技比台子上唱戏的还要厉害。"

林一雄不动声色地说："其实以前也这样骂过我手下的人，现在他们都埋在战场上了，回想起来我真不该对他们发火，他们个个都是铁骨汉子，到死也没有一个人投降。"

三人沉默不语，径直向城里走去。

到了一条背巷，林一雄拉着赵婉说："现在我不会日语，该如何问出那些姑娘们被关在哪里呢？"

赵婉想了想，说："我有办法，你继续醉着。周队长帮我们望一下风。"

赵婉扶着林一雄摇摇晃晃走到一个酒馆前，那里站着两名有些醉意的日本士兵，赵婉向他们靠过去，用日语问："打扰了，花田中尉喝醉了，我实在伺候不了他了，他嚷着要找中国的花姑娘，这里在哪儿能找到呢？"

两名日军看见是中尉，连忙立正敬礼，说："报告长官，监管营那里有些新抓来的花姑娘，长官可以去那里看看。"

林一雄醉态朦胧地摆了摆手，赵婉问了路线，扶着林一雄走了回来。

监管营坐落在县城东面，是以前的县大牢改造的，门口有两班轮换岗，总共大约二十人左右负责看管。周长川三人观察了一会儿，了解了个大概，便直奔光明茶馆。

张木林一行人已经在茶馆集合多时，正在商量对策，看见周长川他们进来，连忙让座，细问虚实。

林一雄说："被抓的乡亲们应该都在县城东面的监管营，门口有二十人的轮班岗哨，这次行动最麻烦的就是不能开枪，一旦枪响，军营的鬼子就会赶到，前后也就几分钟之内，不光救不了人，咱们也得要搭进去。"

张木林说："是的，我们刚才研究了一下，咱们想平平静静地把人救出来，那是没希望的。"

林一雄一愣，问道："什么意思？"

张木林说："一个字，乱。只要等外面的顺子开枪扰乱县城秩序，我们就有机可趁，但是我们要计算好这个提前量，做好准备，勘察一下地形。"

周长川点了点头说："我们明天侦察一下地形，晚上准时行动。"

第十七章 夜袭县城（二）

　　第二天一早，一行十几人四散在县城观察日军的岗哨流动位置和时间。周长川扮作卖枣的商贩提着一个筐子蹲在监管营不远处，仔仔细细观察着日军的换班情况，一直到下午才回到茶馆。

　　"整个县城驻扎着日军一个大队和坂本的一个警卫队，大约一千余人。坂本是一个多疑且严谨的人，所以他的岗哨安排毫无破绽，交班时间和口令都很准确。"周长川喝了口茶说道。

　　张木林有点儿沉不住气，说："看来看去，想利用交班空隙来做事情是不行的。只能等乱起来后咱们冲进去。"

　　周长川摇了摇头说："冲进去会引起开枪，就会暴露身份，即使乱了，敌人也还是有人数优势，咱们一样是跑不掉的。"

　　"那怎么办？"张木林皱起眉头。

　　周长川想了一下，转向林一雄："估摸着晚上还是要林兄再当一回中尉了。"

林一雄点了点头说："没问题。"

刚刚入夜的时候，县城北面突然枪声大作，激烈的程度如同数百人激战，城内顿时大乱，日军调遣的部队一波一波向北门进发前去增援。

这正是刘顺一行人做出的佯攻。

周长川一行人成功混进县城后，刘顺带着几名战士赶到指定地点，死死盯着城门，一夜都没合眼，眼里始终充满了仇恨。第二天傍晚的时候，一名战士问："周队长他让咱们入夜的时候在山坡上放枪，声势越大越好，可是就这么几杆枪，我们怎么做啊。"

刘顺想了想，又看了看天色，回过头对一名战士说："你跑快点，去旁边的村里老乡家借些水缸或者水桶，再找些炮仗来，有多少要多少，记得给钱。"然后他带着其他战士悄悄将十几杆枪一字排开摆在山坡梁子上，等着入夜。

天色刚刚黑下来，派出去的战士气喘吁吁提着两个水桶和鞭炮跑回来了。刘顺吩咐队员将两个水桶东西头各放一个，等会打开枪就点起来。

刘顺握住自己那杆三八式步枪，竖起标尺，瞄向三百米开外的县城门哨。此时门卫只剩下了四名日军和三名伪军。日军一个军曹正在抽烟，烟嘴冒出的火星正好为刘顺提供了目标点，他屏住呼吸，紧紧盯住了那点儿火星，正当火星突然亮起来时，"砰"的一声，子弹也出了枪膛，几个守卫在听到枪响的同时，抽烟的军曹已经仰面倒在了地上，烟杆还在嘴里叼着。

"有埋伏，有八路！"顿时县城北门乱了套，众人纷纷躲在掩体里。刘顺第二颗子弹击中一个正在奔跑的伪军腿上，那伪军顿时向前翻了个身趴在了地上，此时日军的九二式重机枪已经响起，刘顺所在的小树林被子弹打得哗哗响，他高喊了一声"打"，其他战士纷纷开始忙起来。

山梁上一共摆了十余支枪，几个人一人管着两把枪，两枪同时放枪，就制造出了超过三十人的响动，再加上鲁大志的歪把子机枪，声势顿时大起，随后又有人把鞭炮放起来，顿时敌人就全乱了，以为是八路军主力来了，连忙请求增援。各区域的驻军纷纷向北门靠拢过来。刘顺看目的达到，留下三个人随时准备撤退，自己带着两人从侧面向南门摸过去。

此时，县城监管营前的日军交头接耳不知所措，正在这时，一名日军中尉急匆匆跑了过来，一招手说："前方失利，来一队人支援。"

监管营守军连忙抽出十人跟着中尉向北门进发。来的中尉，正是林一雄，赵婉现教了几句话，用来吸引日军离开，林一雄带着这十个日本兵刚走进一段昏暗的街道，突然扑出十几个黑影，惨叫声连响数声便没了动静。

周长川说："所有人注意，下午挑的十人，五分钟穿好衣服，剩下的人把敌人尸体拉到西面那个墙后面，快！"

监管营留下的日军张望着北面城墙，不知道战况如何，只听到震耳的枪炮声此起彼伏，几个人正在议论是否真的遇见了八路军的主力部队。正在这时，一名中尉带了一队人跑回来，立正命令道："全体回防。"一列人迅速与原来的留守日军混在一起。一名日军扭头向旁边的周长川问了一句日语，发现没反应，再仔细看去，感觉到不对劲儿，刚要喊出来，周长川的短刃已经割破了他的喉咙，鲜血喷洒出来，喉咙里只传出临死前的呻吟声。

其他战士几乎也在同一时间动手，一对一地将刀扎进了敌人的胸膛。鲁大志没带大刀，用小刀又不习惯，于是干脆上手，直接就把旁边的日本兵的脑袋箍在了胳膊里，敌人拼命蹬着腿，张大了嘴想喊出来，却一点声响也出不来，就这样硬生生被大志给勒死了，喜娃子在旁边看着直咋舌。

林一雄看了看四周，示意大家快速处理尸体，然后快步来到监管营的大门，打开门，里面并列着大大小小的监房，传出了女人惊恐的呼救声。

周长川连忙一个一个地打开房门，一边开一边喊着名字，将九里庄还有其他村子被抓来的女人都放了出来，唯独少了他娘。

"你们谁知道我娘去哪了？"周长川急切地喊道。

潘云从人群里走出来说："周大哥，我下午看见周大娘被两个汉奸带走了，说是去什么指挥总部接受审问。"

张木林冲周长川说："长川，你带人出南门，我带俩人去找你娘，一定把人救回来。"

周长川一把抓住张木林喊道："胡闹，你去送死吗？"

周长川停顿了一会说："还是我带着一雄和赵婉还有李忠国去，我们身上的皮好使。你带着队伍和乡亲们撤出南门。"

张木林还想力争，被周长川一把推出了房门，张木林一咬牙，带着队员和逃出的群众往南门撤离。

周长川看了看林一雄和赵婉说："实在是得罪啊，总是带你们身犯险境。"

林一雄拍了拍身上的土，怜惜地看了一眼赵婉说："我是军人，冒险的事我干多了，只要是跟鬼子干，没啥怕的，只是……"

没等他说完，赵婉先开口道："我也是军人，你们打到哪里，我就跟到哪里，没什么好怕的。"她脸上透出一丝的任性，还有一分坚韧。

林一雄抚摸着赵婉的头发，不由得叹了口气，一行四人急匆匆奔向联队指挥部。

第十八章 夜袭县城（三）

在北门枪声响起之前，坂本吉太郎正在自己的办公室静静地看着地图，他不明白，自己正在扫荡着游击队，游击队不仅不躲藏，反而也在不断袭击日军部队，先是一座岗楼被打掉，接着是押送俘虏的一班士兵阵亡，然后又是一支巡逻队在山间巡逻被消灭，这支游击队似乎并不惧怕日军的扫荡，而且专门找薄弱的环节下手，这一点让坂本深感头痛，不过现在这支游击队的详细情况已经慢慢明朗起来，至少他已经知道了这支队伍的队长，是一个叫周长川的人，而他的母亲，也刚刚被抓进了监管营，这一点无疑让坂本感到自己多了一些胜算。

正在这时，北门突然响起的枪声打乱了坂本的思绪，这让坂本很是恼火，一把抓起桌上的地图扔在了地上，咆哮道："外面是怎么了？"

门口的卫兵急忙进来通报："报告联队长，北门突然出现支那部队，数量不详，但是火力很猛，听声响有重武器。"

坂本猛然站直了身子说："这怎么可能，一周前我们的部队刚刚扫荡了辖区内所有的村落，根本没有什么所谓的八路军主力，那个唯一的独立团现在也远在其他战区还未归来，现在怎么会突然冒出来这样规模的队伍？"

传令官不敢言语，低着头静静地站在下面。

坂本逐渐平静了焦躁的情绪说："山本少佐和福冈少佐在哪里？"

"山本少佐和福冈少佐已经带了各自的部队前往北门支援。"

坂本拿起自己的手套慢慢戴着说："你去传达我的命令，现在已经入夜，部队依托县城工事进行抵御，不得擅自出城，顺便把小野吉川叫来。"

传令官应声而去。坂本带好手套，走到墙边，拿起那支武士刀，抽出一截来慢慢看着。这样的寒光他已经很久没有用心体会了，剑法也已经生疏，来到这个战场，他除了杀戮，似乎再也没空闲去体会其他事物，战争就像催命的陀螺，永远转下去，就永远要有人死亡。

不多时，小野吉川进了指挥所，一进门说："联队长阁下，我们已经部署好了指挥部的防御，绝对不会有任何闪失。"

"小野君，你怎么看外面的袭击？"坂本并没有理会小野说的话。

小野吉川愣了一下说："听说，外面的袭击很激烈。"

坂本摇了摇手说："我要听你的真话，而不是外面那些蠢蛋肤浅的报告。"

"是，联队长，敌人如果突然发动如此规模的袭击必然是有所图谋的，但敌人只是将战场局限在县城北门，这个原因无外乎两点。"小野吉川慢慢地说着，在他的心里已经猜出了几分端倪，作为联队长身边出色的副官，他的嗅觉一直都是很灵敏的。

"嗯，说来听听，看看你我是否想到了一起。"坂本说道。

"敌人在城外骚扰却不强攻，第一，是想引我们出动，聚而一战。"小野吉川停了一下继续说着："第二个可能，那就是在吸引我们的注意，为另一个行动做掩护。"

坂本若有所思的放下手中的武士刀，慢慢走回到座位，沉默了许久说道："小野君跟我想到一起了。"

小野吉川点了点头说："我们的队伍最近一直都在扫荡附近区域，没有发现过敌人大股部队，没有理由一支这样的队伍突然出现在城外，而且还能设伏。"

坂本想了想说："是的，这一定是支那人的声东击西战术。你立刻带着人去东西南门巡视一下，务必要严防支那人的其他破坏行动。"

小野吉川显出些许顾虑说："联队长，我带着守备部队走了，怕指挥所出现危险。"

坂本露出一丝笑意说："小野君放心，支那人是没有胆量进攻联队的指挥部，你们守住了四个门，我这里才是最安全的，难道不是吗？"

小野点了点头，立正敬礼，应命而去。

此时，周长川的母亲周陈氏正被关在联队指挥部的一个房间里，村里被扫荡的场景依然历历在目，在被日本兵拖走的时候，眼看着刘顺的父母被日本兵的刺刀捅进了身体，她心里充满了悲愤，却也无可奈何，老曹头举着棍子想救乡亲，被几个日本兵围着戏耍，用刺刀刺他的后背，老曹头就这样不停地反抗着，但是他的动作越来越缓慢，一直到最后，瘫倒在地上，几个日本兵这才作罢，她看着老曹头倒在血泊中，视线也渐渐远离了村子，也许生命就此要终结了吧，可是川儿还有顺子他们还没有回来，他们看到这样的场景定然会伤心欲绝。她茫然的被日本士兵拖到车上，连同村里的其他女人一同带进县城，关进了监管营。

在监管营，县维持会的人不断盘问周陈氏有关周长川的行踪，她咬紧了牙关始终没有说出半个字，她知道自己落入鬼子手里已经是凶多吉少，决不能再连累更多的生命，更何况那还是自己的儿子。

第二天一早，坂本将维持会的李会长找来训话，一同前来的还有严景和。

"李会长，这次我很赞赏，你们的贡献，关于游击队的行踪有了很大的突破，只要这个周陈氏开口，那么游击队的下落也就有了分晓，我们也可以将他们一网打尽。"

"联队长，这是我们应该做的，维护地区治安本就是我们的职责，这次也是多亏了严景和的揭发，才抓住了重要人物。"李会长弓着腰说。

坂本上下打量了一下严景和说："严先生这次立了功劳，我会记住，日后自会嘉奖。"

"谢谢联队长，只是，这个周陈氏嘴硬，到现在也什么都不肯说。"严景和说。

坂本停顿了一下说："审问是一门学问，你们总是威逼，这样是不行的，下午将这个周陈氏带到指挥所，晚上，我亲自审问。"

严景和跟着李会长走出指挥所，虽然受到表扬，心里却不是滋味，他的本意是抓了周陈氏引出周长川来报了自己的仇，可是没想到鬼子的手段如此凶残，竟然屠了整个村子，如今李会长还将功劳推给自己，分明是把汉奸的名声扣在自己身上，想到这里，严景和紧皱着眉头，看也没看李会长一眼便回了住所。

自从听见枪响，时间已经过了半个钟头，周陈氏坐在房子里听着屋外的动静，直到小野带着队伍急匆匆奔出指挥所，外面变得异常安静。

周陈氏听不见外面有动静，于是找了个凳子去砸大门，正砸第三下时，大门咣当一声打开了，她正要出去，迎面撞见一个日本军官站在了面前，顿时后退了数步。

来人正是坂本吉太郎，他在指挥室等消息，却想起本来要夜审周陈氏的，于是向后院走去，突然听到一个房间有响动，于是提着手枪走了过去，当里面响起第三次撞击声时，他打开了门，这才发现里面的周陈氏。

周陈氏惊恐地闪烁着眼睛，不知所措的靠在墙上，大门被坂本堵着，插翅难逃，于是急切地喊道："你们这些畜生，只知道杀人的畜生，八路军的队伍迟早把你们都杀掉。"

坂本站在门口没有动，皮笑肉不笑，用一口生硬的中国话说道："你的不用怕，我只想知道，周的游击队，究竟想要干什么，你能告诉我吗？"

周陈氏咬着嘴唇，显出视死如归的神情说："我儿子的游击队，就是来要你命的。"

坂本不由得笑起来，慢慢摇着头，正要说话，却突然停住了，他仿佛在回味着这句话，正这时，指挥部的门口冲进来两个黑影，坂本猛然回过头去，这个房间有灯，所以坂本一个活生生的目标当时就摆在了眼前，林一雄看军装就知道是高官，抬枪就打，坂本自幼习武，是武士道协会数一数二的高手，身手极其敏捷，看到对方抬手，立刻向屋内一个翻滚，子弹正打在门框上，坂本一起身顺势抓住周陈氏挡在了身前，另一只手举着枪慢慢走出了门口。

在此之前十分钟。

周长川一行人急匆匆冲向指挥部，冒着必死的信念，不只是为了救一条人命，更是救自己的良心。他们刚到联队部门口，就碰见一股部队从指挥部涌出，四个人连忙躲在墙角阴暗处，等这队人走远了才出来。

"我看又是去增援北门了吧，现在里面应该没啥人了，咱们直接冲吧？"李忠国说。

周长川把手里的三八式步枪上满了子弹，说："时间不多，李忠国和赵婉在门口放风，李忠国一定要保护好赵婉小姐，我和林一雄进去分开来找，救了人就在门口集合撤出去，明白吗？"

林一雄默不作声地上着子弹，突然说道："兄弟们，如果我林一雄不幸战死，还望各位能带着赵婉冲出去，我在这里先谢过了。"话语中充满了悲壮。

赵婉一皱眉说："如果必须有个先后顺序，我愿意是死在一雄前面的那个人。"

周长川叹了口气说："放心，我们是不会死的，等鬼子被赶跑了，你们两人还要过好日子的，走吧！"

几个人径直走向指挥部门口。

门卫看到三男一女穿着日本军装走过来，本没有在意，但是走近的时候，一股杀气也迎面袭来，两人顿时觉察有恙，刚想抬枪，李忠国和周长川提着刺刀就扑了过去，两个门卫很快就被结果性命，李忠国提着枪护着赵婉站在门口充当门卫放风，周长川和林一雄提了枪冲进指挥部。

刚一进大门，就看到了旁边一排房间有一间灯光大亮，门口正站着坂本，光线刺眼，林一雄根据服装判断是个军官，抬枪便打，没想到对方一个翻身躲过了，再等他出现在门口时，他的面前，已经多了一个人质，正是周陈氏。

双方顿时陷入对峙的境况，这个局面是周长川万万没有想到的，时间一分一秒地过去，大家却毫无办法。

第十九章 夜袭县城（四）

坂本吉太郎一只手夹着周陈氏的脖子，使她透不过气来，他则躲在后面用枪顶着周陈氏的太阳穴。

坂本没有想到游击队竟然能渗透到自己的指挥部，他堵住了所有的城门，却被敌人钻进了老窝心脏，这真是天大的讽刺，当周陈氏说游击队就是来要他的命时，他才突然有所警觉，但是这支队伍的突然到来还是让他有些措手不及，此时两边只能这样对峙着，别无他法。

坂本现在要拖时间等待援军，于是首先开口道："你们的，是八路？我很佩服，你们的勇气。指挥部我一直以为，是不可能被敌人渗透进来的，可是你们做到了。"

周长川心知时间紧迫，却也无可奈何，说道："既然你会说中国话，你该知道什么叫作穷途末路，你现在马上放人，带我们出城，我们也许会放了你。"

坂本笑了起来说："不不不，你说反了，我有人质，你们的，投降，我会留你们的命。"

林一雄急了，骂道："你这个王八羔子，再不放人老子一枪崩了你。"

周陈氏被掐得眼泪流出来，从喉咙里蹦出几个字来："别管我，长川，杀了他，快走。"

坂本一脸诧异地说："原来你就是我要找的周长川？你的游击队果然厉害，能进到我军的腹地。可是，现在你们，很被动，明白吗？"

赵婉躲在门口看得真切，如果再不想办法大家都走不了。她回身喊来李忠国，说出了自己的想法，李忠国连忙摆手，赵婉咬着牙跺脚道："都什么时候了，里面对峙着，外面敌人随时回来，再不想办法就全死在这里了。"

坂本知道，只要拖到援军到达，自己就是胜者，但是现在，还必须对峙着。

周长川狠了心举起枪，却始终没办法开枪，正在这紧要关头，李忠国挟持着赵婉加入到了对峙行列，林一雄一看就急了，刚想说话，李忠国先开口喊道："对面的，你们也有人质在我手里，你看清楚了，你们日本的女人，你要还是不要，咱们交换人质。"

周长川眉头一紧，知道这是赵婉想用自己交换人质，她的日语水平无疑能骗过日本人，她在敌人手里的生存希望远远高于周陈氏，这是一个用命赌博的办法，想必也是赵婉情急之下想到的。

林一雄也想到了，但是他无法忍受这样的赌命，想去伸手拉住赵婉，但是已经来不及了，赵婉坚定的眼神将林一雄的行动阻挡住了。

赵婉急切地用日语说："求您救救我，我是青木植中尉的未婚妻，从日本赶来却发现他已经战死，现在又被这些游击队抓住，请长官一定要救我。"

当坂本看到这个身穿和服的女人时，不由得心动了一下，这是一个饱含东方女性美的标准美人，尤其是穿起和服的时候。

坂本用生硬的中文继续说："我们一个换一个，可以，我退到房子，你们让我的人过来，你们的人，我放过去。"说完，他慢慢退守到指挥室门口。

李忠国看了看周长川，后者很艰难地点了点头，林一雄眼中充满着悲愤，咬着牙紧握着枪。李忠国轻轻放开了赵婉，赵婉一步一步向屋里走去，坂本紧紧盯着对方每一个动作，当赵婉走到跟前时，他一把将赵婉拉到了房子里，然后松开了周陈氏，并关上了大门。

林一雄青筋暴起，一个箭步就想冲过去，被周长川拦腰抱住，小声说："兄弟，不能去，冲进去赵婉的命也没了。"

李忠国连忙上前扶起周陈氏，这时，门外响起了一阵呼喊声和队列脚步声，日军出去支援的小队回来了。

周长川死命地将林一雄拉着往指挥部后门走，李忠国背起全身无力的周陈氏紧跟在后面。指挥部的后门正对着县城围墙，周长川几个人顺着城墙往城南门口跑，这时，侧面街口一支日军小队发现了他们，喊着什么，见没有回应，立刻举枪追赶过来。

周长川喊道："李忠国你带着我娘和一雄先出去，我挡一阵。"

林一雄甩开了周长川说："不用管我，你们先走，我留下来和周长川挡住敌人。"李忠国犹豫不决还想去拉林一雄，被他一瞪眼说："我还是你的团副不？听我的，你带着大娘走，我和长川挡住敌人。"

林一雄说话的工夫，周长川已经依靠着城墙瞄准了敌人，一声枪响，子弹径直穿过了带队的曹长头部，鲜血喷向后面的日本兵，吓得所有人都趴在了地上，举着枪向前乱射。

林一雄赶过来站在周长川侧面，举起三八大盖，瞄着敌人，一枪射去，趴在地上的一名日本兵头部中弹，再也没起来。

"现在赵婉落在鬼子手里，我不能看着她死，等会儿我回去救她，你先走。"林一雄说着，又是一枪出去，一个鬼子兵被打中了肚子，倒在地上扭曲着打滚。

周长川一边瞄一边说："你不能回去，赵婉为了我们才这样做，你回去她的努力就白费了，懂吗？"说完突然屏住呼吸，一枪打中了一个鬼子的小腿，吸引了一名鬼子前去扶持，然后紧接着又是一枪，那个扶持的鬼子瘫软在地，被当场击毙。

"我不管，赵婉有什么事的话我就是死了，也要跟她死在一块儿。"林一雄说着句话的时候是咬着牙说的，周长川知道他们的感情，但是他不能让林一雄在这个时候发疯。

日本兵调整了进攻阵形，向周长川他们射击，子弹呼啸的擦过两人的身边，周长川的肩头被子弹擦掉了一块皮，他连忙把林一雄拉到地上躲开这一轮的射击。

"你疯了吗，你知道赵婉的用意，不是让你去送死的。"周长川用力摇了摇林一雄说："她现在的身份是日本女人，鬼子不会对她怎样的，但是你杀回去救她，那不就把她的身份暴露了，你活不了是必然的，但是你这么疯了去找她，你让她也活不了，知道吗？"

这几句很有效果，林一雄回头看了看周长川，似乎明白了这话的意思，没有说话，又扭过去头，继续瞄着敌人打出下一颗子弹。

周长川知道，他是听进去了。

远处有敌人听见枪声，纷纷赶来支援，敌人越来越多，情况变得危急起来。周长川估摸着自己人已经撤出了县城，于是拉着林一雄往南门跑去。

背后枪声不断，子弹擦着两人左右呼啸而过，周长川每跑几步就会转身打一枪，让敌人无法全速追击，远远地两人终于看到了南门，林一雄刚想冲过去，突然南门的工事后面冒出两条火舌，是九二式重机枪，点射的子弹直奔两人打来，林一雄大喊一声"快闪开"，闪身就向墙角靠过去，周长川听到喊声，连忙闪身躲子弹，被一颗流弹打中肩膀，剧烈的疼痛侵袭全身，他单手提着枪靠在墙上，林一雄左右看了看，说："现在两面都是敌人，看来是跑不掉了。"

周长川此时也看清了局势，南门一定是被敌人补防了，现在真的是到了进退两难的境地。

林一雄勉强笑了笑说："一心还想着要救出赵婉，想不到自己先到了绝境，这样也好，死在她前面我就少了一份生离死别的悲伤。"

周长川单手抬枪射倒一名日军后说："别发感慨了，先打吧，能多杀一个是一个，总好过白白牺牲。"

林一雄举枪击毙了一名企图冲锋的敌人后发现子弹已经用完，扔了长枪，抽出身上的驳壳枪，看了看说："还有十发子弹，打完给自己留一颗，就算没白活了。如果日后见到赵婉，请不要告诉她我死了，我不想她失去希望。"说完，举枪向敌人打去。

周长川叹了口气，看了看形势，捂着伤口，拉着林一雄慢慢向南门移动，两条火舌继续点射着，打在墙上溅起无数的墙灰。

就在两人绝望的时候，南门出现了转机，两条火舌突然哑火，周长川远远看去，南门那里似乎遭到了城门外的袭击，枪口对着门外开起火。

周长川知道时机到了，提着枪就跑，林一雄跟在后面掩护，两个人一前一后跑到南门的时候，敌人最后两名守军刚好被击毙，从城外冒出几个人来，正是刘顺那几个人。

刘顺发现周长川受伤，连忙迎了过来说："张木林带着人掩护百姓撤出去了，我见李忠国他们逃了出来，但是独独等你半天也不见人，回过头一看这里有鬼子补防，知道你们肯定出不来啊，就带了人接应你们了。"

周长川提着枪，拖着受伤的臂膀一头冲进南门的掩体喊道："后面有追兵，赶紧撤。"

刘顺看了看不远处的敌人，回过身说："你跟林一雄赶紧撤，我们三个挡一阵就走。"

周长川看着刘顺，后者脸上的血迹和汗水混在了一起，平添了几分悲壮的气息，还没来得及说什么，就被林一雄扶着撤出了南门。

刘顺转过头看了看周长川的背影，跟两名战士架起两挺九二式重机枪"嗒嗒嗒"地点射起来，敌人的追兵突然遇到强火力阻击，纷纷躲到两边的围墙进行还击，子弹呼啸着扑过来，刘顺身旁的游击队战士被击中了胸口，倒在地上挣扎，刘顺伸手想去拉起那名战士，正在这时，一枚掷弹筒发出的炮弹正落

【血色分队】

在掩体里，刘顺眼前一黑，剧烈的疼痛袭满全身，当他再睁开眼时，四周一片焦土，自己身上已是血肉模糊，敌人的步兵正在快速接近，他想爬起来，但是已经力不从心，只能眼看着敌人慢慢地接近，然后闭上了眼睛……

第二十章 重整旗鼓

当坂本吉太郎用周陈氏换回赵婉并反锁上房门的时候，心里掠过一丝恐惧，在防守如此严密的县城里，还是被敌人潜伏了进来，这是他完全无法容忍的，他仔细盯着赵婉，心里依然有些诧异，怎么会多出一个未婚妻，如今青木君已经战死，更加无从考证。

当支援部队赶到门前询问屋内情况时，坂本才谨慎地打开了房门，看到是小野吉川，心里稍微平静了一下，但是转而就是极度的愤怒，他一巴掌扇在小野的脸上，力气过大，以至于小野向后踉跄地差点儿跌倒。

坂本说："你们这些废物，竟然能让支那人混进我的指挥部，这严重挑衅了我们大日本皇军的尊严，你懂吗？"

小野吉川捂着脸连忙应诺并不敢言语。坂本这时回过头看了看赵婉说："你还好吗，刚才让你受惊了，请问小姐如何称呼？"

赵婉失落地站在墙角，她知道自己的日文能骗过坂本，但是，林一雄的离去还是让她心里空空荡荡，无所适从。

"我叫中山惠子，您可以叫我惠子。"

坂本眼中掠过一丝慰藉，说："惠子小姐一定是惊吓过度了，现在你可以放心了，我是这里的指挥官坂本吉太郎，有我在你会很安全。"说完，转向卫兵说："你们带惠子小姐去西面的客房，不得怠慢，明白吗？"士兵敬了军礼带着赵婉离去。

坂本转身对小野说："你现在立即去把北面的部队调回来一部分，增援另外三个门，我估计这三个门会受到游击队的袭击。"

小野点了一下头，转身出了门。

当小野带着部队支援南门时，那里正在激战，小野远远便看到南门掩体里的两挺九二式重机枪被敌人用来向自己人扫射，急忙闪到一边喊道："掷弹手呢，立刻给我摧毁前方工事。"

两名掷弹手急忙上前调整角度，一枚炮弹准确坠落在了工事里，两条火舌哑火了。部队立刻冲了上去，小野看了看城外漆黑的夜，举起手终止了追击，回过身检查战场，地上一名八路军想起身，被一名日本兵踢倒在地，举枪就要打，小野命令道："等等，先不要杀。"

小野吉川蹲下身仔细看了看那人说："这个人留下，好好看管，我去联队部向联队长阁下汇报后再做定夺，明白吗？"日本兵点头应诺。

"被捕的这个游击队员应该跟周长川有着密切的关系，所以我没有枪毙他，等待联队长阁下决定。"小野吉川站在指挥所的大厅正中，小心翼翼地看着坂本吉太郎。

坂本抬起头看了看小野吉川，此时他正用一块手帕很仔细的擦拭着佩枪，说："这把枪是德国造 P08 式九毫米鲁格手枪，比我们皇军的南部十四年式手枪要好用很多，威力也更大。"

小野吉川有些不解地看着坂本，猜不出联队长的意思。

坂本继续说："这支枪是我上战场前，我的父亲送我的，每当我看到这把枪，就会想起我的父亲，小野君，你也会想起你的家人吗？"

小野点了点头说："是的，每当入夜后，我总会想念远在国内的亲人，但是为了实现天皇陛下的东亚共荣计划，我必将为陛下战斗到底。"

坂本接着说："支那兵其实跟我们一样，他们也有父母，不是吗。每当想起家人，人的心就变得脆弱了，战争就会变得太残酷，而我们的东亚共荣，才是他们最理想的结果。小野君有什么建议吗？"

小野说："我的意思是将那个俘虏绑在南门外的土坡上，不能让他死掉，我要用他的血，来告诉那些支那兵，抵抗是残酷的，跟我们合作，才是上策。"

坂本点了点头说："这的确是个很好的办法，不过，这个人也许知道些更重要的信息，维持会那个姓严的人可能认识他，让他先去审问一下比较妥当。"

小野吉川立正敬礼，出了指挥所向维持会赶去。

周长川和林一雄跑出了近十里地后停了下来，城里的枪声已经停了很久，但是刘顺没有撤出来，周长川呆呆地站在那里看着县城的方向，虽然他想到了可能的结局，但是永远也不想说出这个结局，战友的牺牲本应该变得习以为常，但是周长川永远都不会习惯，他永远也不愿意看到有战友倒在侵略军的子弹下，特别是曾经跟自己生死与共的刘顺。

　　周长川默然无语往九里庄走，二人一路都无话，并不是没有话，只是都被一份莫名的悲壮堵住了胸口，大气也透不出来。

　　林一雄一脸的颓废，他正在经历着一份痛彻全身的折磨，这是他所不能忍受的，赵婉的生死就像一个永远无法解决的难题摆在他的面前，只有两个结果，各有一半的机会。但是他永远也不想做出选择，因为他选了任何一方，就意味着也要承担起另一种可能的后果。

　　周长川回到了九里庄，张木林已经安置好了救出的群众，村子里四处都是哭声，家里的男人都死完了，这些孤儿寡母即便是苟延残喘地活下去，又能撑得了多久呢。

　　周陈氏流着眼泪给战士们包扎完伤口，最后来到周长川的身边，在周长川的肩头用棉花和粗布缠起来，一边缠一边说："川儿啊，我本来以为自己就要死了，可是你们冒险来救我，真心不值啊，现在因为我，顺子和好几个娃儿都没有回来，我真的很难过。"

　　周长川心里一阵酸楚，仿佛压了一块巨石，压得他透不过起来。他叹了口气说："我绝不会让你和村里其他乡亲落到鬼子手里，即便有一天我们都牺牲了，你们也要继续活下去。"

　　周陈氏止住了哭声说："顺子的父母都被鬼子害死了，如今他也回不来，这可怎么办啊。"

　　周长川叹了口气说："我们一定要救出顺子，不过这次袭击县城过后，坂本必然要进行围剿，游击队的日子会很难过，今后乡亲们也要小心了。"

　　张木林从村外走进来说："长川，现在这里已经不安全了，我觉得还是让乡亲转移到我们村吧，互相扶持一下也就过去了，等日后把鬼子赶走了再回来，你看呢？"

周长川沉默了一会儿，点了点头说："目前来看也只能这样了，坂本不会善罢甘休，自然会加强对这一带的扫荡。转移了乡亲，我们也要尽快转移到其他地方落脚，但是不能远离县城，我们还有刘顺和赵婉没出来，必须要把他们救出来。"

这时潘云走到周长川跟前说："我也要跟你们一起打鬼子，我要为我娘和死去的乡亲报仇。"

周长川摇了摇头说："你还小，我们带着你不方便，如果你真想打鬼子，我会派人送你去找八路军独立团，跟着他们，永远有鬼子打。"

"可是，没有我，你们病了伤了都没个人照顾，你就让我跟着你们吧。"

"小潘，我们的力量太弱，没有办法保护你，跟着我们太危险。终有一天，等我杀了坂本，自然会回来找你们。"

潘云执拗地不肯离开，她撕掉身上的一缕衣带，给周长川的臂膀缠绷带，却发现自己根本不会打绷带，不由得坐在那里哭起来。

周长川叹了口气说："我没事，子弹贯穿肩膀没留在身体里，我娘帮我包扎了一下，没什么大碍了。你跟着伤员去独立团吧，在那里你能学到救人的本事，到那时你再回来救我，我一定让你好好救！"

"瞎说什么，你还总是受伤啊？我听你的就是，学了救人的本领，以后你去哪儿我都跟着你，再也不让你受伤。"

安抚了潘云，周长川看到远处坐在土坡上的林一雄，于是安排了一下行动，慢慢走上土坡，坐在了他身旁。

　　"我一定要救出赵婉。"不等周长川开口，林一雄已经攥紧了拳头说道。

　　"应该是我们，我们一定会救出赵婉，还有刘顺，他们都是我们的好战友，这次行动我们还是算成功的，不过后面的日子会比较艰苦，其实我不想你和赵婉卷进来……"

　　"已经卷进来了，这狗日的战争一开始，我们就都已经卷了进来，谁也逃不了。"

　　"是的，我们都逃不了。只有赢了这场战争，我们才能得到真正的解脱。"周长川沉默了片刻，艰难地站起身回到村里，开始做转移准备。

第二十一章 生死营救

定县的监管营是任何一个人也不愿意去的地方，那里充斥着血腥和恶臭，被押解的犯人一旦到了一定数量，日本人便会根据利用价值做出判断，将不再有用的犯人处决，这样的筛查每月都会有一次，而这样的工作通常是由维持会来完成。

此时，严景和带着郑三正坐在监管营的审讯室里，在他们的对面，有一根十字形的木桩，经过了无数生命的血洗，这根木桩已经变成了深红色，散发着恶臭。木桩上绑着的刘顺低垂着头，头发垂在眼睛处，显得杂乱无序，身上的伤口依然在渗着血，那些凝固了的血迹散布在脸上和衣服上，变成漆黑的血痂。

严景和静静地坐在椅子上，看着对面死一般的刘顺，喝了口茶。

"老爷子，我把他泼醒吧？"

"不急，不急。"严景和摆了摆手，静静地坐着，他眼里闪过一丝难以捉摸的神情。

过了半个钟头，刘顺慢慢醒了过来，严景和使了个眼色，郑三走上去往他嘴里灌了点儿水，刘顺的意识慢慢恢复过来，抬头看了看四周，又看了看对面的严景和。

"顺子，我在这儿等你半天了，你说你咋就成这样子了，刚才我都没认出你。"

"是吗？我，我倒是一眼就认出你了。"刘顺有些艰难地说到，此时他全身都是伤口，血污糊住了他的脸，只能勉强睁开一只眼瞪着严景和。

严景和站起身走到刘顺跟前，用手抹了抹他脸上的血污，说道："你们这是何必呢，竟然跑到县城里找死，好歹我也看着你长大，我也不愿意看到你现在这样。"

"我们只是来救乡亲，你呢，你手上沾满了九里庄乡亲的鲜血。"

严景和沉默了许久说："其实我也不想的，真的，我也不想的，那些个乡亲我也心疼，我没想到皇军能下这么狠的手。"

"你难道不知道鬼子的三光政策吗？你说庄子里有游击队，不就是要置他们于死地！"刘顺低吼着，浑身挣得铁链哗哗响。

严景和向后退了一步，叹了口气说："我也就是想治治周长川那个小王八羔子，算求，事已至此，我就补偿一下你，你只要告诉我周长川那小子现在在哪里，我就跟皇军求情，把你给放了。"

刘顺慢慢抬起头，突然笑起来，这笑声让严景和感到一丝不祥，笑声停止，刘顺说："我爹我娘都被鬼子杀害了，你觉得我会跟那帮狗日的合作吗？如果换作你，他们杀了你女儿，让你来合作，你会吗？"

严景和顿时语塞，一旁的郑三上去狠狠打了刘顺一拳，刘顺的嘴角淌下血来，严景和皱了皱眉头，有些泄气地坐在了椅子上。

在县城的监管营外，周长川和林一雄正蹲在街道对面，戴着草帽，面前摆着两筐红枣，此时他们紧紧盯着对面的监管营。

"我们这样进来毫无头绪，经过上次，现在这里的防守比以前更严了。"林一雄四处看着，努力在流动的岗哨中寻找破绽。

"我不想坐以待毙，只有进到县城，才能想到切实可行的办法，而且刚遇到袭击，鬼子反而会觉得我们不可能再回来，这也许是个更好的机会。"

"不过，现在这里戒备森严，我们如何救出刘顺呢？"

"我也正在想这个问题，再观察一下。"

正说着，监管营大门一前一后走出两个黑衣人，为首的戴着一副墨镜，周长川连忙将帽子压低了些小声说："现在出来的这个人就是出卖我们的地主严景和，如今他投靠了日本人，进了维持会。"

林一雄仔细看了看这个戴墨镜的干瘦老头，此时严景和也注意到了街对面有人盯着自己，不由得走了过去。

周长川压低了帽檐，慢慢将手放进了衣服里，摸到随身的短刀握在手里，严景和走过来，看了看两人，又看了看地上的枣，跟后面郑三说："看到这枣啊，我倒是怀念起庄子口那片枣林了，三儿，挑一筐好点儿的带回去。"

郑三看了看，一把提起了一筐红枣转身就走，林一雄站起身说："这位爷，还没给钱呢。"

严景和咳了一声说："拿你俩儿枣也要钱？我维持一方平安，难道你们就不表示点儿啥，别给脸不要脸啊。"说着就带着郑三走了。

林一雄还想辩驳，被周长川拉了拉裤脚，他只得重新蹲下看着严景和的背影，周长川小声说："不要惊动敌人，我们现在倒是可以找找这个严老财的晦气，兴许能有点儿收获。"

"找他做什么？他不可能跟我们合作的，甚至我们很可能会被他抓起来。"

"我没指望他能跟我们合作，不过倒是能想点别的办法。"说着，周长川站起身，提着枣筐，远远跟着严景和走去，林一雄也来不及多问，急忙跟随在身后。

当天夜里，县城西面靠近城墙的一座宅子里，严景和正坐在院子里抽着烟袋，他总也无法理解刘顺的态度，如今这光景，只要刘顺肯低个头，兴许自己就能保全他的性命，当然这并不是因为严景和真的发了善心，而是他对九里庄的遭遇感到一丝后悔，这份后悔弥漫在他生活的空气中，让他有时候无法入睡，毕竟是死了那么多人，同时日本人的心狠手辣也让他感到心有余悸，所庆幸的是，自己提早将女儿送出了这是非之地，倒也落得清闲自在。想到这，他不由得抽了口烟，从太师椅上起身，围着院子来回踱步。

这时，院墙上出了点儿响动，严景和猛地抬头看去，两个黑影应声而下，正落在自己面前，严景和吓得往后一退，正要呼喊，一柄匕首已经架在了脖子上。

"你，你们是什么人？"借着月光，严景和发现这两人脸上都带了黑布，只露出一双眼睛。

"你觉得你这么问能得到答案吗？"林一雄冷笑了一声，伸手从严景和身上摸出一把南部十四式手枪，这正是当初从周长川家里搜出的那把，林一雄将枪递给周长川，后者别在了腰里。

"是是，我多嘴，请问两位有何贵干，我严某人能办到的话必定效劳。"

"是有件事需要您老人家帮忙，带我们走一趟监管营就行。"

"监管营？"严景和眼珠子转了几转惊道："你们是周长川的游击队？要救刘顺？"

"算你聪明，废话我就懒得说了，这个忙能帮不？"

"这个，实话告诉你们，想从监管营里提走犯人只有日本人有这个权利，我们只有送进去的权力……"严景和摊了摊手显出一脸的为难。

"你放心，我们就是要你把我们送进去就行。至于能不能出来，就要看我们的本事了。"

"这个……"严景和稍作迟疑，被林一雄一把拽住衣领就提到屋里，让严景和趴在地上，二人分别换了两件维持会的黑褂子，周长川用刀顶住严景和的腰，不准他回头，一行三人直奔监管营而去。

严景和见到门口的两名日军，小心翼翼地上前问候道："太君，白天的时候，联队长阁下让我审问犯人，我忘了问几个问题，现在，突然想起来，就再来问问。"

日军曹长看了看严景和身后的两人，摆了摆手说："进去，快快地出来。"

三人连忙走了进去。在一个审问室里，三人见到了刘顺，周长川刚要说话，突然想起了什么，冲林一雄使了个眼色，后者点了点头，一掌将严景和打晕过去，两人这才紧走两步到刘顺跟前，此时的刘顺死一般地吊在木桩上，身上的衣服已经红得发黑，只有微弱的呼吸还能证明他依然活着。

"本想着顺子能走出去，现在看来有点儿麻烦了。"周长川蹲下身，脱去严景和的衣服，套在刘顺的身上，给他戴上帽子和墨镜，然后将刘顺背在身后，看了看林一雄说："现在我们要冒一次险了。"

二人背着刘顺走出监管营，门口的日军士兵警惕的看着他们问道："他是怎么了？"

"太君，我们严老爷子进去绊了一跤，摔晕了，我们这就送他回去。"

日军士兵借着昏暗的灯光看了看，嘴里念叨了一句日语，摆了摆手，示意离开。

周长川背着刘顺快步向路边的巷子走去，后面的士兵看了看三人的背影，低头看了看地面，赫然发现一路的血迹淌在地上，一直追溯到三人的行踪，他急忙高喊"站住"，周长川哪还能回去，背着刘顺就跑进了巷子，顿时，街道上警哨响起，日本兵紧追不舍，死死咬住了三人。

"我们背着一个人很难脱身，我去引开他们，你背着顺子回光明茶馆！"林一雄边跑边说。

周长川喘着气，点了点头，继续向前跑去，林一雄看了看身后日本兵接近了，急忙向另一个岔口跑去，后面的喊叫声和断断续续的枪声此起彼伏，响彻了整个县城。

周长川背着刘顺越跑越慢，穿过了三条街道，眼看快到光明大街，却发现光明大街上灯火通明，两辆兵车停下来，一个小队的日军迅速铺满了整个大街。

　　周长川感到一丝绝望，返回身找到一个草垛堆，将刘顺轻轻放在了地上，他掏出手枪，决心死拼到底，这时，一只手抓住了他的衣角，刘顺醒了。

第二十二章 视死如归

周长川紧紧握住刘顺的手，却感到他的身体冰凉无比，想想刘顺父母刚刚过世，如今他也落得这样的境地，不由得流下了眼泪。

"长川，你不该来救我的，很可能还要搭上你们的性命。"刘顺勉强坐起身来，却很快用手支撑在地上，以免再次倒下。

"别说了，顺子，我一定要救你出去，否则就跟你死在一起。"

"你傻啊，你还有更重要的事情没做，还不能死，这个坂本心狠手辣，你一定要除掉他，为这里的百姓报仇，也要为我报仇，不是吗，你还不能死。我的腿已经被打断了，即便是出去了，我也只是个废人了，我已经不能再打仗，你，你们，都不要再为我牺牲了。"

"顺子，我只想你活着，活着看到我们胜利。"周长川心里一阵悲戚，他从来没想过要面对生离死别，可是战争不断地在考验着自己，不仅考验着自己的意志，也考验着所有人的斗志，然而，他却无法面对这样的考验，至少此时此刻，他不愿意面对。

"算我求你了，我不愿意成为一个废人苟活着，我告诉你，我刘顺要死也要堂堂正正死在战场上，你走吧，我累了，我想见我爹娘了……"刘顺坐在地上狠狠推了周长川一把。周长川傻傻站在那里，他从刘顺的眼中看到了必死的决心，这种决心并不是轻易可以动摇的，周长川低着头，忍住了眼泪，默默地将手枪递给刘顺，握了握他的手说："你永远是我的好兄弟，相信我，我一定为你和你爹娘报仇。"

刘顺接过枪，微微笑着说："真好，临了还能再杀几个鬼子。"

周长川最后看了他一眼，转身走向旁边的一条巷子，过了两道弯，看到了街道对面的光明茶馆，这时，一声枪响吸引了街上的日军迅速向枪声跑去，周长川趁着这间隙跑过街道，一闪身进了茶馆，紧接着又是几声枪响，终于，一切归入了平静。

林一雄正在茶馆里等着他，见周长川回来却不见了刘顺，张着嘴半天没说出话来，但是很快便明白了可能发生的事情，不由得颓然坐在了椅子上。

"我……没能救出他，顺子是好样的。"

"那我们还要不要去查探一下赵婉的情况？"林一雄紧张地问。

"赵婉应该没事，监管营里面没有见到她，说明她成功蒙骗过去，我们只能下次再来联络她，明天一早立刻出城，不然眼镜和肯定会找到我们。"

林一雄默默地点点头，不再言语，此时的街道上也已恢复了平静，然而这样的平静，似乎在酝酿着一次更大的爆发。

第二天，两人扮作脚夫混出了县城，在回到九里庄的第二天一早，派往县城打探消息的张小鱼急匆匆跑了回来，上气不接下气。

张小鱼一见到周长川急忙说："队长啊，俺在县城看了一早上，鬼子在南门外搭了个十字架，上面绑了咱们的人。"

周长川心头一紧，连忙问："绑的是谁，你看清了吗？"

张小鱼抹了一把眼泪说："脸上都是血，看不清，但是那身衣服和身形很像顺子哥，那人还活着，只是……"

周长川悲喜交加，眼泪在眼眶里打转，问道："顺子还活着？只是什么，你快说啊。"

张小鱼继续说："只是，他身上有好几个口子啊，那血流的，俺实在看不下去，再不去救人血就要流干了……"

众人一脸的悲愤，鲁大志狠狠一踩脚，提着枪就走，周长川连忙叫住了他说："想去送死吗？敌人没有埋伏的话怎么会把刘顺放那么显眼的位置。现在每个人都想救他，但是我们不能把人都葬送了。"

周长川紧握着拳头，但是他知道此时自己必须冷静，师傅曾经说过，只有比敌人更能沉住气，才能比敌人更早找到先机。他仔细想了想。蹲下身在地上用树枝比画着说："县城出了南门有两条路，一条大路一条小路，喜娃子和张木林你们带十个人在小道半路那个最高的梁子上埋伏，我带鲁大志和林一雄还有另外两名战士去南门看看。"

"也带上我。"张木林说。

周长川摆了摆手说："老张啊，这十来个人是咱们的骨血了，要你来指挥我才放心，如果遭到伏击，我们会尽量把敌人

134

引到你那里，记住，见好就收，绝不能恋战，明白吗？"

张木林叹了口气说："可是咱们现在弹药已经急缺了，即使占据了有利地形，恐怕也很难对敌人造成打击啊。"

周长川看了看众人的枪说："把能集中的弹药都集中起来，手榴弹到时候会很管用，还有那梁子上的石头，居高临下石头也能杀人，咱们就跟老祖宗们学学冷兵器的打仗经验。"

众人纷纷开始检查弹药安排分组，周长川则带着林一雄和鲁大志以及另外两名战士向县城进发。

当周长川带了人一路赶到县城南门时，已经是中午时分了，一队人趴在距离南门三百米的山梁上，向下看去，南门的动静一目了然。此时南门外并没有守军，大门内空荡荡一片肃静，离南门不足百米的地方就是土坡，土坡上立着一个十字架，上面绑着一个人。

周长川仔细看过去，从衣服和体形上他一眼就认出来，那人正是刘顺，此时他低着头，身上血肉模糊，一动也不动。在刘顺的旁边，站着一个日本兵，脚下放着一个水桶。

不多时，那个日本兵提起水桶，往刘顺脸上泼过去，刘顺的头微微动了一下后，慢慢抬了起来。此时他脸上满是血污。他看了看四周，又看了看对面周长川藏身的树林，不由得摇了摇头。

鲁大志把拳头攥得紧紧的，端着歪把子机枪不知道该怎么办，呼哧呼哧地喘着气。林一雄拍了拍大志，示意他安静下来，同时也举起了手中的三八式步枪，瞄向刘顺的周围。

这时，在土坡的后面，走上来一名日本军官，样貌消瘦棱角分明，显出几分诡诈。他站在刘顺的身后向着树林用生硬的中文喊道："对面的游击队，你们应该在吧，我已等候多时了。我先做自我介绍，我是大日本帝国步兵独立十二联队联队长坂本吉太郎。"

坂本停了一会儿继续说："你们的人在我手里，我不是要杀他，我只是要告诉你们，你们的反抗，是无谓的，我们大日本天皇陛下是为了拯救你们，而不是害你们，所以，希望你们能够投降的，做良民。你们也不想你们的父母失去儿子，不是吗？"

坂本的声音高亢却有些阴冷，周长川听得真切，咬着牙示意所有人都不要暴露。

这时，刘顺慢慢抬起了头，喉咙里发出一阵低吼："他们的父母，都已经被你们这帮日本狗杀完了，你这是白费心机。"

坂本脸色变得阴沉起来，他点了点头，旁边那名日本兵抽出刺刀，在刘顺的腿上剜了一刀，鲜血径直流遍了大腿。刘顺痛得低吼了一声。

鲁大志有些趴不住了，说："队长，咱们打吧，先把那俩狗日的鬼子干掉。"

"不行，他们相距太近，开枪会伤到顺子的。"周长川看了看寂静的南门，隐约能感到那股杀气，随时都可能从南门冲出来一样。

刘顺知道自己的战友就在对面，但是却不能再相见，莫名的悲戚涌上心头，他用尽最后的力气喊："队伍给我带好了，抗日永远都不能停下来，老子也从来不怕死，有子弹就现在一枪打死我，免得老子受罪啊。"

周长川闭上了眼睛，他知道这句话是在给他说，刘顺不想再活受罪，但是面对曾经的战友、自己的好兄弟，谁又能下得去手。

日本兵在刘顺的另一条腿上又剐了一刀，刘顺的身体在下坠，他已经站不起来了。他继续吼道："来吧，给个痛快的吧，下辈子还是兄弟，以后路过我家，记得给我和我爹娘多烧点儿纸。来吧！"

周长川眼泪瞬间就流了下来，在今天这生离死别的时刻，再大的悲痛却依然只能吞到肚子里去。

鲁大志在一旁也哭出声来，林一雄眉头一紧，小声说道："还是我来吧。"

周长川瞪大了眼睛看着张一雄，仿佛将千斤重担都交付给他一般。却迟迟不愿点头。

林一雄冲周长川点了点头，眼睛转向了步枪准星，周长川一皱眉，回过头也将眼睛放在了标尺上。

刘顺仰面看着天，面带微笑，静静地等待着。旁边的日本兵提着刺刀还想再刺下去，枪声已响。刘顺的笑容永远停留在了最后一刻，而周长川也几乎同时射击，子弹径直穿过了日本兵的胸口，尸体翻滚下土坡，坂本听见枪声立刻转身跑下土坡，周长川从刘顺身后的缝隙处找见了坂本的衣角，第二颗子弹也同时射出，正打在坂本的挎刀处，佩刀掉在了地上，坂本也被吓得翻下山坡。

坂本浑身是土地站起身来，气急败坏地冲城门吼道："骑兵队，消灭所有的游击队，一个也不能留下。"

寂静的南门里突然蹄声大作，瞬间冲出一支马队，足有三十余骑，径直冲向周长川藏身的这片树林。

周长川抹了把眼泪，最后看了一眼自己的好兄弟刘顺，转身带着人冲出了树林，向着张木林的方向奔去。

第二十三章 奇袭

敌人的马队行进速度很快，走山地也很顺畅，转眼就到了小路的入口。周长川一行人尽量在小路旁边的山梁上跑，下面就是骑兵，一边追赶一边向他们射击，马队多配的是四四式步骑枪，还有三八式短步枪，这些短枪就是专门为马队设计的，步枪长度短，便于单手操作，更重要的是，转向快速，便于瞄准。

数十支步枪射过来，山梁上的树叶被打得哗哗作响，一名战士被打中，翻滚着跌下山去，子弹呼啸着从几个人的身边闪过。鲁大志背着歪把子机枪跑了一路，却慢慢变得有些吃力，落在了队伍后面，周长川一回头，喊道："大志，扔了跑。"

鲁大志看了看周长川，又看了看身上的枪，死命摇了摇头。周长川回过身一把将歪把子机枪抢过来扔在一旁说："现在命都快没了，你还背着那几十斤的家伙不想活了吗？"

鲁大志回头看着地上的枪，难过得整张脸揪成了一团，一跺脚跟着前面的周长川飞奔起来。

林一雄掏出驳壳枪，边跑着边往下面开枪，敌人的马匹被两边的山梁聚在了一起，人员密集，驳壳子枪打下去不是打中马就是打中人，十枪打下去，就有四五个敌人被射翻跌下了马，但是林一雄再也没换子弹的空档，只能快步向小道中间区域奔过去。

几名日本兵驱使马匹向山梁子攀爬上来，周长川一回头，猛地看到几匹马，心知如果让敌人与自己平行，这几个人是跑不过马匹的，必然会有危险，他猛地站直了身体回过身屏住气息扣动扳机，一颗子弹出了枪膛，径直击中一匹马，马匹失重，连人带马一同翻下了山坡。

跑在前面的林一雄回过头看到周长川拖后，连忙从肩头取下三八式步枪端平稳了瞄过去，边瞄边喊："长川，赶紧跑，让我来，你到前面再掩护我。"

这句话让周长川突然警醒，这方法不正是交替掩护前进的改良办法，自己竟没有想到，不禁由衷地佩服林一雄的应变能力，他提着枪就向后面跑去，同时林一雄的子弹也出了枪膛，又一匹马翻滚着跌落山谷，下面的日本兵不再继续向山梁攀爬了，一来攀爬速度缓慢，容易变成敌人的活靶子，二来也避免了少部分队伍遇见埋伏的可能。

就这样，周长川几个人在山梁上引着马队向小路深处飞奔而去。

再说张木林在小道设置埋伏点，他将十余人分作三组，在这段山梁的一头一尾还有中间各安置了一个组，三组位置不同，顺着山梁看下去几乎能让敌人无所隐藏，当然，这支部队的火力根本无法置敌人于死地，张木林平均给三支队伍分配了子弹和手榴弹，主要供给了枪法好点儿的战士，同时又准备了很多石块和木桩，虽然这些东西没有枪弹那样致命，但是也足以打击敌人的士气以及有效增加伤亡。

"林子哥，你说周队长他们该不会出什么岔子吧？如果敌人不走小道就麻烦了。"喜娃子一边搬运树桩一边问。

张木林看了看远方说："长川跟一雄商量了很久，认为如果真有埋伏，很可能会是骑兵，因为骑兵追击速度最快，还能在山地活动，只是我真担心老周他们两条腿怎么跑得过四条腿啊，怕他们吃亏。"

赵峰说："去年的时候我们团与鬼子的一支骑兵中队打过一仗，即便是鬼子只有两百人，但是骑上了马冲过来就仿佛上千人一般，当时我们没有炮，就拿着步枪和机枪打，干掉敌人近半数人马，但是还是被数十匹马冲进了阵营，敌人的四四式步枪和轻机枪打死打伤我们上百人，当时我们团副林一雄火了，拎着一把刀冲到跟前，猫着身子几刀下去就砍了好几匹马腿，敌人直接就被摔下来了，等鬼子站起身来，大家一看都乐了，鬼子原来都是矮矬子，站在地上就没人怕了，冲上去几刀就剁了肉馅，所以啊，见到骑兵千万别怕，马上面的人一点儿都不可怕，剁了马腿再剁人，准没错。"

众人听着都乐了，这才赶紧检查背的刀具，有的背着长矛，都把家伙拿出来检查了一番，等着一会儿可能会派上用场。

正在这时，张木林发现远处的树林里闪动着几个人影，不远处，隐约已经能听到大队的马蹄声和枪声。

当周长川一行四人刚穿过埋伏点的第一道狙击点时，敌人的马队已经出现在众人的视野中，行进速度很快，直奔山梁子而来。

周长川往山上看了一眼，知道上面都准备好了，带着人绕向了山后面。骑兵队紧跟着就杀到山梁下，刚过中间的伏击组时，张木林的子弹已经射了出去，一枪击中带头的一个曹长，旁边的三个组十余人都开起火来。由于山梁下面是个比较窄的小路，马队被拘束在里面无法散开，目标变得很明显，数十枪打下去瞬间就死伤近十人，没发子弹的战士开始往下面扔石头和木桩，石头就像雨点儿，纷纷砸向敌人，小路上的马队顿时乱起来，有的被子弹击中翻落马下，有的被石头木桩砸中，头破血流倒在地上被后面的马匹践踏过去，当场丧命，后面的马队开始停顿下来向山梁上还击，但是马队一旦停了下来，其机动优势便不复存在了，被山上的石头不断地砸中，头破血流者众多。

其余的马队想拉回缰绳撤离，周长川已经绕到了山梁上，吼了一句"扔雷"，队员们把队伍仅剩的几个手榴弹都扔了下去，下面顿时炸开了锅，一阵尘烟弥漫，死伤者众多。

张木林吼了一句："背上刀，跟我去剁肉！"众人纷纷放下枪，抽出大刀和长矛从一侧的山路向下奔去，日本骑兵队遭此重创已经无心恋战，正要往回逃，突然间一股游击队从侧面杀了出来，转眼就到了近前，日本士兵的短步枪刚打出去一枪，马腿就已经被砍断，顿时近十匹马都翻倒在地，游击队战士与日本兵混在一起展开白刃战，一旁的骑兵队也无法射击，纷纷在一旁徘徊。

张木林一刀劈倒一个日本兵，转向用刀架住了另一个日本兵的刺刀，双方僵持在一起，这时，旁边一个日本兵向张木林冲了过来，眼看就要到近前，一个身影扑了过去，将那日本兵死死按在地上将利刃刺进了敌人的胸膛，这人正是周长川，在他旁边，林一雄和鲁大志也冲进了战团，与敌人肉搏起来，大志低吼着举刀向下砍去，一刀便砍掉了一个日本兵的胳膊，日本骑兵队仅剩的骑兵看到这血淋淋的肉搏战不禁有些胆寒起来，纷纷拉起缰绳向县城飞奔而去。

张木林把刀在敌人尸体上抹了抹，咬着牙直响，还想去追，被周长川拦住了，战场上慢慢平静了下来。张木林左右看了半天，问道："刘顺呢，你救的人呢？"

鲁大志一皱眉，蹲在了一旁不再言语。周长川也低下了头："最终他还是一心想着要把队伍带好，可是我们却没能力救他。"

众人一阵心酸，都脱下了帽子。刘顺一直是个口无遮拦还有些鬼精的人，但是战士们都知道他是个真心抗日的汉子，对战友也热忱，现在牺牲了，大家都感到心痛。

周长川闭上眼睛，长叹一口气说："我们一定会为刘顺兄弟报仇的，留下几个人捡了弹药，其他人先撤吧。"

队伍在悲愤中整装赶回驻地。

第二十四章　虚情假意

前一夜的硝烟过后，在县城的街道上，日军正在街道上打扫战场，将阵亡的士兵尸体抬到车上运出县城加以掩埋，县城充斥着肃杀的气息。

日军在县城防御上也加强了警戒，所有人员没有特批的证件都无法出入，过往商旅都只是做很短暂的停留就离开了，街上变得异常冷清。

赵婉就这样被困在了坂本的指挥部，她一心想知道林一雄的情况，但是却得不到任何消息，只是昨天听两个站岗士兵说在南门外处决一名游击队战士的时候遭到伏击，坂本联队长也险些遇袭。这个消息让赵婉心神不宁，如果林一雄他们能够逃出去，必定会想办法冒险救自己，只是这局面已经变得无法预测，此时她最不想看到的，反而是有人来救自己，因为这样的举动无异于虎口拔牙。以坂本的个性，不会再让同样的事情发生第二次，这也就成了赵婉的一块儿心病。

直到下午的时候，阳光透过窗户照射进来，给人带来一丝暖意，赵婉走出房门，在院子里若有所思地来回散着步，指挥部的门外不时有警卫队来回巡逻着。这时，小野吉川快步走了过来，向赵婉一欠身说："惠子小姐，我们联队长阁下想请您晚上一起吃饭，以叙乡情。"赵婉略一迟疑，此时她也正想知道更多外面的消息，于是弯下腰说："好的，辛苦少尉了。"

赵婉看着小野吉川的背影叹了口气，不由得想起了自己的日本友人，当年自己回国后在北平女子外文学院结识了一个日本大阪来的女老师，名叫中山惠子，她第一次见到这个日本女士的时候，日本还没有大举扩张，赵婉总会被惠子的笑容所感染，也就很用心地跟她成为了朋友，当时赵婉的父亲还是北平华谊米行的老板，家境不错，赵婉甚至有想过去日本生活，因为惠子形容起日本的富士山和樱花总是绘声绘色，引人入胜。

然而美好的事情总是那么短暂，很快就发生了卢沟桥事变，惠子被日侨组织连夜送出北平，第二天赵婉便收到惠子的临别信，信中不免一番留恋之情，赵婉当时并不认为日军会将战争扩大，也没有想到他们会如此残忍，当日军冲散了逃难的队伍并枪杀赵婉的父母时，赵婉才突然惊醒过来，她奋不顾身地冲上前用日语大骂日军，一名日军军官看了看赵婉说："能在支那人里面找见日文如此正宗的人还真是难得啊，你来给大日本皇军当翻译吧，你可以不死。"

赵婉抹了一把脸上的污泥说："中国人不会稀罕你的这个条件，谁还怕死不成。"

一名日本兵走上前正要行凶，被那军官叫住了，说："我给你一天时间考虑，我想你也许会改变主意的。"说完便绑了赵婉扬长而去。

当天夜晚，日军遭到了一支国民党军队突袭，正当赵婉昏昏沉沉躺在牢房里时，外面传来激烈的枪战声，许久之后，牢房的大门被踢开了，一支火把映衬着一张刚毅的面容走了进来，他用火把照了照四周说："我知道你们都是被鬼子抓的人，有家的都回家去吧，没家的想跟我们一起打鬼子的跟我走。"

人群中一阵骚动，赵婉慢慢睁开眼，很坚定地举起手说："我跟你们走。"

那人愣了一下说："女人我们不要，要能打仗的。"

赵婉抬起眼说："我懂日文，能做翻译。"

那人这才仔细看了看赵婉说："好，你跟我来。"

这之后，赵婉由一名军队翻译逐渐成为了国军团部的情报科科长，而当初选中她的那名军官，正是林一雄。

晚间时分，小野吉川亲自来邀请赵婉，两人一前一后到了指挥所旁边的一间小屋，屋里灯火通明，推开门，进入眼帘的是一张铺了白布的餐桌，上面有一个烛台，虽然灯光很亮，但是坂本还是摆上了一个烛台，添加了几分温馨。

赵婉走到桌前，坐在一旁的坂本吉太郎站起身，走了过来，亲自帮赵婉拉出凳子让赵婉坐好，然后对小野吉川摆了摆手，小野连忙退出了房间并关上了门。

坂本给赵婉倒上一杯红酒："惠子小姐的到来让我突然之间很想念祖国啊，算一算我已经来中国近四年了。"

赵婉微微一笑说："想不到大佐阁下这里还有红酒，惠子很久没有在如此温馨的环境下吃饭了。"

坂本哈哈笑起来，说："这瓶酒是我从大阪出发的时候一同带过来的，放了这么久也舍不得喝，这次与惠子小姐一见如故，于是就拿出来一同享用吧。"

赵婉在国民党的机要处任职也有数年之久了，对于这样的殷勤奉承习以为常，自从认识了林一雄，被他那种满腔的爱国情怀所感动，她深深地体会到，一个人的精神会远远超过他的言语所能带给他人的吸引力。

赵婉轻轻点了一下头说："真的很感谢大佐阁下厚待，惠子从日本过来的时候已经做好了受苦的准备，所以大佐阁下无需为了我而如此安排的。"

坂本收紧了笑容说："如果惠子小姐不介意的话，今后可以叫我坂本。其实，对于青木君的殉国我也很惋惜，没想到惠子来找他却难以再见一面，真的很抱歉。"

赵婉低下头，现出难过的神情，情真意切，却是在想念林一雄。

坂本继续说："本以为这里占领区，远离战场，可是现在八路军的渗透猖獗，整个定县也变得不再安全，惠子小姐以后尽量待在指挥部，我会悉心保护你的。有任何需要都可以给门卫说，他们会去帮你办的。"

赵婉无可奈何地点了点头，突然抬起头问："上次挟持我的那几个人抓住了吗？"

坂本叹了口气，说："很遗憾，让他们跑掉了，只抓住一个叫刘顺的，本想用来引其他人，结果却使我们的马队遭受损失，我一定会抓住他们的，惠子小姐放心好了。"

赵婉心里长长出了口气说："看着坂本君为天皇陛下如此尽心尽力，真的很感动。"

坂本笑起来，说："这都是作为军人应该做的，说实话，无论是国民党的中央军还是共产党的八路军，其实一点儿都不是问题，他们都无法阻挡我们大日本帝国前进的道路。"

见赵婉没有说话，坂本继续说："我记得青木君是京都人吧，不知惠子小姐是哪里人呢？"

赵婉慢慢品了一口红酒说："我是大阪人，曾经到过京都，在那里与青木君相识。"

坂本把头向前探了一下说："你我真是有缘啊，我也是大阪人，我父亲是大阪武士道协会会长，不知惠子小姐是否听说过呢？说实话，我真是想念大阪那条樱花大道啊，每年都是樱花满地。"

赵婉低下头想了想说："原来是坂本家族的子嗣啊，久仰大名，说实话，我也很怀念樱花大道。"

坂本不禁又笑起来，仿佛真的见到亲人一般越发殷勤起来。这时，门推开了，士兵端着几个盘子进来，都是新鲜的小菜，赵婉默默地吃着饭，心里却一直想着林一雄的境况。

如果无法逃出去，她宁愿再也见不到林一雄，也不想看到他死在自己的面前。而对面的这个日本人，将是威胁到他们的最重要的人物。

想到这里，赵婉略微迟疑了一下，问道："坂本君深知武士道的精神中有一个仁字，不知是否也会用在对待中国军队的态度上呢？"

坂本满面的笑意渐渐抹去，说："支那人是狡猾的，比如今天，我准备处决一名游击队员，却遭到支那人的狙杀，而且他们一枪打死了那名游击队员，他们连自己的战友也不救，只是想找机会诱杀我，难道这不是很卑鄙的吗？对待这样的敌人，仁道精神是不管用的。"

赵婉垂下头说："那么坂本君不也同样埋伏了骑兵队想诱杀敌人吗？我觉得这其实是公平的。战争，最终只会是成为一个杀戮的机器，所谓的武士道精神，也在这场战争中尽毁。"

　　坂本阴冷着面孔思考了一阵，又转而变成了笑脸说："惠子小姐的见地的确与众不同，在下深感顿悟，今天只叙思乡之情，战争之事我们便不在餐桌上讨论了，以免坏了这一桌的风雅，不是吗？"他给自己倒了杯红酒，向桌子中间举过去，赵婉看了看，无奈地举起杯子，与坂本在餐桌的上空响亮地碰了一下，便不再言语了。

第二十五章 合作

夜色蔓延在田野里，压抑着每一个人的心，无论是活着的，还是死去的，他们的精神都永不磨灭地存在于这片土地上。

林一雄此时正坐在驻地的外围山坡上，任凭嘴里的烟慢慢燃烧到尽头，却从未抽上一口。

周长川走到他的身边，跟他坐在一起，说："放心，我们一定会救出赵婉的。"

林一雄说："现在县城全部戒严，很难再混进去了。"

周长川安慰道："我想赵婉的日文已经瞒骗过了坂本，鬼子对待他们日本人应该还是很友善的。"

林一雄说："我只是恨自己没用，没办法救出她，有时候我真心会觉得很累，甚至不知道自己该干什么。"

周长川说："我们总会想到办法的，我们需要对自己有信心，就像我们游击队，缺衣少吃，但是我们清楚我们想做什么，我们可以克服这些困难，我们的目的就只有一个，赶走侵略者，仅此而已。"

　　林一雄苦笑了一声，继而又长长叹了口气，缓缓地说："当年我从黄埔军校毕业，誓死要报效国家，岂料这些年来不停地在打败仗。几个月前，我们接到命令要进行所谓的战术撤退，那他娘的哪里是撤退，分明就是逃命，沿途上兵不像兵，官不像官的，为了换点儿吃的，当兵的把枪都押了出去，结果路上遇见敌人追击，竟然全团也找不见几把步枪。"林一雄埋着头，咬着牙继续说："后来我们经过整编，接到了运送物资的任务，可是刚到这里，运送的物资就被鬼子抢了，整个团也被引进了一个陷阱，就这么全没了，从此以后中央军第四战区里再也没有我们预备团的番号，说实话，即便我和赵婉回到军部，也可能落得一个逃兵的罪责。如果不是因为赵婉使了个诈降，我们早就战死了，如今她身犯险境，无论如何我也要救她出来。"

　　周长川点了点头说："赵婉当之无愧是个胆大心细的奇女子啊。"

　　林一雄咬着嘴唇说："是啊，不过还是真的多亏了你们相救，如果被鬼子带去了县城，可能就不会有好结果了，赵婉也是想多拖一阵时间以求变数。今天看到刘顺兄弟的死，我是真的感觉到了你们游击队的不容易，但即便如此，你们的抗战决心却远远超过了中央军，所以相比之下，我很惭愧啊。"

　　周长川沉默了许久说："其实，我们这些人跟你们是一样的，都是些被鬼子迫害而选择拿起武器反抗的人。我们也有家人，也想过太平日子，可是鬼子不让你过，如果你不反抗，那就只能任人宰割，我已经听到过太多的屠村事件，你觉得我们有决心，那是因为我们断绝了后路，不反抗也是死，当然愿意在反抗中求生存，只是，这个过程中，我们需要付出的太多，直到付出我们的生命。"

周长川停顿了一下，眼睛突然有些湿润："记得一年前的大扫荡，坂本的一个小队抓了鲁家台村三百多人逼问八路军去向，有个村民当了汉奸，他知道村里有人参加八路的事，于是把那人的弟弟揪出来打耳光问话，但是他弟弟死活也不肯说出哥哥的所在，还用藏在身上的红缨枪头刺死了那个汉奸，后来被日本兵抓起来吊在树上活活绞死了。当时那孩子的娘眼见着孩子死了，抱着五岁的女儿哭着想去救人，坂本小队的一个少尉挡住了他们，掏出一块糖塞到妹妹嘴里，问她大哥在哪里当八路。五岁的女儿只说了声不知道，便被鬼子扔在了空中，步枪的刺刀就立在下面，孩子掉下来的时候，刺刀也穿过了她的身体，当时她嘴里的那块糖都还没来得及化开。"

周长川咬着牙强忍着悲痛继续说："现在每晚只要一闭眼，我就会想起那些被鬼子迫害的乡亲们，顺子一家的结局就是其中的一个缩影……所以，我们这些人都是被鬼子害苦了的人，就算明知道会死，也是要抗日的。其实你们中央军里面也有不少爱国将士，可惜时局不好，更多的是没遇见好的长官，所以大多都葬在了最前线。"

林一雄咬了咬牙说："只要我能活着回去，定然要好好带出来一支队伍，好好地打鬼子，等鬼子被打跑了，我们就能过上太平日子了。"

周长川平复了一下心情说："以后的事情谁能预计得到呢，常听老人说分久必合，合久必分，谁知道鬼子赶走了，国共是否又要算老账呢。就算联合抗日了，你们国民党也总会时刻想着算计我们，我的师傅王翰曾经就吃过这样的亏，他跟着部队去增援中央军的一个团，原计划是我们吸引鬼子火力，然后由中央军调集优势火力迂回包抄鬼子，结果我师傅他们成功吸引了鬼子，被团团包围，而中央军的那个团却立刻撤离了战场，甚至辎重武器都扔在了战场没来得及运走，最后我师傅带着人突围出来，活着回来的只有十几人了……"

林一雄沉默了许久说："关于这一点，我也不瞒你，从赵婉接触到的情报来看，老蒋始终是对共产党的发展心有余悸，即便是在宣布合作抗日之后，也不断地会下达文件要求党内军内进行政治学习，决不允许出现通共甚至投共的行为，在这一点上我和赵婉都感到很不理解。"

周长川苦笑一声说："这是很正常的，老蒋一直都主张攘外必先安内，视共产党为眼中钉，如今即便不算我们这些散布于敌人眼皮底下的游击队，八路军的人员发展也是很可观的，战斗力也明显在增强，如果按照你所说的，现在联合抗日期间国民政府就已经在部署对八路军的战略防范，那么战争结束后，这个问题必然很棘手啊。"

林一雄默默地点了点头说："等把鬼子打跑了，如果老蒋又要打你们，我肯定不会参加的，宁可回家务农，也绝不再屠杀中国人。"

周长川看了林一雄一眼说："不，如果真有那么一天，我倒是希望你还能继续担任要职，你想啊，其他人来剿共必然是拼死了命打，如果你来，也许会少死很多人，既然不能避免，那么我宁愿将执行的人换作友善的敌人，就像今天的刘顺兄弟，他到死也是微笑着的，因为他能死在自己人的手里总好过被鬼子折磨，他觉得欣慰。你明白我的意思吗？"

林一雄微张着嘴，看着周长川，好半天才低下头说："真没想到周兄有如此的见识，林某人很佩服你的胸襟，虽然不知未来，却在心里有了些信念。"

　　周长川眉头一紧，叹了口气说："这些胆识不过就是从残酷的现实里一点儿一点儿积攒出来的，这个道理，又是牺牲了多少人才能总结出来，我相信，如果你作为一名长官，对待中国人是不会执行你们委员长所说的宁可错杀一千绝不放过一个，是吗？"

　　林一雄苦笑一声点了点头说："这句话是我听过的最没道理的一句话，完全抹杀掉了人的生存权，如果是我，绝不会干出甚至想到这句话，这一点周兄大可放心。"。

　　周长川点了点头，默不作声看了看远处，此时天空已经慢慢翻起了白肚，星空变得越发隐晦，黑暗慢慢地褪去，新的一天已经到来。

第二十六章 二进县城

此后的几天，游击队都沉浸在悲痛的氛围中，喜娃子也变得不再言笑，总会在训练结束后跟其他人静静地坐在村口，鲁大志在那天的战斗结束后便跑回山岭里捡回了自己的歪把子机枪，每天只低着头擦枪。其他战士每天都会去家人的坟前祭拜，回来后总是满脸的悲戚和愤恨。

周长川利用这几天时间也仔细地总结了很多，这次挫折给队伍的打击很大，人员士气下降了很多，最重要的是，队伍损伤也很大。

终于有一天，一群人坐在一起，周长川用树枝在地上比画了半天，突然说："我们还要进城！"除了林一雄，几乎所有人都反对。

鲁大志最先开口："现在县城都戒严成啥了，你再进去不就等于送死吗？我看还是先等等吧。"

张木林面无表情地问："长川啊，顺子已经牺牲了，要是你再出个意外，我们这队伍不就散了？"

这时，负责侦察的张小鱼从村外跑了回来说："队长，你叮嘱的事情我已经侦察清楚了，县城东门外有个岗楼，全都是二鬼子把守，大概有一个连，说是一个连，其实也就是个加强排的人数，鬼子每隔一周就会去那个岗楼找几个人带回东门进行协防，而鬼子就猫在门楼里抽烟聊天。那些个二鬼子都在抱怨，给鬼子当协防经常挨打，所以都不肯去。算一下日子，后天上午鬼子就要换人去了。"

周长川点了点头说："好了，我知道了，现在说一下我的想法，现在县城里面的防守是很严，但那完全是给外人看的，目的就是让我们不敢再进城，而这个时候进城反而更容易被鬼子忽视。我说过，刘顺还有众多兄弟的仇我们一定要报，如果再拖一阵，敌人就会先发制人，还有一点……"

周长川看着林一雄说："我娘是赵婉用她自己换回来的，我们无论如何也要救出赵婉，她留在县城多一天就会多一分危险，我想，大家都不希望看到这样的结果吧。"

周长川的态度很坚定，深深刺入众人的心里，特别是鲁大志，刘顺的死对他的打击很大，他很小的时候被人捡回来就跟着刘顺，刘顺的爹娘也很照顾他，所以他对刘顺的感情是出自内心的，在看到刘顺死去的那一瞬间，他的愤恨显得软弱无力，他宁愿被绑在土坡上的是自己，但是，所有的一切都已经无法挽回，现在他只能依赖周长川，如果周长川也牺牲了，那么他抗战的信心就真的瓦解了。

鲁大志喊道："那成，去哪里带上我就成，老子非宰了那个坂本。"

周长川说："你不能去，我还有别的任务要交给你，这次我跟张木林还有林一雄进城，还要挑选三名志愿者去挨揍。"

众人一听，都你看我，我看你的挠起头来。

两天后，近中午的时候，县城东门方向来了一队人，走在前面的是三个伪军，后面跟着两名日本兵，身上背着三八式步枪，伪军在前面一边走一边抱怨，其中一个小声说："总算熬出来了，我这腿被皇军踢得快断了。"另一个说："可不是咋地，你看我这胳膊，还有我这背，到处都是伤。"第三个刚要开口，后面的日本兵吼道："混蛋，往前走的干活。"三人乖乖地往前走去。

眼看快到岗楼的时候，迎面过来三个伪军，老远都打招呼。日本兵在后面喊："对面的，什么人的干活。"

这三人连忙喊："太君，我们是小刘庄炮楼的，我们连长让我们三个来迎一下，免得两位太君多跑路不是。"

两个日本兵点了点头，示意这三个伪军先回去。两拨人一个照面，一个伪军问："你们三个咋这么面生的？"

这三人赶紧回话："我们是李连长刚招的人，昨天才刚进的城楼。"

日本兵押了这三个伪军往东门走去。这三个人正是周长川前天连夜挑出来的三名战士，都是负责侦察的战士，一个叫马国，一个叫刘才，还有一个就是张小鱼了。周长川千叮嘱万嘱咐绝对要能忍，无论日本兵怎么打骂都要扛过一周去，三人点头应诺。

就在周长川决定进城的第二天一早，张小鱼三人便跑去小刘庄，哭喊着说家里粮食歉收，实在没法活了，想投靠伪军，伪军纪律松散，都是为了混口饭，也就没怀疑收下了，刚好再过一天就要挑出来三个人去给日本人守门，一群人都吵嚷着不想去，张小鱼站起来说，他们三个刚来队里也没给立功，就让他们三个去吧，伪军的李连长正头疼，一听就准了，这周算是能混过去了，都高高兴兴地睡觉去了。于是第二天这三个人就成功进驻了县城东门。

又过了一天，日本人看这三个人干活勤恳，于是表扬了一下，就都猫进旁边的哨所休息去了，关卡就剩下了张小鱼三人。

这时，在对面林子里等了一晚上的周长川三人向东门走来，他们将步枪包上纸埋在了树林里，然后扮作了百姓，每人提着一篮子大枣，到了东门，张小鱼使了个眼色，周长川知道日本兵都在哨楼里，于是放下篮子，让张小鱼他们搜身。然后提起篮子安全进了县城。周长川三人腰里都别了把驳壳枪，进了县城就直奔光明茶馆。

光明茶馆张掌柜正在算账，周长川三人进来将枣子放柜台上喊道："掌柜的，用枣子跟您换住宿费行不？"

张掌柜抬起头一看，点了点头说："好啊，进来跟我称称你这枣够分量不。"说完就带了三人进了里间。

四人坐下，张掌柜先开口道："哎呀，你们上次搞的可真大，我只知道你们的人被抓了个带头的，我也不知道是你们哪一个，全城戒严也没办法给你们通知。"

周长川沉默了半晌说："是刘顺，鬼子想用刘顺引我们出来然后用马队消灭我们，被我们打回去了，可是刘顺同志牺牲了。"

众人一阵惋惜，张掌柜继续说："那你们为什么还要在县城留一个人呢？"

周长川一愣说："留人？没有啊。"

林一雄反应过来连忙问："你说上次跟我一起来的那个穿和服的女人？你见过她？"

张掌柜说:"是啊,我前几天就发现了,当时以为老眼昏花看错了,但是这几天她每天都会从我店门口经过,有意无意的往我店里瞅一眼,我就想起来了。不过她身边总跟着一个日本军官,后面还有一队鬼子护着,我就没敢认。"

林一雄听得既兴奋又紧张,他无数次地幻想过与赵婉重逢的场景,但是又无数次地经历着幻想破灭,现在这份激动又回到了他的脑海里。

周长川沉默了很久说:"那个军官应该就是坂本吉太郎,如果能杀掉他就最好不过了。只是赵婉的营救看起来很棘手啊。"

林一雄急得攥紧着拳头,却想不出什么办法。

张木林坐在旁边想了许久,说:"主要是咱们人手少了点,不过三个人也有三个人的打法。"

周长川和林一雄的目光都集中在了张木林的脸上。

张木林笑了笑说:"既然赵婉带着坂本那小子遛弯儿,咱们就在他们遛弯儿的时候来个围猎,以前我们村上老一辈人围猎野猪的时候就用的这方法,其实原理很简单,让猎狗把野猪赶到猎人的包围圈,然后结果它,听起来简单,实际做起来会比较困难,最主要的是我们无法确定野猪逃跑的方向,如果无法将野猪赶到我们需要它去的方向,这次围猎就很可能失败,当然,杀坂本的道理也是一样。"

一旁的张掌柜摸了摸后脑说:"可是咱也没有猎狗啊!"

张木林看了看另外两个人说:"我就是打个比方,没猎狗还有我们三个。每一个人控制一次坂本逃跑的方向,经过两个人的驱赶之后,基本能到达我们预期的位置,然后第三个人一枪毙命,不过因为人数太少,我们有一个人失败就全部失败了，不过好在东门我们已经畅通无阻，无论失败与否，我们都能尽快撤出县城，所以我觉得很有必要搏一把。"

周长川点了点头说："看来这是个办法，我本来想的方案是迫使坂本独自逃命，留下赵婉一人，我们就能救出人来迅速撤离，你这个办法似乎更好，如果运气好，可以杀掉坂本，一箭双雕，可惜就我们三人，把握不大。"

"这种事人不能多，我们以前是对付牲口，人多点也没事，野猪受惊了哪还能顾得了猎人的埋伏，但是对付坂本，人如果多的话，即便是埋伏的第一步就会很困难，你说是不？还是人少好办事，最差的结果是救出赵婉，在受到伏击的时候，坂本和他的卫队必然会舍弃赵婉，这是我们的好机会。"

林一雄迟疑了很久说："那么人员怎么分配？我自认驳壳枪的枪法一般，如果给我一把毛瑟 98K，必然要了坂本的性命。"

张木林点了点头说："我刚才在外面转的时候观察了几个地点，就在距离光明大街一百米左右的光华巷，他们从指挥部过来必走的路，我觉得让林一雄来打第一枪比较好，坂本和赵婉距离很近，如果没把握，宁可打偏，然后他们逃跑时你去救赵婉。我来打第二枪，运气好就干掉坂本，不行的话只能交给长川，长川以前是八路军的神枪手，最后这一枪交给长川我觉得把握还是比较大的。"

林一雄转过头看着周长川，后者若有所思地点了点头，他突然想起了师傅王翰，王翰的冷静是自己所欠缺的，特别是在面对重要目标时，自己的紧张总会在心里暗自涌动，挥之不去，他不知道这样的情绪到底要什么时候才能稳定，他只想快些平静下来，以便顺利地完成任务。

第二十七章 重逢

第二天清晨，三个人在旅店旁边摆起了大枣摊点，阳光斜射在三人的身上，他们压低了草帽，眼睛却在四周过往的人群中四处观察，每当有巡逻队经过，三人都会默默地记下时间和人数。

大概到中午的时候，远处大街上跑过十几个日本兵将沿路的摊点都向后赶，周长川三人也连忙向后靠了靠，过了一会儿，几匹马带着一队人慢慢走过来，为首的两匹马坐着一名军官和一个穿着和服的女人，正是坂本吉太郎和赵婉。

赵婉自从被困在指挥部，始终无法与外界联系，过了数日，在坂本的联队指挥部待得久了，士兵也都认识了，对她都很恭敬。坂本闲下来的时候就会来赵婉这边陪她聊聊天。这一天，赵婉暗暗下了决心，装作闲来无事，慢慢地向大门口走去，门口的卫兵急忙拦住了她："惠子小姐，联队长有命令，为了您的安全，请务必留在指挥部。"

赵婉故作生气地说："我难道是犯人吗？我每天都待在指挥部，想出去走走也不行吗？"卫兵张口还想说什么，却突然都闭住了嘴。赵婉回头看去,坂本已经站在了她的身后。

坂本径直走到卫兵跟前,"啪啪"就是两个耳光,怒道:"你们这群混蛋,对待惠子小姐如此无礼,我是怎么教你们的。"转身对赵婉说:"惠子小姐,如有冒犯请多多包涵,他们收到的命令是我前几天发布的,现在都已经过去了,如果惠子小姐想出去转,我会很乐意陪你一起去,好吗?"

赵婉只能点点头,她知道,这依然是种变相的囚禁。

此后几天,每天午饭后,坂本都会陪着赵婉在县城转转,门卫都会很恭敬地放行,但是赵婉明白,只有坂本在身边,她才能出得了这扇门。

行进路线自然是由赵婉来定,她总会不经意得路过光明茶馆,然后放慢马速,无意间瞅一眼张掌柜,希望他能认出自己,能给林一雄他们报信,她坚信一雄必定会再进城来救她。

今天,赵婉如往常一样跟坂本出了指挥部,马队慢慢走向光明大街,林一雄猛然站起来,他恨不得冲过去一枪杀了坂本,然后救出赵婉。旁边的周长川连忙拉了拉他的衣角,让他冷静一下。

马队说到就到,赵婉依旧不经意地向光明茶馆看了一眼,正要回过神时,一眼看到了林一雄,她的身体在马上晃了一下,百感交集,但是身旁就是坂本吉太郎,无论如何也不能露出异样的表现,不然在场的人谁也活不了。

赵婉平静了一下心情,跟身旁的坂本说:"坂本君,我看那边有新鲜大枣卖,我想买些。"

坂本向林一雄他们看了一眼说:"没问题,我派人把那些枣子都提回去。"说着伸手准备发命令。

赵婉拦住他说:"请不要这样,我想去挑选一些然后付给他们钱，如果你抢走了他们的枣，那么他们以后都不会再来了，我以后也吃不上了，不是吗？"

坂本笑起来，点着头说："是，惠子说得很对啊。那就请吧，我等着你。"

赵婉下了马，一步一步向林一雄走去，她多希望能快点儿见到一雄，但是又希望这段距离能再远一些，好让她再多看几眼。

林一雄两眼紧盯着赵婉，旁边的周长川靠近他，不停地拉他的衣角。赵婉走到跟前，蹲下身子，手在筐子里捡着大枣，两眼深情地看着一雄，这只有几秒钟的时间，赵婉背对着日本兵，用极低的声音说："一雄，我说你听，不要做傻事，我现在很好，暂时是安全的，我会想办法来见你，但是现在还不是动手的时机，懂吗？"

"明天正午，三处伏击，你小心……太君，大枣很甜的，五分钱一斤。"周长川在一旁忽然将声音由弱变强，掩盖了周围的嘈杂声。

赵婉皱了一下眉头，却没有了说话的机会，此时手底下已经挑选了一些枣，用纸袋子装起来，轻轻地站起身，林一雄凝望来人，猛地站起身想去拉赵婉，周长川连忙拦腰抱住他，坂本似有觉察地掏出了佩枪，后面的卫队也都把枪端了起来。

周长川连忙大喊："太君，还没给钱呢。"

赵婉趁机对林一雄轻轻摇了摇头。他这才冷静了一点儿，重复道："太君，还没给钱呢。"

赵婉从身上抽出一张军票递过去，周长川连忙喊道："谢谢太君，谢谢太君。"

赵婉回过身对坂本说："坂本君，不用这么紧张的，他们一定是被你的威严所震慑住了，讨个枣钱都这么激动了。"说完笑了一声上了马。

坂本慢慢地收起佩枪，卫兵都收起枪，继续向前走去，林一雄不舍地看着赵婉消失在了人群中。

晚上，三个人聚集在住房的煤油灯下。

周长川叹了口气说："林一雄，你今天太激动了，咱们还没有熟悉情况，你差点儿就暴露了身份。你想想，你如果死了，赵婉能独活吗？你呀。"

林一雄一句话也不说，一个人喝着茶。张木林顿了顿说道："老林也是很久没见赵婉了，难免激动，其实我今天也差点冲上去，要是能用咱的命换个鬼子的联队长，还是挺划算的，是不？"

周长川正喝水，差点被噎住，说："你俩咋都没有耐性的，咱仨的命就只顶一个联队长啊，以后还等着去打师团长呢，如果能活着还能端掉鬼子窝那不就更好了。"

张木林问："那就按昨晚我那方法？"

周长川说："你那方法我琢磨了一晚上，有点儿冒险，不过还是能赌一把的，咱们是这样吧，明天赵婉肯定还会来，咱就按计划，如果有变故立刻就撤。"

张木林点了下头，喝着茶。林一雄终于开口了，他拉住张木林的衣袖："你那打枪的准头可靠吗？"

张木林看了他一眼说："我从七岁就会瞄枪，十几岁的时候就用猎枪打了一窝野猪，到现在我想打谁还没有打歪过。"

林一雄稍稍安了一下心，周长川突然反问了一句："张木林啊，你那都是用猎枪或者步枪，那准星精确些，可是这次咱们是驳壳枪，你还这么有把握？"

　　张木林恍然大悟一般说："哦对，这次是手枪，明天我先整两枪练习一下。"

　　林一雄一口水喷在了桌子上说："啥？你以前没用过手枪？"

　　张木林茫然地点了点头，又摇了摇头说："我看到你们用过我自然就会了，这是猎手最起码的水平。"

　　周长川和林一雄不再出声，默默地喝起茶水来，停了好一会儿，两人异口同声说："还是你来打第一枪吧。"

第二十八章 刺杀坂本

　　第二天清晨，三个人分工前往不同地点，在指挥部到光明大街的路上找了一个相对狭窄的拐角地域。张木林躲进一边的围墙后面，周长川和林一雄则靠着另一边的一个小巷子里，翻身上了墙，三人都蒙上了脸，静静等着坂本和赵婉。

　　林一雄的心里有些打鼓，他很想救出赵婉，但是对于张木林的计划以及能否逃出县城心里没底，他不是一个喜欢冒险的人，但是自从兵败之后，他一直都在做冒险的事情。

　　周长川心里同样是七上八下的，如果计划失败了，就从东门逃出去，张小鱼他们也还有几天才会换岗，如果成功，那么游击队的名声就算打出去了，自己也算对得起师傅的教导。

　　他们各自正想着，远处，坂本的马队已经慢慢到了窄巷近前了。

　　坂本今天心情很好，身上的军大衣在马上迎着风摆动，身后跟着二十个警卫，小野吉川并没有跟随，坂本给小野吉川派了另一个任务，一个有些无聊、却对今后产生重要影响的任务。

赵婉今天穿了一身红白相间的和服，这是坂本特意找人定做的，坂本将这件和服送给赵婉的时候，冷峻的脸庞也透出一分得意。

"惠子小姐，这件服饰是我精心找人制作的，选用了大和民族最神圣的红色和白色，希望你喜欢。"坂本亲自将和服奉上，恭敬程度如同会见长官。

赵婉弯下腰表示感谢："真的很感谢坂本君的厚爱，如果可以，我想今天穿着这身衣服出去，肯定会很漂亮吧。"

"那是必然的，惠子小姐，不瞒你说，我来支那战场已经快五年了，我很想念我的故乡，还有我们大和民族的女性，她们都是最美的，这次能遇见惠子小姐，我感到很荣幸，很希望能够与惠子小姐相伴左右，一同完成天皇赐予的伟大使命，不知惠子小姐意下如何。"

赵婉接衣服的手在空中停留了片刻，缓缓说道："感谢坂本君的厚爱，能在异乡与坂本君共相伴，的确是一种幸福，不过，请坂本君见谅。"赵婉停了一下，坂本听出有转折的意思，不由得脸色变得难看起来，赵婉继续说："我从国内出来也有几个月了，父母在家一定很挂念，所以很想回国陪伴父母。"

赵婉说到后面的时候，坂本冷酷的脸慢慢舒展开了，转而变成微笑："我很明白惠子小姐的心思，你放心，这些都不是问题，我自会安排，必然给惠子小姐一个满意的答案，当然，到时也希望惠子能给我一个满意的结果。"

赵婉不由得心思乱了起来，她不知道这个安排是什么，但是这个安排很可能暴露自己的身份，不祥的预感笼罩着她的心绪。

此时，赵婉正坐在马上心神不定，坂本则在一旁为自己的安排而沾沾自喜。队伍很快就到了周长川三人所在的窄巷子里。

张木林此时正躲在墙后，他猛地屏住呼吸，看准了时机，突然露出头，举起驳壳枪朝坂本射去。两人相距大约三十米，驳壳枪的子弹呼啸着就扑向坂本，擦着坂本的帽檐飞过，坂本哎呀一声侧翻着落下马，张木林紧接着又是两枪，紧跟在坂本后面的两个日本兵也翻下了马，其他日本兵这才反应过来，立刻分作了两队，七八个人扑向张木林躲藏的地方，翻过围墙发现人已无踪无影，于是径直追了出去。

而另一队人又分成两队，一队士兵扶起坂本上了马就向指挥部退去，另外一队四个士兵护着赵婉也要离开，林一雄突然从巷子另一边伸出一支枪，连开数枪，护卫赵婉的四个鬼子全部被击毙，护卫坂本的五人发现后面遭伏，管不了许多，护着坂本飞快向指挥部逃去。

队伍刚跑出二十米，周长川正等在巷口的房檐上，看准了坂本举枪便射，驳壳枪的准头没有步枪精准，周长川用左手拖住右手，将驳壳枪四平八稳端在空中瞄准坂本一枪打过去，子弹打进了坂本的腰间，坂本身子一歪，被旁边的士兵连忙扶住，周长川连开几枪打翻两名日本兵，敌人连续还击，周长川一个闪身下了房檐向后门跑去。

在街道口，赵婉扑进了林一雄的怀里，两人紧紧地抱在了一起。周长川从远处赶来，看了看地上的尸体，拍拍林一雄的肩头，说道："赶紧着，大门快要封锁了。"

林一雄拉起赵婉跟着周长川一行三人快速向东门跑去，穿过几条巷子躲开了追寻枪声赶去的警卫队，眼前出现了东大门，周长川停了一下，看了看四周，张木林还没有摆脱追兵，没能按计划撤出，但是情况紧急，等不了许多，三人急速向东门跑去。

正在这时，东门的侧方突然蹿出一支四十余人的日军小队，增援到东门，周长川眼尖，一眼看到情况有变，连忙拉住林一雄二人，往侧面的小巷子钻进去。

找了个没人的地方，周长川说："东门被封了，就算有小鱼他们也无法出去，张木林现在也不知道什么情况，咱们可能出不去了。"

林一雄一皱眉说："咱们走南门！"说着就要走。

周长川一把拉住他说道："咱俩拉着个日本服饰的女人，出了街道就会被抓。"

林一雄喊道："那你说怎么办？"

周长川刚要说话，侧面主干道传来一阵脚步声，一名日本军官喊了句什么，部队立刻就分成了两队，顺着声音听，其中一个小队向周长川他们跑来，距离不到三十米，一旦拐进巷口就会发现他们。

就在这千钧一发的时刻，赵婉一把将林一雄和周长川推到了一旁的草垛里，匆匆盖上草，周长川知道她的想法，在这种三人都跑不掉的情况下，也只能牺牲赵婉了。

赵婉刚盖好草垛子，侧面的巡逻队就冲进了巷子，赵婉连忙指了指另一边用日语喊："八路跑向了那边，快追！"

两名日军将赵婉扶着，带了其他人快步跑出了巷子。声音渐渐远去，而在草垛的下面，周长川只得一直死死按着林一雄。

夜晚，日军的巡逻松缓了下来，周长川和林一雄潜回了茶馆,一进房门,张木林正坐在房子里喝茶。看到周长川他们回来说:"我还以为你们已经跑掉了,奶奶的,那几个鬼子跑得比兔子还快,我好不容易才摆脱,等到了东门,发现岗哨增加了一倍,就只能退回了茶馆。"

张木林兴致勃勃地继续说:"我那一枪打得不赖吧,差点儿就把坂本打死了,我这计划还行是吧?"

周长川跟林一雄此时面无血色,彼此对视了一下,异口同声蹦出几个字:"烂计划!"

张木林还想说什么,被周长川插话道:"我不知道我那一枪能不能要了坂本的小命,反正现在咱们出不去,迟早会被包汤圆了,东门的小鱼他们就快换岗了。"

林一雄并没有想这个问题,他的拳头狠狠砸在桌子上说道:"就差一点儿,我真他妈的没用,连自己的女人都抢不回来。"

周长川叹了口气说:"这次如果能把坂本干掉,那么赵婉迟早能救出来,整个定县的局面也会有所松动,这对我们来说,都算是好的结果。"

张木林迟疑了片刻说:"你这想法是好的,只是,我们现在还有一个最迫切的问题需要解决。"

二人都看向张木林,后者摊开手叹了口气说:"我们这次该怎么逃出去?"

第二十九章 逃出生天

第二天一早，县城的街道上响起了日本巡逻队四处搜查的喧嚣声，周长川推开窗户看了看，坐在桌前默不出声。

张木林问："现在鬼子四处找咱们，迟早查到这里，怎么办？"

周长川抬起头看了看林一雄，又低头沉思了半天，缓缓地将手拍在桌子上说："现在我是真心没有办法了，只能赌一把！"

张木林挠了挠头问："赌？赌个啥？"

周长川又看了一眼低着头的林一雄说："咱就赌赵婉对林一雄的感情有多深。"

果然，这句话说完，林一雄茫然地抬起了头，似乎想努力揣摩他的意思，却还是摸不透他的想法。

中午时分，光明茶馆外面的空地上，三个人蹲在路边，面前摆放着三筐红枣，三个人压低了帽檐，静静地看着大队部的方向。

一直到快下午的时候，张木林有点儿沉不住气了，小声说："老周啊，你葫芦里到底装的啥玩意，我看鬼子已经查了隔壁街了，估计马上就要查到咱们这里了，咱们的良民证恐怕要穿帮，肯定会被抓起来。"

周长川静静地蹲在那里，转过头看了看林一雄，此刻他显得更急切一些，只是不肯开口。

这时，远处传来了马蹄声，没过多久，赵婉的马头转向了光明大街，林一雄第一个看到，立刻就想起身，被周长川硬生生拉住，片刻间，赵婉身后的卫队也出现在了主干道上，一共近三十骑，而陪同在她身边的，是小野吉川。

昨日赵婉舍身救了林一雄二人，被日本兵带回了指挥部，一进门，就看到身穿白大褂的军医在院子里四处跑动，赵婉终于能够确定，坂本的确中弹了。

院子里的小野吉川看到赵婉，连忙赶过来问："惠子小姐，你没事吧，联队长被送回来的时候还在念叨一定要救回惠子小姐，我们都很着急。"

赵婉平静地说："我没事，多谢坂本君和小野君的关照，不知坂本君情况如何？"

小野面露难色说："联队长腰部中枪，现在正在抢救，请惠子小姐放心。"

赵婉稍稍有些欣慰，如果坂本死了，那么她也就能趁乱寻找借口脱身了。

但是，林一雄他们还在县城没有脱身，该怎么办呢。

第二天中午，赵婉牵了马出来刚骑上，小野吉川就赶了过来："惠子小姐，没有联队长的命令，您是不能出去的，何况现在外面很危险。"

赵婉眉头一紧说："小野君，我想出去为坂本君置办点儿东西，回来亲自做些补品给他，难道这也要拦吗？"

小野吉川欠了一下身子说："联队长如果知道我没能照顾好惠子小姐，必然是会责罚我的，请惠子小姐谅解。"

赵婉心里知道，如果再不出去，林一雄他们随时可能会有危险，于是怒道："小野君，我也是大和民族的儿女，难道我会怕死吗？更重要的，我是为了坂本君尽自己的一份力，如果坂本君醒来，自然有我去跟他说，你觉得他会怪罪我吗？"

小野吉川停顿了一下，妥协道："既然惠子小姐如此坚定，那么我一定要亲自护送，以保安全。"

赵婉只能在小野吉川的陪同下带着警卫队向光明茶馆走去，昨晚赵婉一夜未睡，不停地思量着如何能救林一雄出城，自己的牺牲必须要有价值，正像她之前说的那样，如果两个人都要死去，她宁愿死在林一雄前面。

当马队到了周长川三人跟前时，赵婉拉住了缰绳，后面的三十个警卫也分散在了四周进行警戒。赵婉下了马，在小野吉川的注视下，走到了林一雄的跟前，蹲下身子，慢慢挑选起红枣来。

林一雄再次看到赵婉，百感交集，但是也成熟了一些，不再表现出激动的神情。他认真地看了看赵婉，知道赵婉在想办法救他们，愧疚之情油然而生。

赵婉抬起头深情地看了林一雄一眼，站起身来，回头对小野吉川说："小野君，坂本君失血很多，我想好好地熬制些补血的汤剂给他，这三筐红枣我全要了，麻烦你付钱给他们，然后命令他们立刻出城再摘些红枣来，我还需要很多。"

小野吉川看了看赵婉，又看了看周长川三人，用生硬的中文说道："你们的枣，皇军都要了，你们出城去再拿些来。"

说完给旁边士兵示意了一下，一个士兵递给周长川几张军票，然后示意他们三人赶紧走。

林一雄站在那里半天也没动，周长川走上前一把拉着林一雄往外拖去，赵婉头也没回地上了马，跟小野吉川继续向前走去。

三人被一个日本兵带到东门，那个士兵向守门的日军喊了一句话就走了，三人径直就向门外走去。这时，一名日本军曹拦住了他们，伸手就要去搜林一雄的身。周长川和张木林在一旁正要去摸枪，在日本军曹的侧面闪过来一名伪军说："太君，这种脏活小的来就行，您歇着。"说完就抢先搜起周长川三人。这个伪军正是张小鱼。

周长川找机会小声跟张小鱼说了句话，就带了其他二人匆匆离开了县城，在县城外，三人挖出了之前埋好的步枪，赶往小刘庄炮楼，在距离炮楼三里的路边，遇见了守在这里的鲁大志一队人。

鲁大志看见周长川三人回来，立刻就笑了："你们可算回来了，我寻思着明天小鱼他们就要换岗了，你们再不出来老子就带着队伍冲进县城了。"

周长川瞪了他一眼说："我还没死呢，你啥时候成了老子了？再说了，就算我们出事了，你带这些人冲进去就能活吗？你小子咋就不动脑子的。"

张木林叹了口气说："如果不是赵婉相救，我们可能还真的很难出来了，不过这次很可能把坂本那兔崽子给打死了，收获很大啊。"

鲁大志笑了一声，不言语了。喜娃子从后面冒出头来问道："真的把那鬼子头打死了？那咱们现在在这儿等谁啊。"

周长川说："等小鱼他们，带咱们去领弹药。"

众人都笑起来。如果周长川此刻知道很快就会再也见不到其中很多人的笑容，他一定会很认真地再看他们一次，将他们的音容笑貌都记在脑子里。

第三十章 一起打鬼子

第二天一早，县城方向走来了一队人，走在前面的，是张小鱼三人，后面是一名日军曹长带了六个士兵。

张木林皱了下眉头说："不是一直都两个鬼子押送吗？"

周长川说："可能是咱们的事情引起了鬼子戒备，增派了人手。"

鲁大志在旁边乐了："本来想着就能砍两颗鬼子头，现在竟然来了七个，这下真过瘾嘿。"

周长川小声说："全队展开，从我开始，每两人瞄准一个敌人，同时开枪，剩下的人瞅准没死的补一枪，还有，千万不要伤到自己人，明白没？"

众人点头，纷纷排开了阵形。

周长川瞄向走在最前面的日军曹长，当敌人队伍刚到跟前，周长川大喊了一声"卧倒"，紧跟着枪声便响起了。

昨天出城的时候，周长川小声跟张小鱼说了今天伏击的计划，所以三个人一路上都很警惕，故意跟日军队伍拉开了一点儿距离，当周长川的喊声传出来时，三人立刻就趴在了地上，子弹同时向日军队伍扫来，几乎没有任何反抗，七名日军全部被击毙。

鲁大志一马当先冲出了战壕，跑到日本兵跟前举着大刀挨个看了看还有没有活口。张小鱼三人这才站起身，还有些心有余悸地说："我的妈呀，咱这歼灭速度跟正规军有的一拼了吧，才几下子，这啪啪啪地就全放倒了。"

周长川收起枪，说："都别站着，小刘庄那边指定听见枪声了，很快就来，张木林和大志还有一雄，再来三个战士，咱们换鬼子衣服，其他人拉走尸体继续埋伏在旁边。"

说话的工夫，众人纷纷脱衣服穿衣服捡枪拉尸体，忙得不亦乐乎。

当小刘庄的援军赶到时，看到路上正站着七个日军，浑身是血，带队的一人连忙跑到跟前，点头道："太君，我是小刘庄岗楼的一班班长，刚听见枪声，不知道太君有没有受伤啊。"

鲁大志一瞪眼，一脚就踹翻了这个班长，另外六人冲上去收缴武器，一队伪军还不知道怎么回事就被缴了械，刚要反抗，旁边树林冲出十几号人，将伪军全都绑了起来。

张木林看了看远处的小刘庄，跟周长川说："炮楼那边应该没有防备，咱们就这么去吧。"

周长川笑了一下回过身喊道："同志们，继续扒衣服，咱们去领弹药了。"

当第一声枪响传过来时，小刘庄的李连长正在炮楼里抽烟，听见一串枪声他一下子就跳起来，趴在窗口看，旁边一个伪军说："连长，听声音大概有二里路，今天是换岗的日子，该不会是日本人被伏击了？"

李连长往地上吐了口痰说："伏击就最好，整天欺负咱们，咱们今天就去给他们收个尸。"

那个当兵的又说："连长，可不能这么说啊，日本人死在咱们的地盘上，咱们如果交不出八路，可是要受罪啊。"

李连长想了想，点点头，冲那当兵的说："那就你了，小刘，你熟悉地形，你带你们班去看看。"

小刘一吐舌头刚想反驳，被连长拽出大门，一脚踹了出去。

此时，李连长寻思着按时间小刘应该到现场了，也没听见枪声，也没见回来，这是咋回事。正想着，一个士兵进来报告："报告连长，日本人还有咱们的人一起回来了，那些日本人浑身都是血啊，指不定又杀了多少人。"

李连长一听，连忙爬起来正了正军帽，带着人出了炮楼站在门外等。

当队伍走到岗楼前的时候，李连长皱起了眉头，他发现日本人衣服上都是窟窿，日本人一向注重军容，不可能顶着一身的窟窿四处跑，再一瞅旁边的伪军，竟然没一个认识的。李连长突然一惊，刚想喊出来，周长川已经一个箭步冲上来踢在了他肚子上，痛得他指着周长川说不出话来，其他人还没反应过来，周长川举起枪放了一枪，喊道："不想死的立刻缴械投降，我们是游击队。"

"好汉饶命，不要杀我们，我们也是十里八乡的穷苦人，被鬼子欺负得不成人样。你们想要啥只管拿，都是日本人给的。"

周长川怒道："既然都是穷苦人家，为什么还要给鬼子卖命，你们的爹娘养你们就是让你们反过来残害百姓吗？"

鲁大志在一旁骂道："你们这些孬种，老子在县城打鬼子，你们在这里图安逸，亏你们的先人，与其像个狗一样被鬼子使唤，还不如起来跟鬼子干一仗，难道你们当了狗腿子，小鬼子就不迫害你家人了？你们这些个窝囊废！"

李连长低下头叹了口气说："其实我家也有亲戚是被鬼子杀的，我却在给他们卖命，有时候想想我还真不是人。"

几个当兵的蹲在地上议论纷纷，这时，一个伪军士兵率先站起身，扔了帽子喊道："反正鬼子也要问罪咱们，还不如反了算了。"顿时，十几个人都站起身响应。

李连长蹲在地上最后一个站了起来说："你们骂得对，我们不是人，躲在这里看着自己的亲人遭罪，这种事我都能干出来，太不是东西了，以后我跟你们走了，我叫李明亮，以后就给你们当马前卒。"

周长川看了看这些人，点了点头说："好样的，愿意跟我们打鬼子的走，不愿意的就回家，我们绝不难为你们。"

伪军部队交出了武器，留下愿意抗日的共二十二人，其余的都遣散回家。

喜娃子在一旁乐道："这下我们的队伍又壮大了，小鬼子要倒霉了。"

当游击队提了弹药撤出小刘庄时，天色已经暗下来，队伍壮大到了近四十人，这让周长川感到一丝意外，却也很是欣慰。

众人一路向九里庄进发，侦察兵刘才走在最前面探路，鲁大志扛着歪把子轻机枪走在队伍最后面，周长川看了看一脸愁容的林一雄，知道他在想赵婉，也没有去打扰他，拉住了身边的张木林说："张木林啊，咱们现在弹药解决了，游击战也取得了成效，我想着咱们带着三十来人继续发展更多的游击战，你觉得如何？"

张木林叹了口气说："这样当然好了，只是，鬼子实行三光政策有一阵了，现在定县人口急剧下降，我们这样的队伍已经算游击队里人数较多的了，如果能再壮大一些，我们肯定能更多地打击小鬼子，可是给养问题有些吃紧……"

林一雄在一旁听着感到一阵心酸，想想队伍里的战士大多都已经没有了父母，而自己的预备团也已经埋在了王家岭，在这样一个惨绝人寰的杀戮战场中，能活着本身就是很幸运的了。

周长川叹了口气说："不管怎样，都要继续加强队伍的实力，也许有一天，咱们能回到主力部队，跟着大部队一起打鬼子，到那个时候，咱们杀起鬼子就是一个旅团一个师团地杀了。"

张木林笑了，刚要说什么，突然前方传来一声清脆的枪声。

周长川连忙示意众人隐蔽，他慢慢地向队伍前面匍匐着摸过去，转过一个弯，月光洒在地面上，影像变得依稀可见。正前方就是村口的枣树林，一个人躺在大路上，似乎还有活气。周长川把枪背在身后，慢慢地爬向那人，到了跟前将那人翻过身，果然是刘才，他负责侦察前方情况，不想却遭到伏击，此时刘才还有气息，喘着气说："队长，我没事，只是打到了膀子，子弹……是从枣树上打出来的，鬼子应该是猫在树上，现在……现在夜晚火星子明显，你瞅准了，我去引鬼子开枪，不然大伙都跑不掉。"说完他猛然间硬撑着站起身，周长川连忙去拉他，但还是晚了，又是一枪，正打中刘才的胸口，尸体瘫倒在地上没有了气息。

周长川咬着牙举枪就打出一颗子弹，子弹如同鬼影一般钻进冒出火星的树林里，树林深处传出一阵呻吟声，周长川立刻翻身向侧面一闪，树林里又打出几枪正打在他刚才的地方，溅起阵阵尘土，看来林子里敌人不少。

这时，张木林也从后面慢慢爬了上来，静静地看着枣树林，慢慢举起了枪，一声枪响，一个鬼子翻落到树下，他立刻向一边闪去躲过了还击。

周长川在黑暗中看了看张木林说："嘿，你小子，这么黑你咋看到人的？"

张木林说："我从小打野猪都是在晚上打的，黑色的活物在林子里移动，我借着月光就能认出来，树动和人动是有区别的。"

周长川暗自佩服猎人出身的张木林，天生的狙击好手。

周长川和张木林慢慢爬回到队伍里，轻声说："村子里有敌人，看情形估计不少人，咱们现在只能后队变前队，走村子另一边，等天亮了再跟他们打，现在咱们不占优势。"

鲁大志提着枪转身变前队向后面撤。

正在这时，天空突然一声尖啸，顿时黑夜变白昼，敌人打出了一枚照明弹。周长川一回头，发现一群日本兵正冲了过来，游击队已经完全暴露在了敌人的视野中。

第三十一章 芥川宇

在定县县城，坂本腰上缠着纱布一个人静静地坐在指挥部，定县所有的关卡都重兵把守，而在指挥部里，只剩下了十余名守卫，小野吉川奉命去剿灭游击队了。

坂本在前一天的袭击中的确是中弹了，可是并没有击中要害，子弹打在佩枪上折射后削去了腰部的一块皮肉，对于坂本而言，这点儿伤并不算什么，他回到指挥部后在医院急救室休息了一天，只是进行了简单的包扎，第二天早上，小野吉川才赶回来，很急切地来见坂本，行过军礼说："联队长，您的伤势还好吗？"

坂本静静地说："这点儿伤不算什么，但是我希望外面的人以为我很严重，你明白吗？"

小野吉川想了想问："您的意思是让八路和游击队有所松懈是吗？"

"小野君，八路军的正面部队我从来没有放在心上，因为他们是纪律部队，所有踪迹都能被我们发觉，只是这游击队太狡猾，完全不是我们所能估量的，我们的安全受到了严重威胁，我知道你之前受过侦察训练，这次我希望你亲自带队去剿灭这股游击队，他们对我们的威胁实在是太大了。"坂本嘴角抽动了一下。他这次大难不死，使他对于剿灭游击队这个信念越发坚定且急不可耐。他很清楚，按照现在这支游击队的隐蔽性和伏击能力，如果继续放任其发展，将来必然会成为帝国军队莫大的威胁，只有铲除，才能真真切切地实施冈村司令的第五次围剿作战计划。

"但是，联队长，警卫队离开了，游击队会不会再回来，我很担心您的安危。"

"小野君，我相信，游击队已经认为我重伤甚至已经殉国了，现在他们一定是最松懈的时候。这个时候行动，一定能够将他们一网打尽。"坂本紧握着拳头继续问："对了，小野君，托你办的事情办妥当了吗？"

小野吉川连忙说："是的，联队长，我专程去了遣返部门，委托几名即将回国的伤员寻找惠子小姐的家人，一旦找到，就会让他们随军队专机赶到这里来，我想惠子小姐一定会很开心的。"小野吉川看到坂本点了点头，继续说："刚才我陪同惠子小姐出去，她买了三筐红枣就回来了，说是要给联队长制作补血汤汁。"

坂本忍着痛勉强笑了笑说："看来我的努力没有白费，惠子小姐还是很关心我的。"

小野吉川迟疑了一下说："不过，我发觉卖枣的三个人很可疑，身形很精干，那眼神似乎也跟惠子小姐有所相识。"

坂本笑着的嘴慢慢合起来说："惠子怎么会认识支那人，这是不可能的。"

小野吉川继续说："更可疑的是，惠子小姐让我放了那三个人出城，而攻击您的也恰巧是三个人。"

坂本皱紧了眉头说："小野君，这件事你不用理会，我自有分寸，你立刻集合队伍准备出发吧，需要什么装备就去弹药库取来，相信你的侦察技术能够成功剿灭游击队。"

小野吉川立正军姿，敬礼后转身离去。

午后的时候，门外卫兵报告："报告联队长，芥川宇少尉到了。"

门外，一个满脸胡茬的小个子军官走了进来，立正敬礼说道："大佐阁下，芥川宇前来报到。"

坂本笑了笑说道："你总算回来了，可惜我刚刚派了小野君去执行本该属于你的任务。"

芥川宇鹰一般的眼睛闪烁有神地说："那请允许我马上去换回小野君。"

坂本一摆手说："不用了，芥川君，我从华北军区把你调回来是要堪以大用的，一年多前你在这里被八路打伤后就一蹶不振，现在好点儿了吗？"

芥川宇说："当年如果不是大佐阁下对我的教诲，恐怕我已经自裁以报天皇了，不过那一枪是不会让我丧失皇军的尊严的，这一年来我一直都在练习枪法，我正期待着这一天，能够回到这个曾经的战场上，以报雪耻。"

坂本点了点头说："我也相信你的实力，所以给你这次报仇的机会，据了解，这支游击队的队长，正是当年射伤你的支那士兵，在这次的围剿中，小野君将是游击队的正面敌人，而你，我希望会成为支那大地上的一个幽灵。我会挑选最精于射杀的战士协同你作战。"

芥川宇摇了摇头说："大佐阁下，就我一人足够了。"

坂本抬起头惊讶地看着芥川宇。后者继续说："真正的狙击手，就是敌人背后的幽灵，人多了反而会暴露行踪，我所需要的就是成为敌人挥之不去挡之不尽的那个鬼魅。"

坂本好半天才慢慢点了点头，芥川宇行完军礼转身独自出了大队部，消失在了街道中。

夜晚时分，坂本独自走出医院，指挥部的院子里空无一人，坂本心事重重地在院子里来回走动，这时房门一开，赵婉从房间里走了出来，一眼看到坂本，半天也没挪动脚步。

坂本勉强笑了笑说："惠子小姐见到我安然无恙难道不开心吗？"

赵婉平复了一下心情说："我很感激天皇庇佑，能让坂本君恢复健康，我做的红枣汤我想对您的身体会有效果吧。"赵婉此时心情失落到了极点，她甚至很想将坂本击杀，即便自己逃不掉，也死而无憾。但是她也明白，现在她还没有这个能力，万事都需忍耐。

坂本向前走了几步说："是啊，我也没想到如此幸运，很感谢惠子小姐的照顾，听说你还专门让三个卖枣的支那人出城继续打枣回来制汤是吗？"

赵婉心里一紧，说："是的，他们的那些枣还是不够，我本以为坂本君流了很多血的，如今看来，是我多虑了。"

坂本深情地看着赵婉说："惠子小姐的关心让我很感动，而那些想害我的人，我也绝不会姑息。我已经安排了两队人去剿灭那伙游击队，惠子小姐放心，今后再也不用担心他们的骚扰了。"最后这几个字坂本是咬着牙说的，眼睛却一直没有离开赵婉的脸庞。

果然，赵婉听后眼中充满了恐惧，抬起头看着坂本，一点也没有回避，这份威胁深深触及了赵婉的底线，同时，她的反应也激起了坂本的一丝怀疑。

赵婉回到房间，坐在椅子上迟迟无法平静，如果坂本说的都是事实，那么两支队伍去追击游击队，一定是一支在明一支在暗，游击队对付明里的敌人还是有些方法，但是同时还要对付暗地里的敌人，必定要吃亏。可是现在游击队还蒙在鼓里，如果让他们同时受到双面夹击，必然损失惨重，这个难题瞬间呈现在了赵婉的面前，自己却又是个囚禁之身，该如何是好呢。

第二天一早，赵婉找到坂本说："坂本君，我似乎已经习惯了每天去外面转一转，不知可否让我出去呢。"

"如今全城戒严，我相信城里不会再有游击队的人，我也躺了这几天，正打算活动一下筋骨，不如我陪你一起吧。"坂本紧紧盯着赵婉，仿佛一松手她就会离开自己一般。

赵婉只能点头同意，她骑上马，与坂本一前一后向光明大街走去，街道两旁经过日军的清查，一片寂静，完全失去了往日的热闹，开门的店铺也是寥寥数家。

当队伍经过光明茶馆时，赵婉说："不知为什么，感到口渴了，想喝点儿中国的茶。"

坂本四周看了看，指着光明茶馆做出一个邀请的手势，一队日本兵立刻冲进了茶馆，赶走了所有客人，将正中的一张桌子腾开等候坂本到来，二人端坐在桌前，张老板颤颤巍巍将一壶茶递过去，赵婉若无其事地抬头看了看张老板，伸手去接茶壶，却不慎将茶壶撞翻在地，坂本刚要发作，赵婉急忙制止道："没事，是我不小心，再沏一壶茶就是了。"说完弯下腰帮张老板捡碎掉的茶壶，快速地将一张纸条压在一个碎片底下递给了张老板，后者接过去停顿了片刻，然后若无其事的收拾好急忙退了下去，当他在后院展开纸条时，上面写着"敌人两支部队袭击游击队，速报以防备。"不由得心里一惊，连忙将纸条塞进了口中，心里思量起对策来。

第三十二章 虎口脱险

当照明弹打上天空的时候，小野吉川命令四十余人迅速向周长川他们扑去，小野吉川深知照明弹对于游击队而言很多人都是第一次看到，这一瞬间的惊恐，足以将敌人置于死地，当照明弹打上天空，远远就看到山坡上匍匐的游击队员，小野吉川立刻喊了句"前进"，率先冲向了敌人。

周长川猛然间看到天明就想起了师傅王翰曾经讲过，敌人利用照明弹，在片刻间，训练有素的士兵就能将敌人全部歼灭，所以遇见这样的情况一定不能乱，更不能跑，要就近找掩护进行还击，阻碍日军的行军速度，等天空再次黑暗时，迅速利用对地形的熟悉进行撤离。

周长川虽然也没有见过照明弹，但是狙击手的直觉引导着他迅速做出了反应，他一把将三八式步枪端了起来，同时喊道："别撤了，全体隐蔽还击。"

话音刚落，周长川的子弹已经出膛，一枪射翻最前面的一名日军，身边的张木林也反应过来，举枪射击，鲁大志也连忙蹲下来架起歪把子机枪，嘴里说："非打死这群狗日的不可，还给老子变戏法。"

其他游击队员纷纷反应过来，就近躲在树后和土坡后进行还击，数名战士被日军乱枪打中，纷纷滚下山坡，周长川打了两枪后连忙回身拉着张木林冲进了拐弯处的土坡里，子弹紧跟在身后射在山体上。不多时，照明弹渐渐变暗下来，周长川看准时机，低吼一声"赶紧撤"。众人连忙提了枪转身就走，天空突然变黑，众人眼前一阵白影看不清路，周长川凭着对路径的熟识，小声指引着队友在黑灯瞎火的小路上跑起来。

小野吉川回过身喊道："混蛋，发现照明弹用尽了就继续打。"后面的士兵连忙又打出一发，待光亮又起，日军揉了揉眼睛看去，游击队已经消失无踪，众人正要追，小野吉川一举手说："看不到敌人的时候就不要追了，以免中伏，全体撤离隐蔽，天亮后再找他们。"

周长川带着队伍连夜跑出去二十余里，到了一个山坳，周长川举手示意队员停下，原地休息。众人纷纷瘫坐在地上。

鲁大志跺着脚骂道："姥姥的，鬼子还给咱搞戏法，咋就突然变成白天了。"

林一雄喘着气说："这是照明弹，日军夜战最常用的，可以清楚看到敌人夜间的布防，我们以前夜战吃了不少亏，今后我们要对这东西多加防范才行。"

周长川点了点头说："我也是第一次看到这东西，以前我的师傅曾经提起过，夜间战场日本人很喜欢用照明弹，今后我们在夜间的埋伏也要像白天一样隐蔽才行。"

张木林从后面赶过来说："敌人没有追过来，他们是准备好了在那里等咱们，看来这次闹了县城后鬼子要下决心清剿咱们了。"

鲁大志撇了撇嘴说："谁清剿谁，还说不定呢。"

周长川沉吟片刻说："现在我们弹药有限，不能硬拼。要充分利用地形跟敌人周旋，绝不能让敌人咬住咱们，当然，如果能找机会消灭他们就更好了。"

喜娃子在旁边挠了挠头说："我知道一个地方，也许能用来设伏。以前我在那里待过一阵。那里地形好，适合埋伏。"

鲁大志一拍喜娃子的后脑勺说："是适合埋人吧？还敢说你在那里待过，你就直说你在那里倒腾过死人物件不就完了。"

喜娃子挠了挠头说："现在这光景，有今天没明天的，我也不怕跟你们说，当年我在东北被人拐了，连父母都不知道是谁，拐我的那人叫郑老四，他带着我去盗墓赚钱，因为我个头小，总是让我钻那小洞，后来东三省被小鬼子占了，四处抓壮丁，我俩就跑来这里了，谁知后来这里也被占了，当时我俩正在一个山沟里挖东西，他先出去的，结果遇见了鬼子的巡逻队，他一跑就被打死了，我当时猫在洞里没敢出去，才保了命，后来为了吃口饭，四处要饭，被九里庄的乡亲收养，跟着顺子哥到现在，其实，我也想为郑老四报仇，好歹他也养了我好几年。"

众人都没在言语，以前大家也很少询问各自的身世，说白了，是不想问，因为几乎每个人都有着悲惨的经历，侵略者在这片土地上不仅侵占了他们的家园，也残害了千千万万的亲人和同胞。

周长川想了想问："那个地方你还记得吗，来给我好好形容一下。"

第二天天刚亮，小野吉川派出去的侦察兵就回来了，他跑到小野的面前立正敬礼后说："报告队长，经过一夜的摸查，这支游击队大约有三十多人，现在已经逃出二十里，在一个叫刘家庄的地方活动。"

小野吉川摆了摆手，侦察兵退了下去，他摊开地图仔细看着。身边的一名曹长凑近了说："少尉阁下，我们是否应该尽快追击呢？游击队很狡猾，如果不能一举剿灭，可能会对我们形成不断的骚扰。"

小野吉川点了点头说："松本君说得很有道理，联队长交给我们的任务必须完成，另外我也担心联队长的安危，所以我们要尽快剿灭这支散兵游勇才行。"

小野吉川起身刚要命令出发，门突然被推开了，一个身材不高的人挡住了光线，小野一时看不清来人相貌，不禁伸手想去摸身上的南部十四式手枪，这人一点儿也不客气地走进来坐在了小野吉川的对面，说："小野君，你也太紧张了，如果我是敌人，你们两人还能有命去摸枪吗？"

这时来人的面容逐渐清晰起来，松本直次连忙站正军姿敬礼说："请芥川少尉原谅。"

小野吉川放在枪套上面的手慢慢放了下来，坐在桌子前有些不悦地说："原来是芥川少尉，你不是在华北医院养伤吗？怎么又回来了。我这里可是很危险的。"

芥川宇轻蔑地笑了一下说："危险？当年我在这里杀敌的时候，恐怕小野君还在国内读书呢吧？"

小野吉川一拍桌子怒道："你这什么意思，我受联队长阁下的差遣，专门来剿匪的，何时需要你来指责我。"

芥川宇笑了笑，说："那就巧了，我也是收到命令前来剿匪的，也许你的才干在联队长眼里，只适合做警卫工作，不是吗？"

　　小野吉川站起身刚要发作，芥川宇也站起身冲他摇了摇手说："我这次来就是告诉你，你的部队是用来吸引敌人火力的，我才是剿匪的，那三十几个人头都会是我的，我要一个一个把他们杀光。"说着，芥川宇慢慢踱到了门口，又转过身继续说道："还有，我要是你，就会很小心自己的脑袋，我刚才潜伏进来都没人发现我，所以，我还真是替你的性命担忧，当然，也为大日本皇军的尊严捏了一把汗。"

　　小野吉川站在那里瞪着眼一直也没有说话，旁边的松本直次低着头不敢言语。最终，小野吉川恶狠狠地说："我倒是要看看你我谁会死在前头。"

第三十三章 坟场突袭

当天傍晚，小野吉川的部队一共四十五人已经到达了刘家庄附近。提前潜入该地区的侦察兵立刻前来报到。小野吉川展开一张地图放在地上，让侦察兵汇报敌情。

侦察兵指着地图说："这里，在刘家庄以西大约六里的地方，有一片低洼地区，那里有很多支那人的坟头，我发现在这些坟头之间有人员活动的迹象，而且还找见了这个。"说着，侦察兵从口袋里取出一样东西交给小野吉川，小野吉川看了看说："这是八路军用的子弹带，看来那里的确有八路活动的迹象，即使不是那股游击队，我们也同样可以剿灭这支部队，来向联队长做一交代。"

小野吉川收起地图站起身喊道："松本君。"松本直次从门外进来，敬过军礼等候命令。小野抬头看了看他说："松本君，你也跟了我这么久了，在警卫队难以建功，这次出来剿灭游击队，是你我立功的好时机到了，这次我决定分兵两路，你我各带一队人从这片低洼地的两侧高坡行进，对洼地形成一个包围的态势，然后再一网打尽。我估计这群支那人就在洼地下面驻扎着。"

松本直次的小眼睛转了一转笑道："多谢少尉阁下栽培，一支游击队还是不足为惧的，请少尉阁下布置详细的进攻方案。"

这个坟场本是周围三个村子的合葬地，中间地势低洼，两侧高抬，形成一条长长的谷坡之地，是个葬人的好地方，喜娃子三年前就跟着郑老四来过这里，当时为了生计，两个人在这里四处挖洞起坟，找一些陪葬的金银首饰拿到城里变卖。没多久，这里就被他们挖了上百个洞，深的有二十多米，浅的也有两米，喜子所说的适合打埋伏的地方，就是这里。当周长川一行人赶到这里时，那些旧坑都还在，周长川看了看地形说："这里地形很好，适合伏击沟底下的敌人，当然，鬼子肯定也是这样想的，所以我们与敌人很可能会在坡上面遭遇。"

张木林点了点头说："的确是，但是想让鬼子钻进这口袋恐怕是没可能。"

周长川说："不是让敌人钻，而是我们钻。"

鲁大志在一旁嚷嚷道："你说你俩咋这么磨叨的，说来说去我也没听懂一句话，就直说怎么打。"

众人都笑了，林一雄说："我想我是猜出来周兄的想法了，他是想让鬼子认为我们在这个口袋里，然后他们来伏击我们，不过这个将计就计的方案还要周兄来做详细部署才是。"

周长川将众人聚在一起说："鬼子是永远不想被别人伏击的，所以我们先要制造一个假象，就是我们想逃脱他们的追击，马国，你负责去引敌人过来，记得遇见敌人就狼狈点儿逃跑，让对方侦察兵认为你是想甩掉他，然后留个子弹带在这附近。"马国提着枪离开了。

周长川继续说："我刚才看了看地势和盗洞的情况，决定把主战场放在北面的高坡上。大志带人负责将坡上几个深点儿的盗洞用纸铺起来撒上土，浅一些的盗洞填点土用来藏人。喜娃子，你带两个战士去周围村里找些木板来，用来给战士隐藏自己用，张木林，你和一雄带人在山谷里布置一些诡雷，半山腰也布置上，可以拖延敌人支援的时间。大家还有什么不明白的？"

张木林和林一雄都点了点头，只有鲁大志摇着头说："安排的任务俺听懂了，但是为啥这么干，俺还是没想明白。"

周长川叹了口气说："我会把你埋在最前沿的地方负责给信号，你杀开人后，我们就会同一时间行动，这个重要任务就交给你了。就这样子了，大家赶紧行动吧，时间不多啊。"

众人纷纷领命离开，鲁大志愣愣地向山坡走去，突然之间又停住了，转过身问道："我刚才问的啥，你好像没回答啊。"可是人已经都散去了，连周长川的影子都找不见了。

当一切准备妥当后，已经是傍晚时分，外出执行侦察任务的马国也回来了。

马国说："报告队长，敌人的侦察兵跟着我留下的线索一直追过来，我还故意让他看到了我进到坟场，他们应该很快就会赶来了。"

周长川拍了拍马国的肩膀说："任务完成得很好，你到坡顶去找张木林，你那个坑已经准备好了，你吃点东西就去让他把你埋了吧。"

马国应命离开，刚走半截突然定在了那里，回过头脸上满是扭曲地问道："队长，我做错啥了，咋就要把我给埋了啊？"

　　众人都笑起来，林一雄小声给他说了句话，他这才恍然大悟地走了，林一雄走到周长川身边说道："兄弟，你这方法虽然有点儿冒险，但是很有胆识，如果我们当初也能学你这样给敌人使点儿阴招儿，敌人的进攻步伐也就不会有现在这么快了。"

　　周长川笑着说："你这话怎么听起来有点像骂人呢，我这可是战场杀敌的实用招数，今天免费教给你了，希望以后如果你再回战区带兵，不要再死板得抵抗硬拼了，山河丢了还能再抢回来，人打没了就什么都没了。"说着话，周长川的神情变得有些黯淡，林一雄知道他是想起刘顺了，不由得点了点头说了句："兄弟我受教了"，转身向高坡走去。

　　午夜时分，小野吉川的部队抵达低洼地区的入口处，停顿了一会儿便分作两支部队向两处高坡行进过去。

　　松本直次带领了二十人从左面的高坡登上去，一路遇见的都是孤坟，四周寂静无声，让人感到些许的心惊胆战。

　　当小队到达高坡顶处平台时，松本直次长长出了一口气，在他的面前，是一片平坦的土地，一棵树也没有，完全不用担心游击队的隐藏问题，借着月光他向山坡下面看去，估摸着有近百米的高度，山坡下面黑洞洞完全没有一丝声响，如果游击队躲在下面的乱坟堆里，遭到两面高坡的袭击必然无从还击，只能任人宰割了，想到这里，他举起手电向山坡对面闪了三下，对面很快也闪了三下，说明小野吉川的队伍也到了坡顶。

　　松本直次用手向前指去，立刻有四名日本兵端着三八式步枪向前开道。松本直次跟在后面慢慢地向前走，突然，走在最前面的四个日本兵有三个径直掉进了洞里，剩下的一个士兵连忙就往回跑，没等他转过身，脚下的沙土突然之间扬了起来，从地下蹿出一个人影，一刀就劈倒了想要逃走的日本兵，这个人影正是鲁大志。

鲁大志提着钢刀用手托着头顶的木板，等着敌人从他头顶走过，敌人慢慢地走过去并没有发现下面的异常，当前面传来日本兵的惨叫声时，鲁大志一抬木板，正看到往回跑的一个日本兵，于是他踩着洞里的一个支撑点，一个鱼跃跳了起来，大刀同时砍下去，日本兵当场身首异处。与此同时，周长川带着十几个人同时从地里跳了出来，大刀挥舞在夜空之中闪着寒光，砍得敌人四处翻滚，松本直次掏出佩枪一枪打中一名战士，紧接着抬枪射向周长川，站在前面的鲁大志这时刚好赶回来，看到这情形，猛地一个挺身，一刀就劈向松本直次，松本直次想躲开就已经来不及了，这一刀正劈在臂膀上，咔嚓一声，胳膊就被劈成两截，松本直次嗷的一声翻滚到了山坡下面，再也没了声响。

随着松本直次惨叫着滚落山坡，日军在这些大刀面前，完全丧失了武器的优越性，只能靠着一股子力气去拼刺刀，被大刀砍得没有招架之力。

在另一处山坡的小野吉川听到松本直次那边的枪声就知道遇见埋伏了，小野吉川连忙指挥一队人向山坡下面快速滑行到对面支援，但是队伍刚下到一半的时候，最前面的一名士兵触到了手榴弹，被炸飞出去两米远，此时，对面的叫声和枪声停了下来，黑色的夜里显得死一般的寂静，小野吉川感觉背后直冒冷汗，连忙叫住队伍，比画了一个手势，一队人开始从半山腰向洼地入口处行进，队伍还没走出百余米，走在最前面的士兵又被诡雷炸断了腿，躺在地上嗷嗷乱叫，小野吉川连忙叫停队伍，上前查看，在他们的面前，到处都是墓碑，诡雷就是用细绳子连接在每个墓碑上，现在这夜里很难看清那细细的线，于是队伍又不得已回到山坡，原路退出了洼地，但是小野吉川没有上另一侧的高坡，因为他已经意识到了自己的失误，在对地形不够熟悉的情况下，他做出了一个错误的进攻方案，而且，还选择了一个阴森晦暗的坟场。

第三十四章 诡计

　　这场埋伏战在周长川的记忆力是一次非比寻常的战斗，它不仅一扫之前的颓废之气，更激起了战士们的斗志，这一点在游击队生死存亡的关头起到了决定性的作用，因为这支队伍今后还将面对更大的挑战以及更惨重的牺牲。

　　天空微微放亮的时候，小野吉川带着队伍冲上了高坡，看着地上二十多具尸体，不禁茫然地跪在了地上，没一会儿，一名士兵跑上前报告："报告少尉阁下，第二小队全部玉碎，松本队长跌落山下，已经找人抬到入口处。"

　　小野吉川停顿了好一会儿问："松本君还活着吗？"

　　士兵低着头说："松本君的右臂被砍断了，现在还有微弱的气息。"

　　小野吉川摆了摆手颓然地说："立刻派两个人把松本君抬回县城医治，我跟他一同出征，本打算一同回国的，他家里还有年老的父母等着他，不能出事。"众人纷纷低下了头。

　　这时，山坡的另一头走上来一个人，日本兵立刻抬起枪瞄过去，但是紧接着，又缓缓放下了枪。小野吉川抬头看去，来人正是芥川宇。

芥川宇在之前离开小野吉川的驻地后去了另一个地方，他为了这支游击队，要做出百分百的努力，即便对方只是一支三十多人的游击队。

芥川宇并不是一个轻易就冲动的人，自从一年前遭到游击队的伏击，他已经很久没有如此有信心地握着这把九七式狙击步枪了，他在医院的那段日子也是他最消沉的日子，当他醒来从镜子里看到自己的伤口时，并不是庆幸自己重获新生，而是感到巨大的耻辱，他甚至想到剖腹自裁，但是，当他刚拿起短刀时，门外进来的一个军人阻止了他，那个人就是坂本吉太郎。

"如果你觉得我们的勇士冒着生命危险救回来的只是一个帝国的懦夫，那么自裁也许真的就是你最好的归宿了，不是吗？"坂本冷酷的面容平添了几分蔑视。

芥川宇低下了头说："大佐阁下，我没能完成任务还损失掉了运输小队的大部分精英，我本该死在战场，而不是在敌后受到良心的自责。"

坂本冷笑了一下说："你也太让我小看了，你这个东京大学的高才生，师团长给我推荐你的时候说你是战场上不可多得的狙杀人才，难道因为被敌人伏击了就吓破胆了吗？"

"我没有害怕！"芥川宇抗争着："我只是感到耻辱。"

"芥川君难道没打算为你死去的队员报仇吗？敌人只是八路军的两个普通战士，你如果因为失败就退缩，那么你来这个战场还有什么意义呢，你好好想想我的话，我现在很缺一个狙杀型的人才，等你伤病养好了就来我这里报到吧，我会给你重回战场的信心，还有最重要的一点，大日本皇军的威严是在战争中体现的，不是在自裁中寻求解脱的。"坂本说完转身大踏步地走出了房门，留下芥川宇一人在病房里陷入沉思当中。

不到三个月的工夫，芥川宇便已经完全康复，他没有急着回归部队，而是对自己进行了魔鬼式的训练。

因为全身的肌肉都有萎缩现象，耐力和体力都不如从前，芥川宇在城外山上进行野外训练，身上一颗粮食也没有，依靠着雨水野菜还有一切能吃的生物，顽强地在丛林中求生，将自己逼向绝境。他清楚地记得东京大学的山崎老师曾经给他讲过一句话："如果要击败敌人，就要知己知彼，要想知己知彼，就要像敌人那样生活和思考。"

这句话一直都深深地刻在芥川宇的脑海，他要让自己成为在树林和村庄之间不断穿梭的幽灵，给敌人创伤后会立刻消失的无影无踪，想尽一切办法去狙杀敌人，只有这样，芥川宇才会像游击队那样思考问题，他才能真正地抓住敌人的弱点，以便给予致命的一击。

一个月的训练很快就过去了，当芥川宇衣衫褴褛地回到县城时，守城的士兵已经完全认不出他，看到有人提着枪走过来，冲上去就要抓人，那士兵被芥川宇一把揪住衣领甩出去几米远，其他士兵刚要举枪，被守城的曹长拦下，他认出了芥川宇，连忙将芥川宇带回了指挥部，芥川宇洗了澡换了一身崭新的军装，刮净了胡须，当他重新站到镜子跟前时，他知道，自己新的生命即将开始，对待敌人，也将更加绝情。

当小野吉川看到芥川宇的时候，心中充满了愤恨与不屑。

"芥川宇，既然你就在附近，为何不来支援我的行动，这里躺着的都是我们的勇士。"小野吉川说着，从地上站起来，只是为了能跟芥川宇有一个平等的地位。

芥川宇冷笑了一声说："我为什么要为你的愚蠢行为而暴露我的行踪呢，事实很清楚了，是你的愚蠢，葬送了大日本天皇的威严，还有这些本该满载荣耀而归的战士们。"

小野吉川颓然地低下了头，他知道这个责任自己无可推卸。但是他依然抗争地说："这件事我回去自然会跟联队长汇报，用不着你在这里看我的笑话。"

"笑话？小野君，我是在救你，你觉得你扛着这二十具尸体回去见联队长还能有命让我笑话你吗？你太天真了，你回去的下场只有一个，就是切腹报国，不是吗？"

小野吉川不由得身体颤抖起来，他喃喃自语道："战争就要结束了，我还有妻子女儿等着我回去，我不能死在这里，不能……"

芥川宇蔑视地看了一眼小野吉川说："原来小野君也有个温暖的家啊，真的让我很是羡慕，可你有没有想过，躺在地上的这些战士，他们家里都有谁在等他们呢，然而他们的家人再也等不到了，除了一点儿可怜的抚恤金以及一枚勋章，他们什么也得不到，不是吗？小野君，你好好看看他们的脸，他们都是被你害死的。"

小野吉川越发地紧张起来，他抬起头说："芥川君，不知道你现在有什么主意呢，我愿意都听你的。"

芥川宇点了点头说："你现在唯一的希望就是跟我合作，剿灭了游击队，我自会帮你说好话，将功补过的道理你总该懂吧。"

小野吉川抬起了头，仿佛看到了一丝希望："芥川君，不知道你有什么计划呢？"

芥川宇慢慢蹲下身，找了个树枝，在地上画起来，边画边说："我这两天没有来这里，是因为我知道这里是个圈套，但是敌人在暗你在明，我的目的就是要把格局反过来，我来当那个暗，让游击队成为了明。"

小野吉川不解地问："这些天他们利用地形拖着我们走，我们一直都在明处，如何能变明为暗呢？"

芥川宇说："以前是这样，但是昨晚的战斗后，格局就要改变了。从现在起，我要成为在暗处的那个人。"

小野吉川点了点头说："能变成暗处，我们就能将游击队全部剿灭了，这自然是最好的结局。"

芥川宇举起手打断了小野吉川的话说："不是我们，是我，小野君，你还是正面与敌人交战的一方，而我，将会成为敌人身后的幽灵，懂吗？"

小野吉川惊道："什么，你要我来吸引敌人？"

芥川宇冷笑道："小野君，难道你觉得你还有别的退路吗？"说完，站起身扬长而去，留下小野吉川一人在那里陷入了莫明的恐惧中。

第三十五章 误中圈套（一）

　　鲁大志正在很认真地擦拭自己那挺歪把子轻机枪，喜娃子咧着嘴蹲在他旁边看着，在不远处，周长川跟林一雄，还有张木林正在开小组会议。

　　"现在的形势变得有点儿复杂，咱们是给了敌人一个打击，但是敌人还是有一支部队依然会紧咬着我们，另一方面，他们是否会从县城那边再调派增援暂时还不知道，目前的形势就像是一个短暂的对峙。"周长川说。他倾向于暂避一下，却有些担心影响士气。

　　林一雄想了想说："我觉得应该把剩下的那支小队也消灭掉，咱们的士气正盛，敌人刚好相反，而且张小鱼也去了县城查探动静，那么咱们应该趁敌人陷入撤与攻的两难境地时一举把他们消灭。"

　　张木林在一旁也点了点头说："现在敌人的确是被削弱了一半力量，如果再打他一个伏击战，估计就能全端掉。"

　　周长川没说行也没说不行，只是用树枝在地上画圈，林一雄似乎看出了他的顾虑："难道你打算撤？如果身后一直有条狗追着咬，那滋味可不好受，咱们就这三十来号人，如果被咬掉几块肉，才是真的心疼啊。"

张木林说："我就知道从小套野猪都是引诱野猪到陷坑或者开阔地，然后一枪解决，我觉得这方法好。不如咱们就用这方法再打一仗。"

林一雄摆了摆手说："这一招儿咱们刚用过，你觉得鬼子还能上当吗？"

周长川长出一口气说："我跟鬼子打了这几年交道，别的没学会，就抓牢了他们的习性，这些小鬼子如果被咬痛了，他们不但不会跑，反而会更狠地反咬一口，我们现在的实力还不适合跟他们正面交火，所以我们应该用快速的移动来拖垮敌人，如果能让他们感到疲劳，我们再反过来敲他一棍子，我想这样结果可能会更有利于我们，你们觉得呢？"

林一雄说："周兄果然很有见地，如果你这样的人在我们那里，完全有能力当参谋长了。"

张木林咳了几声说："老周是我们的人，你就别想了，另外，我们这里叫政委，不叫参谋长。"

周长川笑了，林一雄也笑了，不远处鲁大志伸了脖子看着，冷不丁吼了一嗓子："哥几个有啥乐事呢？是不是还准备干一场啊？"

张木林一皱眉说："你小子以后说话小声点，不把鬼子招来，也要把狼给招来。"

喜娃子在一旁笑起来，鲁大志低着头小声说："要是来只狼就好了，老子快饿死了。"

张木林不由得也笑了，自从刘顺牺牲后，他们已经很久没有笑过了。

傍晚时分，张小鱼从县城里急匆匆赶了回来，众人急忙围过来听消息，张小鱼喝了几口水说："现在全县城的鬼子和二狗子都在集合操练，看起来可能有大行动，另外，也是最紧要的，张掌柜让我带出来一条消息，说鬼子派出了两支队伍来剿灭我们。"

"两支队伍？这消息可靠吗？"

"说是赵婉送出来的消息，绝对可靠。"

林一雄心头一紧说："赵婉冒死送出这个消息不可能是假的，可是咱们到目前来看，只遇见了一支队伍，还有一支一直都没露头，这是怎么回事？"

周长川心头生出一丝不安，这看不见的第二支队伍究竟是什么，如果现在仅仅是为了痛击了第一支队伍而自喜，那么这第二支队伍很可能才是真正要命的一个环节。

队伍休整了一天，担心被日军发现，同时也因为队伍的口粮就快没有了，于是启程前往附近的夏家村打算借点粮。

周长川和张木林走在最前头，鲁大志跟喜娃子殿后，林一雄走在队伍当中，队伍形成一条线向前行进。

张木林看了看身后的林一雄，冲周长川说："老周，我发现林一雄这小子还是一心想着回他的国民党战区，跟咱们完全融不到一起。"

周长川笑了笑说："你多虑了，现在咱们是要团结一切可以团结的力量，只要是抗日的，都是咱们的兄弟，何况一雄之前跟咱们出生入死你又不是没看到，即使将来他回到国民党军队去，那还是在正面战场抗击鬼子不是？所以我们要把他当兄弟一样看待。"

张木林撇了撇嘴说："我只是担心他在队伍里夸耀国民党

那边的生活，动摇咱们的人就不好了。"

周长川回头看了看林一雄，后者正在跟身边的张小鱼还有李忠国小声说着话，周长川扭过头说："其实说实话，想打鬼子的人都想在正面战场跟敌人较量，像游击队这样打一枪就跑的作战形式，并不是每个人都能适应的，所以，如果真的有战士想投奔国民党军队，难道咱们还拦住不成？在我心里，只要他一心抗日，没想过投了鬼子当二狗子或者汉奸，那么他就是我的兄弟我的战友，我不会为难他。"

张木林没说话，扭过头看了看队伍小声说："前方马上就要到夏家村了，全体队员停下来休息，张小鱼、李忠国，你们两人去侦察一下情况。"

两人应命走了，周长川当然知道张木林的用意，两人一走，林一雄顿时少了两个听众，便不再说什么了。

不多时，张小鱼一个人回来了，脸上露出一丝紧张："队长，夏家村村口发现敌人，大概五六人，正在村口吊着两个老乡在那里打呢。李忠国留下来继续监视，以便查看敌人具体数量和装备情况。"

周长川眉头一皱说："怎么这么巧的，照理说鬼子不会只有这几个人巡逻的。"

张木林说："我估摸着也许是督粮队收不到粮在那里示威吧。"

这时林一雄从后面赶了上来，问过情况后说："敌人的督粮队的确是经常一个班出动的，但都会带着一队伪军，这次只有五六个人是有些胆大了。我们完全可以快速将其消灭然后撤离。"

周长川依然紧皱眉头说："我总觉得这有点蹊跷，还是再探察清楚为好。"

张木林点了点头说："但是这一仗一定要打，咱们找老乡借粮，不能看到老乡受迫害转头就走，是不？"

林一雄说："我也同意周长川的，先探察一下为好，就让我的人去吧。"说完，他扭头给后面的赵峰一个手势，赵峰急忙跑到近前，林一雄说到："赵峰，你到前面跟李忠国汇合，然后一人走一边，围着村子转一圈立刻回到原地报告情况，探查敌人是否有伏击或者有隐瞒真实人数的可能。"赵峰点了点头走了。

林一雄回过头跟周长川和张木林说："如果没有异常的话我们应该立刻把老乡解救出来，不然老乡可能会有伤亡，我们借粮也不好开口了。"

张木林在旁边点了点头说："如果敌人只有这么几个人的话那就是找死，我们可以很快地解决战斗然后离开，敌人就算支援，也赶不及。"

周长川依然眉头紧锁说："并不是我多心，鬼子即使催粮，也会带上伪军或者汉奸一起行动，很少会这么少人出动，即使不怕游击队，也应该想到这附近还有个八路军独立团的。"

林一雄想了想，刚要说话，李忠国和赵峰已经回来了，李忠国气喘吁吁的说："我俩围着村子跑了一大圈，里里外外都仔细看了看，外围没有敌人，村子就三十几户人家，到处都是尸体，也没有见到更多的敌人。"

张木林一听把拳头攥得紧紧地骂道："这帮狗日的，就知道迫害手无寸铁的老百姓，今天非让他们血债血偿。"

周长川终于狠下心回头给身后的队员一个手势，三十几个人迅速集合在了一起，周长川小声布置着任务："张木林带一队人抄到村子后面，穿过村子直逼那几个鬼子，我和一雄各带几个人从两侧抄过去，三面突击，尽量要做到零伤亡。"

众人点头，分工离开了。张木林带了十人绕到村后，慢慢地摸进了村子，夏家村是个小村子，每家的门前都是血迹累累，张木林咬着牙，恨不得立刻就冲上去把敌人开膛破肚，队伍行进到村子中间时，已经能听见日本兵的说话声，张木林举了下手，后面所有的人都放缓了步子，慢慢向村口摸去。

与此同时，周长川带着大志和喜娃子等五人从村口另一侧，顺着房子墙边向村口靠拢，当他看见对面的林一雄时，伸出手来，在空中数了三下，第三下刚数完，两队人就提着刀冲了出去，村口的六个日本兵正在休息闲聊，猛然间冲出十余人从两个方向扑了过来，急忙就去拿枪，大志冲在最前面，嗷的一嗓子手起刀落，一个鬼子的人头滚落在了地上，周长川紧握着短刀径直扑倒一个日本兵，在对方倒地的同时，刀刃也划过了脖颈，鲜血顿时喷洒出来。

林一雄不习惯用刀，举起驳壳枪一枪就放倒了一个日本兵，但是第二枪就没办法开了，因为队员们都冲了上去跟敌人混斗在一起，最后一个日本兵握了枪转身就要开枪，被鲁大志的大刀一拨，朝天上放了空枪，鬼子转身就往村里钻，迎面撞见张木林，张木林喊了一句"这个留给我"，众人都不追了，大志喘着气还没过瘾，但还是主动将最后一个鬼子留给了他。

张木林端着长刀恶狠狠地看着这个日本兵，往前慢慢逼近，日本兵左右看了看，知道难以逃脱，给自己打了一下气，举起枪就向张木林扎去，张木林一个闪身用刀劈开了刺刀，嘴里骂道："你个狗日的，你爷爷我在山里打狼的时候，你还在你们小日本尿裤衩儿呢。今天你别说爷爷欺负你，咱俩一对一，让你死个明白。"队员们都冷冷地站在一旁看着，他们对日本兵的痛恨永远都无法调和。

周长川叹了口气，给身边的赵峰说："你先别看了，去把树上的老乡放下来，顺便照顾一下。"

赵峰应了一声，依依不舍得跑去了树边，慢慢地将绑在树上的老乡放到了地上，又从怀里掏出水瓶给那人喂水。

周长川扭过头想让张木林不要耽搁，但是看到众人都紧握着拳头给张木林使劲，也就没有去打断这场看似公平其实不怎么公平的决斗。

第三十六章 误中圈套（二）

与此同时，在夏家村以外二里地的一丛树林里，芥川宇和小野吉川正在静静地等候着，他们已经等了整整一天了，小野吉川很怀疑芥川宇的计划，虽然自己现在是以一个战败者的身份有求于芥川宇，但是，他觉得在军衔相同的情况下，他比芥川宇更有实权，所以他始终想保持一名军官该有的尊严。

"芥川君，你的计划是否能成功，我保留意见，如果我们赶过去迟了，那我的几名士兵就要玉碎了。这个责任我想你也很难承受吧。"小野吉川冷冷地说。

芥川宇头也没回地说："小野君你就不能耐心些吗，另外也请你认真听着枪声，如果错过了信号，你的人就死得一点儿价值都没了。"

小野吉川一皱眉，怒道："什么？芥川宇，难道你原本就打算牺牲我的人来引出游击队吗？你这样做是完全违反军队条例的，我一定会向联队长举报你的。"

芥川宇摇了摇头说："现在是战场，为了达到目的，一切方法都是可以用的，再说，因为你的愚蠢同样牺牲了那么多将士，相比之下，为我牺牲的这些勇士才真的是死得有价值，不是吗？"

小野吉川刚要发作，被芥川宇打断了话说："小野君，你记得我说过的话吗，这次诱敌行动如果成功，我们将会圆满完成计划，你必须带着人将游击队赶到预定地点，然后跟我配合把敌人全部消灭。"

小野吉川还想抗争，这时远处传来了枪声，紧接着又是一声，芥川宇猛地站起身，提着九七式狙击步枪第一个冲出了树林，后面的士兵纷纷跟在后面向声源处赶去，小野吉川狠狠地瞪着芥川宇的背影，无可奈何地跟了出去。

在夏家村，最后那名日本兵身上已经被划破了四五道口子，鲜血顺着伤口慢慢流出来，他的精神也接近崩溃，日本兵竭尽全力嘶吼一声，举着枪冲向张木林。张木林说了句"刺得好"，猛地一转身，躲过了刺刀，将手中的长刀横起来，径直砍向敌人的脖颈，日本兵已经完全没有力气再去躲闪，一刀划过，尸体瘫倒在了地上，众人欢呼过后收起了刀，准备打扫战场。

这时，赵峰跑到周长川身边说："队长，那个老乡说想见你。"

周长川点了点头，看了看张木林他们，转身走向那棵大树，还没走两步，一抬头，正看见那名老乡在那里站着，眼睛很有神，完全没有虚弱的样子，周长川迟疑片刻问道："老乡，您要见我？我们来晚了，让你们受罪了。"

刚说完，那人突然从身后掏出了一把驳壳枪，抬枪就向周长川打来，两人距离只有几步远，周长川完全没时间多想，稍稍偏了一下身子，子弹就已经到了跟前，正打中左肋，子弹击

211

中了肋骨，疼痛顷刻袭来，周长川向后退了几步，眼看着对方的第二枪就要打出，众人都傻了眼，完全没有任何防备，赵峰距离周长川最近，眼看对方要射第二枪，径直扑向了周长川，用身体挡在了他的面前，与此同时，子弹已经击中了他的后背，他和周长川一起倒在了地上，林一雄这才反应过来，连忙举起驳壳枪一枪击中了那人，众人扑过去摁倒在地，发现人已经没了气息。

张木林一跺脚骂道："一定是鬼子使的奸计，找个汉奸来假扮老乡，我日他姥姥。"

众人连忙去看倒在地上的两人，赵峰用身体挡了一枪，子弹正穿过后背击中心脏，当场就没了气息，众人一阵心痛，周长川感到腹部钻心的痛，林一雄俯下身看了看说："还好，子弹打在肋骨上，偏了点儿，应该没有伤到内脏，但是此地无法取弹，咱们要去找个医生才行。"

话音刚落，身后就响起了枪声，三四名战士当场被击中，倒在了血泊中，两百米外，一小队日本兵正朝这里冲来，手里大多是九六式轻机枪，同时向游击队扫射过来，形成一张巨大的火力网，游击队完全招架不住，纷纷向村里撤去，鲁大志端着歪把子机枪还想还击，被林一雄一把拉到了房子后面，喜娃子跟张木林架着周长川往村里跑，此时周长川意识还清醒，忍着痛说："敌人虽然人数不多，但是火力很猛，而且有备而来，不能硬拼，赶紧撤。"

众人点了点头，径直向村子另一头跑去。

十余个日本兵紧咬着游击队不放，又有数名战士倒在了血泊中，林一雄扭头喊道："张木林，你扶着老周进旁边的林子，我来挡住他们。"

众人都知道这是必死的差事，不由得一阵心痛，李忠国一把拉住了林一雄喊道："团副，您快走，让我来挡，你们全走。"

林一雄骂道："你他妈到底听谁的？我是你长官，听我的。"

李忠国喊道："这是我最后一次叫您长官，团副，快走吧，您还要去救赵婉小姐，您死了赵婉小姐怎么办，您想过吗？快走！"说完狠狠推了一把林一雄，转身冲回了硝烟中。

林一雄一皱眉，还想跟上去，张木林给大志使了个眼色，大志一把抱住林一雄的腰，将林一雄整个给抱了起来，继续向前面的林子里跑去。

李忠国紧靠在一棵树后面，猛地一闪身扔出一颗雷，日军立刻停止了前进，硝烟刚过，李忠国闪身打了一枪，命中一个敌人，缓慢的行军速度让小野吉川很抓狂，他怒吼着命令全速追击，两名日军支起掷弹筒，炮弹在李忠国身旁爆炸，弹片深深地嵌入他的身体，他一只手缓慢地摸出一个手榴弹，拉响了引线。

周长川被张木林背着向前奔跑，身后的枪声密集起来，但是李忠国始终没有追上来，众人跑进了林子才发觉，透过密林向山谷深处看去，这里竟然是一条 U 型的山谷，而他们正站在入口处。

"这他妈的怎么是个死路。"鲁大志放下林一雄在地上急的团团转。

"看来我们是中计了，鬼子是故意把我们赶到了这里，现在这个圈套就是不钻也不行了，长川伤成这样，后面追兵马上就到，我们只能继续向前走，以求变数。"张木林叹了口气，显得有些无可奈何。

"不行，我们必须返回去突围，趁他们还没有占据有利地形打他们一个回马枪，兴许能冲出去。"林一雄紧握着步枪说。

李明亮手下的一个人有些不满道："进去也是死，突围还是死，这也太倒霉了，刚说要好好打打鬼子，就要在这里玩完了……"

没等说完，鲁大志一脚将那人踢出几米远骂道："你个扶不上墙的货，当二鬼子当上瘾了，一说到死就怕得跟鸟蛋一样，你他妈丢人不。"

李明亮扶起那人说："都啥时候了还说这种话，活该你，我们既然决心打鬼子，就绝不能在这时候退缩，退缩的话只有死路一条。"

众人沉默不语，不知该如何是好。

这时张木林喊道："长川醒了，听听他怎么说。"

所有人都不再说话，凑近了周长川，此时周长川忍着剧痛渐渐恢复了意识，他看了看四周说："看来是没路可走了，我们现在的火力与士气还敌不过后面的鬼子，现在只能冲进山谷了，我们冲进去休整后再突围，不然现在就要全交待在这里了。"

林一雄还想说什么，其他人已经向山谷冲去，他只得紧跟其后。

第三十七章 身陷绝境

芥川宇在小野吉川第一次正面与周长川交火时，就来过这个 U 形山谷，他穿着当地人的服装，一个人潜进了这片林子，他之前也仔细探察了很多地方，都不足以将一支游击队困死，而只有这个山坳，是一个"U"型的死胡同，深处有二里多，三面都是峭壁，只要将出口堵死，如果没有专业的攀登绳索，里面的人是无法逃出去的。

芥川宇始终都想依靠自己的力量来解决这支游击队，小野吉川在他眼中，只是一个完成任务的棋子。当小野吉川遇伏而损兵折将时，他明白这个机会终于到来了。他费了很大的劲儿才说服夏家村里的汉奸拐腿张，让他来装作老乡找机会刺杀周长川，正所谓擒贼先擒王，一旦游击队的队长被击毙，那么游击队就成了一盘散沙，逐个击破这样的差事是每一个狙击手最喜欢做的事。

此时的芥川宇已经赶到山谷的入口处等着游击队的到来，他要在游击队最脆弱的时候再狠狠地给予最后一击。

张木林扶着周长川刚进了林子。跑在前面的一个战士突然中枪倒了下来，子弹穿过了眉心，周长川和张木林一阵心惊，在这高速运动中还能做到如此精准的射击，除非是离的很近，否则就是遇见了专业的狙击手。

张木林背着周长川往旁边一闪，子弹落了空，两个人顺势躲在了一颗树后，后面的人看到他们突然不再向前而是躲开，知道前方遇见险情，纷纷躲在树后向山上看去，这里正是"U"型入口处，后面的追兵转瞬即到，前方只有深入林区还能形成对峙，但是要进去就要通过狙击手的狙杀，一时间队伍陷入了困境。

林一雄从后面顺着树林闪躲着到了周长川身边说："前面的狙击手大概有几人清楚吗？"

周长川摇了摇头说："只开了两枪，看弹痕的方向，敌人应该是在入口的右侧山上，树林茂密，应该能挡住敌人的视线，如果对方只有一人，咱们还是有办法通过的。"

林一雄向山上看了一眼说："不如我冲出去，张木林看射点来打，咱们不能这样干耗着。"

周长川一把抓住林一雄摇了摇头，此时他想起了师傅王翰，这样的牺牲只需要一次就足以让他悔恨一生。

这时，身后的枪声突然停了下来，众人都知道这意味着什么，时间的流逝变得异常残酷，是必须要作出决定的时候了。张木林一跺脚说："没时间了，咱们一起冲吧，冲进林子才能想后路，总不能全交待在这里。"

周长川点了点头，跟不远处的鲁大志喊道："大志，等会你朝右面山上扔几个手雷，然后用机枪扫一梭子，这当空咱们就冲。"

鲁大志应了一声，从怀里掏出两颗手榴弹，拉了弦，突然闪出树桩向前跑了几米，猛地朝山上扔过去，没等他收回手来，一颗子弹击穿了他的臂膀，痛得他一咧嘴，差点儿把机枪掉地上。周长川知道手榴弹马上就要爆炸，沉着气喊道："喜娃子，扶好了大志，咱们冲了！"

话音刚落，山上的手榴弹应声爆炸，众人一起向山里冲去，周长川一手捂着伤口，另一手架在张木林的肩上，向树林里飞快地冲去，手榴弹爆炸扬起的尘土和硝烟还在空中弥漫，两颗子弹已经从树丛中射出，两名战士被击中倒在了地上，张木林从小在树林里打活物，跑起来很擅长利用林木间的位置来掩护自己，山上的九七式狙击步枪瞄了很久也没能抓住一丝痕迹，芥川宇的拳头狠狠地击打在土里，眼睁睁看着剩下的游击队员隐没在了树林里。

此时小野吉川的队伍也赶到了树林的入口处，鉴于上次遇伏，小野吉川很谨慎地叫停了队伍，他向树林里张望了一下，命令队伍将入口封住，等待芥川宇，不多时，芥川宇从山上走了下来，肩上扛着那支九七式狙击步枪。

"小野君，你的行进速度真的是太丢人了，如果你能早到一会儿，我们就不需要找援军了。"芥川宇带着嘲讽的口吻说。

小野吉川有些不悦道："芥川君，我们也只有十几个人，如果冒进，会吃亏的。"

芥川宇笑了，笑声让在场的每一个人都能听见："小野君，请问刚才阻挡你追击的土八路有多少人呢？五个？十个？"

小野吉川不由得低下头没说话，芥川宇继续说："小野君，不要说我没帮你，现在敌人进了这个山口就只能等着饿死，你把洞口守好了，我回县城给你讨个奖励如何？"

小野吉川一皱眉，他对芥川宇的这份殷勤很是怀疑，说道："多谢芥川君了，这份战报我会亲自向联队长阁下汇报的，就不烦劳你了。"

芥川宇冷笑了一声，一个人向县城方向走去。

在山林里，周长川一行人在山口最深处停了下来，两名战士负责警戒，其他人都瘫坐在了地上。

周长川捂着伤口说："看了这里的地形，我们这次是中计了，鬼子费了老鼻子劲就是为了将我们赶进这死路，所以他们不会这么急就冲进来的。我也终于知道了这所谓的第二队人是什么了，就是这个狙击手，他永远在暗处，是坂本那小子用来剿灭我们的第二支队伍。"

张木林在一旁撕开周长川的衣服查看伤口，一皱眉说："伤口虽然没伤及要害，但是如果不消炎包扎，可能会感染，也是致命的。"

林一雄说："现在被困在这里，什么都没有，如果周兄和大志不能得到及时治疗，会很危险的。"

不远处的大志撕开袖子，看了看胳膊上的伤口，抽出匕首交给喜娃子说："来吧，把子弹给我剜出来，我能忍。这胳膊可不能废了，还要端机枪提砍刀的。"

喜娃子看着伤口直摇头，往后退了好几步，气得鲁大志骂道："看你那怂样，又不是剜你的肉，你怕个球。"

一旁的张小鱼走过去，接过刀，皱了下眉，照着鲁大志的胳膊剜下去。

周长川撕开衣服看了看伤口说："子弹没有进去，张木林，来给我弄出来。"张木林自幼当猎手，血腥的事情见得多，也就没避讳，走到近前看了看伤口说："我这身上没有消炎的东西，等下取出子弹只能用火药凑合着烧一下伤口，但是如果一直得不到治疗，还是会感染的。"

周长川点了点头，忍着痛跟林一雄说："一雄啊，你帮我清点一下人员和弹药吧，我估计敌人这两天不会轻易冲进来，我们还是要好好想想后路。"

林一雄点了点头，站起身看了看四周，不由得一阵心酸，全队现在只剩下了十余人，其中还有周长川和大志两个伤员，弹药基本用尽，林一雄挨个问了问，步枪子弹总共只有五十多发，手榴弹三个，口粮基本都没了。林一雄给周长川汇报完毕说："目前这情况，咱们除了等死，似乎没什么出路了。"

张木林四周看了一圈说："这地方挑得真好。"

鲁大志在一旁忍着痛，尽量把脸远离伤口的处理现场，问道："咋个好法，是不是能爬出去跑了啊？"

张木林摇了摇头说："这地方好是好在一个天然的陷阱啊，就算把十只老虎都赶进来，也没一个能跑掉的。"

鲁大志白了他一眼说："你个没口德的，都啥光景了你还说风凉话，你这从小打猎的主，难道也爬不上这梁子？"

张木林无可奈何地摇了摇头，转身用小刀在周长川的左肋部位慢慢地剜出弹片，然后取了颗子弹，倒出火药来，在伤口处慢慢撒上去，用柴火点燃了，一阵火光冒起，周长川疼得咧了咧嘴，汗水从额头上留下来，但是没有叫出声，张木林从身上的衣服撕下来一条布头，围着周长川的腰缠了几圈。他拍了拍手说道："好了，希望伤口能慢点儿发炎，也许咱们还有机会冲出去。说实话，这个地方肯定是鬼子那个狙击手认真找的，只要把敌人赶到这里来，然后把入口封住，那就再也别想逃出去，只能等着饿死渴死。"

喜娃子在旁边显出一脸的茫然，问道："这地方有这么邪乎？"

张木林点了点头说："旁边的山梁子基本都是垂直的，而且高三四十米，除非有绳索，咱们是无路可逃的。"

鲁大志在一旁哎哟了一声，跟张小鱼说："你轻点儿哎，敢情不是你的肉，随便划拉啊。"然后转头对张木林说："你说要是咱们能有个绳子啥的也不至于困死在这里，要是注定饿死渴死，那我宁愿冲出去，能杀一个算一个，总不能自己等死啊。"

张木林点了点头说："我也是这么想的，如果要死，我宁愿死在战场上。"

周长川此时身子有些虚弱，在一旁说："咱们先静观几日，白白牺牲掉我也不甘心啊。"

此时张小鱼把子弹挑了出来，将鲁大志的胳膊包扎了一下说道："包扎好了，我带两个战士去挖点儿野菜回来。"

众人不禁感到一阵茫然，士气也降到了最低点。

夜里，张木林找来了一些柴火堆在一起说："这也没水，烤着野菜吃吧，明早等有露水了再喝一点。"

林一雄本能地拉住张木林说："生火的话，敌人会发现的。"

张木林无奈地笑了笑，继续生火，一旁的周长川说："一雄啊，你又忘了，敌人现在就在门口，还有什么被发现可言啊。"

林一雄也笑了笑，说："好，咱们就吃烤野菜，你还别说，我长这么大，还真没吃过这东西，看看好吃不。"

众人都被林一雄的乐观态度感染了，纷纷凑到跟前找木棍儿穿野菜。

周长川看着漆黑黑的树林和天上的繁星，他不知道这次真的就交待在这里，还是能逃出生天，如果自己能活到赶走侵略者的那一天该多好呢，可惜这样的期望没人能保证实现，身边的战友很多人都已经没办法再看到未来了，而自己，只能带着他们的希望，继续跟敌人斗争下去。想到这里，他艰难地挪到火堆旁说："你们这些人啊，野菜是这么烤的吗？连盐巴都不放，能有味道吗？都让开，我来放盐。"

众人都笑着看着这顿"盛宴"，仿佛这是此生吃的最丰富的一顿饭。

第三十八章 誓死一搏

当周长川一队人坚持到第三天的时候，困境还是接踵而来，首先是野菜被挖得所剩无几，早晨的露水也让人无法解渴，导致全队人都不想浪费吐沫星子说话，而最可怕的问题是，周长川的伤口开始发炎了。

鲁大志的胳膊似乎好了点儿，能忍着痛端起枪了，但是伤口处还是渗着血，气得他直骂娘，周长川这边就有点儿不乐观，第二天的时候就开始发高烧，嘴唇烧得干裂，一群老爷们干着急没办法，每天用树叶接了露水给他往嘴里喂，此时周长川的意识还是清醒的，只是身体的虚弱外加伤口发炎，将他折磨得半只脚踏入了鬼门关。

张木林转来转去想办法，林一雄在旁边有气无力地说："别转了，节省体力重要，老周这伤口必须要有消炎药，但是消炎药只有主力部队才有，即便现在咱们能大摇大摆地走出去，消炎药也是个新的难题。"

张木林怒道："咱们总不能就这么看着人没了吧？"

鲁大志在一旁听出来几分火药味，忙说："都别急，你们看我不是也挺过来了，队长肯定也能，咱们的队长是打不死的队长。”

周长川躺在地上，他自己心里很清楚，这样耗下去迟早是要丧命的，但是仅剩的这些人是他带出来的，他一定要安全无恙地带回去，不然这个队伍里的战士连个名字都没能留下就全牺牲了，实在是太委屈了。

他微弱的说话声打断了几个人的争执，众人都安静下来听周长川说：“你们都别争了，生死有命，如果我死了，你们决不能散伙，去找主力部队或者跟着一雄去加入国民党的队伍都可以，但是有一样，不能当走狗汉奸。”

鲁大志心里一酸说：“你把俺们想成啥了，俺们就算饿死了，也绝不去当二鬼子汉奸。”

李明亮说：“虽然我们之前当过二鬼子，但是我向你保证，我们在这里还活着的，有一个算一个，他奶奶的谁如果还去当二鬼子，老子第一个毙了他。”

喜娃子和众人都点了点头，此时众人都坐在树旁靠着，他们已经全身无力。

周长川一阵心疼，说：“都是爹妈养的，即便他们都不在了，咱们也要活得像个人样给他们看不是？如果能死在战场上，那就是咱们的荣耀，可惜死在这里，身子烂了也没人知道，你们还是冲出去吧，就像开始说的，能杀一个算一个，总好过困死在这里。如今看来，是我的决定害了你们，我对不住你们。”

张木林偷偷地抹了一把眼泪，他知道周长川这是在留遗言了，他了解周长川的脾气，不到万不得已，他不会说出这么悲观的话来。

鲁大志在一旁嚷道："俺听不懂你说的啥玩意，出去就一起出去，死就一起死，哪儿来那么多花花玩意，等会儿俺背着你，一起冲出去就是了，你到现在也没个小媳妇啥的，你也要为你们老周家传香火不是，所以不能死在这里。"

众人都低下了头，特别是林一雄，想起身在虎穴的赵婉，又想想现在的境地。不由得一声长叹说："国破山河在，城春草木深。今天我林一雄，就算是以身殉国了。"

喜娃子在旁边拍了拍鲁大志问："他说的啥玩意在，啥玩意深的？"

鲁大志扭头瞪了一眼喜娃子说："大家都还在，鬼子埋得深！"

众人不由的破涕为笑，张木林抹了一把眼泪，笑着说："你小子就知道胡说八道，这都要去见阎王了，你还在找乐子，有本事下去了跟阎王说去，看他高兴了能把咱们给送回来不。"

鲁大志乐呵呵走到周长川身边说："俺爹说过，该死的逃不掉，不该死的阎王也不要，所以啊，咱们就这样吧。被阎王老子收了就当咱倒霉，如果不收，就继续为死去的弟兄报仇，多杀几个小鬼子！"说着就去背周长川，周长川叹了口气说："别背我了，我现在已经是废人，你留点儿力气杀鬼子去吧。"

鲁大志一瞪眼说："谁说你没用，等会儿还能给俺挡子弹呢。"众人都乐了，张木林在后面踢了鲁大志一脚骂道："你个冬瓜蛋子，咋老是往歪里想，要是老周身上有一颗子弹，我下去了也不让你好过，非扒了你的皮，听见没？"

鲁大志乐了，说："好嘞，周队长就是我的亲爹，这总行了吧，老子不用枪，就用唾沫星子也照样能杀敌。"

"几天没喝水，你还有唾沫星子吗？"喜娃子在一旁问道。

众人这才感到身体缺水的那种难受劲儿，都不再说话，净往嘴里咽唾沫星子去了。

当这十余人慢慢摸到入口的时候，隐隐约约已经能看到有日本兵在入口的空地上做饭，张木林一皱眉，他发现在鬼子的身后还有一队伪军，虽然服装不整东倒西歪的，但是也足足有一个连的兵力。

张木林跟旁边的周长川说："瞧见没，鬼子还挺怕咱们，担心他们那十几挺轻机枪搞不定咱们，还拉来了一个二鬼子连，咱们可有的打了。"

鲁大志压低了嗓子说："我就看上他们那锅里炖的肉了，嘿，用咱地盘的柴火生的火做的饭，怎么也要给咱分一点是不？"

喜娃子也在一旁板着指头算，张小鱼问他在算啥呢，喜娃子咧着嘴说："我算咱们那五十发子弹刚好能把他们都干掉，还节约出来仨手榴弹呢。"

鲁大志扭过头拍了喜娃子脑袋一下说："你小子，都啥时候了，还在这说笑，你那准头，子弹全给你估计也打不到那口锅。"

周长川此时已经全身无力，他静静地看着对面这个绝不可能突破出去的出口，又看了看身边的这些战士，也许他们连名字都没留下就要牺牲在这片战场上了。想到这，他不由得说了句："此生是兄弟，来世还做兄弟。"

林一雄点了点头说："能死在一起，来世就一定还是好兄弟。"

　　张木林叹了口气："大伙儿这辈子都没白活，好歹也让鬼子心惊胆战了一回，这次咱们就再让他们怕一次。"

　　众人都默默地点了点头，慢慢将枪口伸出了树丛，瞄向了敌人。

第三十九章 严卫生员

　　当枪声响起时，周长川也已经无力再支撑，昏迷在了鲁大志的背上，这一昏迷便是两天两夜。

　　在周长川的记忆里，昏迷的那段时间，自己似乎进入到无数的梦境：他曾看到了王翰一身鲜血站在远处，手里举着独立团的大旗，旗摆在风中飘扬，却已是残破不全，甚至上面的字也看不清了，周长川想上前扶着他，却看到了王翰身边的老曹头，后者一脸的茫然，喃喃自语说："你们这些驴日的，抗日就抗日，但是怎么能把那些个小娃儿也搭进去，他们可是这个民族的希望啊。"

　　周长川叹了口气，他知道老曹头还惦记着喜娃子，刚要回话，老曹头的身影变得模糊起来，在他的旁边，一个身穿军装满脸是血的战士朝他走来，他仔细辨认才看清这是刘顺，周长川顿时一阵心酸，刘顺死得太惨，周长川甚至不敢去正视他的脸，刘顺笑了笑说："老周啊，你小子要带着队伍把坂本那狗日的宰了啊，不然等你下来了小心我削你。"

　　周长川眼泪瞬间就流了下来，他抬起头说："顺子啊，你在下面见到你爹娘没有？我对不住你，没能救下你。"但是刘顺就这样微笑着慢慢消失在了眼前。

周长川四处寻找，刚回过身，又一次看到站在身后的王翰，王翰脖颈上的子弹伤痕还依稀可见，周长川慢慢向前走去，王翰摆了摆手笑着说："小周啊，你已经继承了我的枪法，可惜师傅不能再跟你一起打鬼子了，你这次遇见的可能就是杀我的那个王牌狙击手，你一定要给我报仇。"

周长川狠命地点了点头，此时王翰的身影也消失了，周长川转过身，看到了死去的弟兄，十多人站在那里，浑身是血，他们看着周长川说道："周队长，我们一心想跟你抗日，可惜早走一步，你一定要多杀鬼子替我们报仇才行啊，我们死的太惨了。"周长川眉头一紧，眼泪喷涌而出，他竭尽全力喊道："你们都没死，谁说你们死了，你们是不会死的。"众人排着队慢慢消失在云雾里，周长川伸出手想要抓住他们，但是双手仿佛被人抓住一般，始终无法碰到他们，也就在这时，周长川从梦中惊醒了过来，他的双手向空中伸着，抓住他手的人，正是潘云。

潘云自从上次九里庄遇袭后，离开了游击队，她心里有一千个不愿意，但是周长川的意愿她不想违抗。此后不久便失去了游击队的消息，独立团被日军和伪军围困在了根据地无法有大的动作，潘云突然之间再也见不到周长川，心里似乎空空的少了些什么，她坚信周长川会活下去，也正是抱着这样的信念，在接下来的时间里，潘云几乎每天都会去找高小虎打听周长川的消息，但是每次都会很失落地回来，她甚至想到了游击队可能已经打没了，但是即便如此，她也希望周长川能活下来，只有他活下来，这日子仿佛才算有了希望。

然而就在数月前，她却等来了另一个人，严敏。

当潘云蹲在伤员跟前包扎伤口时，大门一响，高小虎走了进来，在他身后，跟着一个朴素却美丽的女人，正是严敏。

高小虎指了指严敏冲潘云说："小潘啊，给你介绍一个新同志，严敏是在北平上过医护学校的，刚刚来到我们团，你们一定要好好交流交流。"

严敏笑了笑说："你也在这里，很让人意外，以后我们就是同志了。"

高小虎笑道："原来你们认识，那就最好了，咱们团就缺卫生员，你俩好好合作，把咱的伤员都给治好了。"说完，转身就走了。

潘云看着严敏沉默了许久，说："严姐姐，刘顺大哥牺牲了。"

严敏心里一惊，问道："怎么会这样？那周长川呢？"

"不知道，我现在什么都不知道，是你爹告发了周大哥，全村人都被日本人杀了，周大哥带着游击队跟鬼子打了好几仗，现在也没了消息，我每天都在等周大哥的消息，可是每天都没有。"

"什么？"严敏呆呆地坐在了床边，她有些不相信这样的事实，但是又只能选择接受。她知道，她爹的行为，已经严重破坏了他在自己心中的形象，如果可以重新选择，她宁愿没有这样的爹。

严敏看着眼前的这个小姑娘，她知道潘云是真的对周长川动了感情，以前她也会质疑潘云对周长川的这份感情，可如今看起来，这份感情又是如此的真实，如果自己的介入会将这样的感情破坏，那是她永远不想去做的一件事。

数月的等待终于有了结果，这天下午，潘云和严敏正在治疗伤员，从门外进来几个轻伤战士让严敏帮忙包扎，严敏一撇嘴说："你们这点儿小伤还找我干吗，我这把刀可是宰牛的。"躺在病床上的几个战士都笑着起哄说："严卫生员，他们一定都是故意挂点儿彩来医护室为了能见见咱们团的漂亮卫生员呢！"

严敏脸一红骂道："你们这些嘴歪的，有这种嘴皮工夫，多杀几个鬼子给我看看。"新来的伤员不干了，都嚷嚷起来："严卫生员你可别听他们瞎说，我们这可是刚跟小鬼子拼完命回来的。"

另一个伤员接着说："是啊，我们侦察连发现一小股日军还有一个二鬼子连队在一个山谷入口扎营吃饭，我们连长连眼睛都没眨，直接就跟鬼子干上了，嘿，你别说，跟我们一起行动的还有支游击队，可把我们连长吓坏了，生怕这功劳再被人截了，一顿胖揍，硬是把二鬼子和小鬼子的队伍给打跑了。"

潘云在一旁听得真切，当听到游击队时，不由的抬起眼看着那个伤员急切地问："游击队？你们遇见的是哪支游击队？"

严敏听出了潘云的心意，见那个士兵还有些扭捏不肯说，劈头盖脸就骂道："你们不想治伤了，还不赶紧招供，小心我们不给你们治，让你们伤口生虫去！"

那士兵连忙摆手笑道："别别，严卫生员，我说还不行吗。我们赶跑了鬼子，跑到林子里一看，林子里就十个人，全都倒在那里了，一个一个都饿得没力气了，我们高连长赶紧把小鬼子烧好的饭给他们吃了，这才缓过来，我们回来得快，他们估摸着就要到了，似乎还有一个重伤员，也要一起送过来，估摸着快到了。"

潘云急切地站起身就向门外冲去，严敏看着她的背影，心里除了一丝担心，也多了一份哀怨。

当潘云冲到村口时，正看见高小虎陪着几个人往村里赶，潘云仔细看去，虽然这些人脸上满是泥泞，但她还是一眼看到了张木林，在他的旁边是鲁大志，此时鲁大志也没空说话，正背着一个人急匆匆往这里赶，他一抬头也看到了潘云，连忙喊道："小潘，快来救人，你周大哥中弹了。"潘云心里一揪，急忙扑了过去。

周长川被放在病床上，严敏也在旁边，众人散开，她带着潘云查看了周长川的伤口说："伤口感染了，虽然感染不深，但是根据现有的医疗药品而言，还是很棘手的。"潘云在一旁紧皱着眉头，用手抓了抓严敏的衣袖。严敏自然知道潘云的急切心情，她站起身跟高小虎说："高连长，咱们团的消炎药只够用这几天，如果几天后还是没有足够的消炎药，长川还是会很危险的。"

高小虎搓了搓手说："这人枪法很好，是不可多得的侦察人才，无论如何也要想办法救活，我去发电报，看看纵队那边能不能提供一些。"

严敏点了点头，转身拍了拍潘云的肩说："照顾他的事就拜托你了，其他伤员暂时交给我和其他卫生员。"

潘云蹲下身子，在周长川身边轻轻叫着"周大哥"，此时的周长川已然没有了知觉。

周长川昏迷了两天时间，在这两天里面，潘云几乎没有离开过病房，累了就趴在周长川的床边睡一觉，醒来了就给周长川喂水喂饭，每次稀饭顺着周长川嘴边淌出来，潘云就会流眼

泪，因为严敏说过，昏迷的病人如果还能喂下饭，那就有希望
醒过来。

在第三天的上午，熟睡中潘云突然间感觉到了周长川的气
息，她抬起头，看到周长川正伸着胳膊向空中挥舞，嘴里还在
喊着什么，潘云又惊又喜地上前抓住周长川的双手，与此同
时，周长川也睁开了双眼。

在严敏看过之后笑了笑说："长川竟然自己醒了，看来阎
王爷也不收他，不过消炎药还是个难题，否则伤口还会继续发
炎，向上级申请的药品恐怕等不及了，我必须进一趟县城，去
搞点儿消炎药。"

周长川此时躺在床上，身体虚弱到了极点，他小声说：
"小敏，真高兴还能见到你，我本以为这次就……"

"别瞎说，你这么倔的脾气，谁也不会收你的，你还是乖
乖地继续打鬼子。"严敏露出一丝心疼的神情，潘云看在心
里，默默地起身走出房间。

严敏看了看离开的潘云，神情有些暗淡的说："长川，我
听你的，在北平学的医学，可惜学了一半学校就停课了，后来
我认识一个延安过来的人，他将共产党的思想带给了我，再后
来我就被派遣回来加入了独立团，没想到，学到的本事竟然真
的在你身上用到了。"

"这多好，你会成为八路军队伍里的重要部分，我们都缺
不了你。只可惜，顺子已经看不到了。"

"我知道都是我爹不好，我没办法弥补他们，我只能尽自
己的努力帮助八路军多杀鬼子，不能让他们白白牺牲。"

"你跟你爹不同，我们不会怪你，我也不会告诉别人你有
这样的一个爹，你会好起来的，不要有心理负担。"

"谢谢你，长川，我明天进城给你搞点儿消炎药，我会把你治好的。"

周长川说："如果你进城，可以去找光明茶馆的张老板，暗号是梅子岭新鲜的大枣，用枣换茶。你去找他，他会帮你的。"

"我知道了，你就安心地养病吧，这些天全靠潘云照顾你，你一定要好好谢谢她，别辜负她。"

周长川苦笑一声说："我知道你的意思，我一直当她如同亲妹子一般，你就不要取笑我了，还招惹人家误会。"

严敏默默地点了点头，想说点儿什么却不知该如何回答，只得将周长川的被子向上盖了盖，然后轻轻拍了拍他的身体，慢慢走出了房间。

门外，潘云正在等她。

"我知道，其实周大哥一直都喜欢你，只是他从来不说出口。"潘云低着头说。

"我们……其实在这种环境里，我们根本没有权利去谈什么感情，我们都没办法左右自己的命运，这也是我去了北平后才认识到的，这些天你好好照顾长川，我要进县城搞点儿消炎药。"

"顺道也看看你爹吧。劝劝他不要再为日本人卖命了。"

"我会的。"严敏有些难过，她不确定是否能劝动她这个爹，但是她必须试试。

第四十章 父女相遇

第二天晌午的时候，定县街道上慢慢恢复了生气，来往的马车行人也慢慢多了起来。

严景和走在街上，心里有些不痛快。李会长最近被日本人骂得狗血淋头，日本人叫嚣着如果再抓不住县城里的八路军内应就让维持会全体上战场，这种威胁听起来有点儿孩子脾气，但实际情况却不容乐观，毕竟日本人即便是很幼稚的一个想法也能要了自己的小命，可是这么大的县城，鬼知道谁是八路的内应，这又要到哪里去抓人呢？

正想着，严景和已经走到了光明大街，今天的街道热闹了许多，人来人往也添了点儿人气，严景和戴着墨镜东瞧西看地盯着四处来往的人，却独独被一个娇弱的背影吸引住了，细看明明是个女儿身，却穿成了男人装，这引起了严景和的注意，他将墨镜向上推了推，跟上了这个人。

此人在光明大街转了三圈后径直进了光明茶馆，被张老板引进了后堂，严景和闲来无事，在旁边摆摊的地方抓了把瓜子，蹲在街对面边吃边盯着对面的茶馆。

当那个人走出茶馆后立刻拐进了一条巷子，这条巷子通往北门，此人正急匆匆地准备离开，却突然感觉背后被一个硬物件顶住了后腰。

"小王八羔子，给我乖乖的，别耍花样，不然给你来个穿堂肚，明白了没？"严景和得意地将此人拽过身来，脸色却变得异常难看起来，此人正是乔装后的严敏。

"你……小敏，你怎么回来了？你这是给老子唱的哪出？"严景和迟疑片刻随即而来的便是怒不可遏。

"爹，本来我就打算顺道来找你的。"

"顺道？敢情这次是干别的事儿来？有什么事比你爹我还重要？"

"这里不是说话的地方，先去你住的地方。"严敏一甩手将严景和推出了后巷。

在严景和的宅院里，支开了所有人，只剩下了父女二人。

"现在你给老子好好说说这是怎么一回事？老子送你去上学，现在才两年不到，你怎么回来了？还不来找我？你住哪儿？"严景和的一连串问题如同子弹一般瞬间爆发。

严敏迟疑了好一阵，说："爹，我加入了共产党，这次回来就是参加抗日的。"

严景和张着的嘴好半天也没能合上，他万万没想到自己将女儿送去北平为了躲避战争，如今女儿却作为一名八路军战士站在了自己的面前，而更加讽刺的是，自己还是维持会的副会长。

"爹，我知道你很难接受，这次来我也想劝劝你，不要再给鬼子卖命了，咱老严家不能再干这缺德的事情了，会有报应的。"

"什么！"严景和的手重重拍在了桌子上说："你个小兔崽子，翅膀硬了，跑回来教训老子？老子花钱送你去北平，你以为是让你回来质疑老子的吗？"

"爹，你别再走下去了，再走下去你就成了人民的罪人。"

"你少给老子扯这些没用的破理论。老子现在做的事情有一多半都是为了你。"

"为了我？你现在帮着日本人抓八路军，抓游击队，而你的女儿就是他们中的一员，你说你现在是为了我吗？"这话让严景和有些无言，嘴唇哆嗦着却不知该说些什么。

"爹，我在北平看到了日本人的杀戮，他们是没有人性的，在街上看到有中国人不给他们鞠躬就当街开枪杀人，中国人在他们的眼里连猪狗都不如，我就是看到了这样的现实，才加入共产党抗日的，我不想平平庸庸在这样的环境里活下去，你明白吗？"严敏摇晃着严景和的胳膊，直到将他摇醒过来。

严景和甩开严敏的手骂道："你个小兔崽子，老子在这里有吃有喝，抗什么日，那些个抗日的都快死完球了，你想让你爹也早点儿死是吗？我只不过想安生度个晚年，你就成心给老子添堵是吗？"

严敏向后退了几步看着严景和说："我已经知道了你出卖庄子的事情，顺子也被你害死了，你这么给日本人卖命，那我也就不再认你这个爹！"

"你说什么？你再给老子说一遍！"严景和用手指着严敏，却发现手抖得厉害。

"如果你还为日本人卖命，那你就没我这个女儿，我也没你这个爹。"说着，严敏转身就走。严景和高喝一声，郑三冲进了院子，拦住了严敏。

严敏转过身说："这是要怎样？抓我去给日本人邀功吗？"

"小兔崽子，老子就是要抓你去邀功，你如此大逆不道，我严景和从此没有你这样的女儿！"

严敏冷笑一声说："那就一枪打死我吧，我绝不会被日本人俘虏的。"

严景和这就去掏枪，郑三连忙给严敏使了个眼色，向严景和冲过去，抱住了他的手说："老爷子，别动气，掏枪这事可万万使不得，小心走火。"争执中，严敏头也不回甩袖而去。

"老爷子，行了行了，敏丫头已经走了。"郑三将严景和手里的枪夺了过来放回了枪套里。

"哎，我怎么就生了个这么叛逆的孽种！"严景和坐在台阶上，满脸的沮丧。

"老爷子，其实敏丫头已经长大了，她选择的路我们也没办法管了，只是如今她跟了共产党，朝不保夕的，这后面的日子恐怕不好过啊。"

"不好过也是她自找的，关我什么事，再说了，老子现在也快朝不保夕了，如果再不抓几个共产党，老子的命也不保了！"

郑三眼珠子转了转说："敏丫头咱是绝不能抓的，可是跟她接头的八路咱们就可以抓啊。"

严景和瞪着眼睛慢慢抬起头，若有所思地拍着大腿说："你这句提醒了我，小敏进城主要的事情并不是找我，那她自然是干共产党的差事，我跟了她一路，她也没去什么地方，就去了个光明茶馆……光明茶馆……"严景和慢慢笑了起来。

严敏带回了消炎药，周长川的病情也随之慢慢转好，两周后便可以在院子里走动了，潘云每天都扶着他活动，常常被鲁大志他们开玩笑，只落得脸红羞涩，而周长川心里明白，有些事必须尽早说清楚才好。

这一天，两人在院子外面的树林里散步，周长川扭头看了看潘云，有些愧疚地说："小潘啊，你现在学医学得差不多了吧？"等了一会儿，周长川看潘云没吱声，知道她有些难为情，于是入正题继续说："其实你对我的好我是知道的，只是这次死里逃生的经历也让我明白了，我这样的人没办法承受任何情感，我的心里充满了愤恨，即便是睡着了，我也会看见那些死去的战友还有亲人，我没办法腾出思想来考虑自己的事情，另外呢，我只是个游击队队长，就算说到婚嫁，我职位也不够啊。"

潘云一仰头，周长川这才发现她的脸上满是泪水，她执拗地说："你以为我是十岁那年的小丫头吗？你分明就像在哄小孩子。"

周长川顿时语塞，有些哭笑不得，他无奈地叹了口气，说："其实，有人关心也是幸福的，不过将时间浪费在我身上真的不值当，我是一个随时可能战死沙场的战士，你明白我的意思吗？"

潘云低着头，默默地点了点头，小声说："我其实一直都盼着赶紧打完仗，然后在村里住下来，好好的过日子。我也知道，其实你是喜欢严姐姐的……"

周长川说："你的日子还很长，我希望你过得幸福，而不用像我们这样，身负家仇国恨，会活得很累。有时候想想，如果能像林一雄和赵婉那样在一起，即便是死了，也会感到幸福。"

潘云抬起头说："你说那个国民党军官的故事？我听说了，我也羡慕他们俩呢，你们刚来到独立团没几天，林一雄就嚷着要去县城救赵婉姑娘，张木林不同意，两人还吵了一架，后来那林一雄说了句老子是国军不用你管，就一个人走了。"

周长川心里一惊，安抚了潘云，连忙赶去部队驻扎地，他见到了高小虎，立定敬礼后说："高连长，一直没机会感谢你的救命之恩，现在特意来谢谢你。"

此时高小虎正在看一张地图，见周长川进来，也没客套，连忙把他叫到身边问："周队长啊，我知道你进过定县县城，所以你应该熟悉里面的情况，你来看看，县城现在驻扎了坂本联队的一个大队，大约一千五百人，旁边的河间县城也有一个大队，我刚听说，他们的第三支大队之前被调到华北战场对付国民党正面军队，前不久从华北战场撤了出来，目前正赶回定县，如果两个大队驻扎在定县，你觉得哪里会是重兵之地？"

周长川心里又是一惊，连忙看了看地图，抬起头说："他们的驻扎地应该就在西南角这里，不过，我有个队员刚进了城，可能有危险，我必须进城去接应一下。"

高小虎抬起头说："进城？你现在进去岂不是自投罗网，坂本的第三支大队一旦进了城，那可就是遍地都是鬼子，你怎么能逃出来。"

周长川说："我会随机应变，但是那个队员的安危我一定要管。"

高小虎无奈地点了点头说："我已经上报团长，把你们游击队这些人合并到我的侦察连，我任命你为侦察连三排排长，你这次的行动我可以让你去，不过你回来了就要服从命令当好你的排长。"

周长川点了点头，敬了军礼刚要转身，高小虎说："对了，我跟团长举荐了你，他想跟你好好谈谈，你跟我先去团部走一趟吧。"

第四十一章 再探虎穴

二人来到团部，在门外被警卫员带了进去，李啸元团长正在跟副团长、政委还有几个营长商量作战方案，见高小虎进来连忙说："小高，我正要找人叫你呢，这次坂本联队的扫荡可能要提前来了，你们也要提前做好准备啊。"

高小虎敬过军礼说："放心吧团长，保证完成任务，这位就是我举荐担任侦察连三排排长的人选周长川同志。"

李啸元抬头看了看周长川，停顿了许久说："小周啊，来，先坐下，当年是我急火攻心，对你的态度也不好，希望你不要介意，我知道你一直组织游击队继续抗日，效果显著，我也是真诚希望你能回到团里，继续跟着我打鬼子，你说好吗？"

周长川敬了个礼说："师傅的死我有不可推卸的责任，但是现在我明白了，师傅用生命换回我，并不是让我碌碌无为，而是更好地发挥我的长处，更好地打鬼子，团长，我一定完成任务。"

李啸元点了点头，示意让身边的副团长讲话。

旁边的副团长说:"周同志以后就归小高领导了,咱们一起继续打鬼子,为死去的兄弟报仇,我是副团长曹剑,这位是我们的政委刘矛逊,还有这几位营长你们也都相互认识一下,以后好合作。"

周长川点了点头,敬过军礼寒暄了几句便随高小虎出了指挥部。

"高连长,我的人都在哪里?我去交代一下事情就进城去了。"

高小虎说:"他们就在西面侦察连的驻地,你师父当年的那杆枪也在那里,团长特别交代那把枪只属于你,还有,这次如果你想带上谁去就带吧,我最后给你一次自由行动的机会。"

周长川敬了军礼,转身朝西走去。

在指挥部西面的一个树林里,周长川见到了张木林一行人。最先看到周长川的是喜娃子,他猛地跳了起来喊道:"嘿,快看谁来了。"

紧接着是鲁大志跑了过来,一把将周长川拦腰抱起来说:"队长,我就知道你能好起来,你看我这胳膊好的也差不多了。"在他的身后,张木林跟其他战士都围了过来,大家都在庆幸最后这几个人能安全的活下来。

周长川也是感慨一番,说:"这次真是死里逃生,有道是大难不死,必有后福,咱们跟小日本这次算是较上劲了,他们没能把咱们弄死,咱们就要把他往死了整,你们说是不?"

众人齐声喊道"是",震得一旁的侦察连其他战士都停下来朝这边看。

周长川示意鲁大志把自己放下来,他看了看张木林,然后转过身走出了树林，找了块儿空地，转过身来，张木林已经站在了身后。

"老周，我知道你想问我啥，其实也怪我说话有点儿冲，但是林一雄也太不是玩意儿了，总把自己是国军挂在嘴边，觉得咱们好像都管他不着似的，我看到就有气。"

周长川叹了口气说："你也知道，林一雄他的确是国民党那边的，说得没错，咱们也的确没有权利管人家，但是，咱们是战友。"说到这句话时周长川停顿了一下，拍了拍张木林的肩头继续说："咱们一起出生入死这么久了，难道还没感情吗？如果有一天，你听到林一雄牺牲了，你会有什么样的感觉？"

张木林低着头没说话，周长川继续说："说白了，咱们几个人哪个不是提着脑袋过日子，指不定明天就看不见谁了，你有时间跟人呕气，还不如好好珍惜身边的战友，他们都是咱们的好兄弟。再说，林一雄他是救人心切，他最心爱的人还在鬼子手里，他的心情我能理解，所以不管他说什么伤人的话，那都是为了能尽快赶去救赵婉，这次他一个人进县城很危险，所以我决定进去接应他，无论如何也要把他救出来。"

张木林一愣，抬起头说："那岂不是羊入虎口，太危险了。"

周长川说："林一雄和赵婉虽然是国民党，但是他们帮了咱，咱就要十倍奉还给他们。"

张木林迟疑了一下说："既然你决定了，那就带上我一起去吧。"

周长川说："我的意思也是你我一起去，有个照应，另外游击队现在收编在侦察连里，我也放心了，就让他们先在团里扎根下来。"

张木林点了点头说:"这次进县城就没有上次那么简单了,真的要净身进去,没枪在身边不自在啊。"

周长川笑道:"怎么跟炕头上的爷儿们一样,舍不得离开媳妇了。"

张木林也笑道:"谁认怂谁就是王八,老子用牙也把鬼子啃死。"两人谈笑着没入了树林里。

在定县坂本联队的指挥部里,坂本吉太郎正慢慢地擦拭着墙边的武士刀,在会议桌的旁边,小野吉川狼狈地站在那里低着头不敢言语,恐惧的心情使他的手不停地打颤。

坂本慢条斯理地问道:"小野君,我听芥川君回来说,你已经控制了全局,只让我安静地等你带着游击队的人头回来,可是,我好像看到小野君是空着手回来的,而且是带了三四个士兵逃回来的。"说到最后这句时,坂本的声音变成了咆哮,回声震得指挥部嗡嗡作响。

小野君低着头说:"联队长阁下,我知道错了,本来我还调派了一支皇协军协助的,树林里的支那士兵是不可能逃脱的,可是……就在他们准备突围的时候,从侧面突然杀出一支支那军队,足有近百人,皇协军即刻就被打散,只有我带着十余名将士进行抵抗,最后实在撑不住……"

没等小野吉川说完,坂本已经将刀鞘扔到了他的身边,同时咆哮起来:"你实在是太愚蠢了,你不仅丢失了作为军人的尊严,同时你也让天皇的脸面蒙羞,我交给你的是最精锐的警卫队,而你,竟然只带回来了三人,你知道他们的父母姐妹都在家里等着他们吗?而你,竟然让他们的尸首暴晒在支那的土地上,你这个混蛋真的很应该自裁不是吗?"说完,坂本的武士刀一下劈在了案几上，刀口深深地陷入了桌面。

小野吉川一哆嗦，连忙跪在地上说："联队长阁下，念在我跟随你这几年的功劳上，请你饶恕我这一次吧。我家里还有妻子和女儿在等着我回去。"

坂本慢慢地向门外走去，就要出门口的时候，他站住了，转过身说："小野君，我会给你的家人说，你是在与敌人的战斗中英勇牺牲的。"说完，便大踏步地走出了房门。留下小野吉川一个人呆呆地坐在地上发出令人心寒的哀号声。

在指挥部的门外，芥川宇心神安定地站在那里，看到坂本出来，连忙站立敬礼，坂本摆了摆手说："芥川君，小野君已经得到了他失职的应有下场，今后我就主要依靠你了，希望你能不辱使命。"

芥川宇嘴角露出一丝诡笑说："大佐阁下，请你放心，我一定不会让你失望的。"

坂本继续说："福冈少佐和他的大队片刻间就会到达，届时我会命令小川雪松带领他的大队与福冈大队，还有山本大队一起从三个角度清剿八路军残余部队，我将会在县城坐镇指挥整个战局，到时芥川君可以留在我的身边担任警卫队长。"

芥川宇低下头说："我本不该反驳大佐阁下的命令，但是我认为，最好的保护并不是跟随在您的身边，而是在您的周围成为一个狙击点。"

坂本眉头一皱说："芥川君是想在远处瞄准我不成？"

芥川宇点了点头说："大佐阁下只说对了一半，我只是在用支那游击队的思维来指挥我的行动，如果他们想狙击大佐阁下，那么他们会存在的地方，我会比他们先一步存在，这样的保护，才是从根本上保卫大佐阁下的安全。"

　　坂本紧皱的眉头渐渐松弛开来，笑着点了点头说："看来芥川君果然是对狙击术有很深的见地，那么我的警卫工作就拜托芥川君了。"说完，坂本一转身离开了指挥部，在指挥部的房内，传来了小野吉川痛苦的惨叫声。

第四十二章 只身犯险

在坂本联队指挥部的西面客房里，赵婉正在梳理窗台上的盆花，这是坂本派人在城外山上采摘回来的，按照坂本的原话，鲜花配美人，赵婉心里却只是无奈，如果自己是个日本女人，也许面对一个大佐的殷勤会产生一种必然的爱慕之情吧，但是坂本千算万算却算错了一点，赵婉是中国人，而且是一个爱国的中国人，这样的中国人永远都会心存抵抗，一心要把侵略者赶出家园，用自己的鲜血来换取祖国的和平。

这时，坂本的身影出现在了窗前，明媚的阳光瞬间被坂本挡住了一大半，赵婉厌恶地抬起头，坂本似乎看出了自己的冒失，立刻闪开了，从房门走了进来。

"惠子小姐今天很有雅兴嘛，这些花好看吗？喜欢的话，我每天都为你采来。"坂本的眼神里透出几分爱慕。

赵婉说："如果说这些花都是有生命的话，那么你正在剥夺它们生存的权利，这样不是很残忍吗？"

坂本一时间并没有体会出这句话中的影射用意，继续说："是啊，惠子小姐有着如此怜悯的爱心令在下很惭愧啊，不过，如果能博得惠子小姐一笑，这些花也算是死得其所。"

赵婉眉头皱起来不客气地说："也许剥夺这些花的生命并不是大佐阁下所在意的，那么，在剥夺人的生命时大佐阁下就没有一丝怜悯之心吗？"

坂本微微一皱眉，继而笑道："惠子小姐说的是支那人吗？也许惠子小姐有什么误会吧，支那人是愚蠢而不开化的，天皇陛下让我们来到这片土地就是要带给这个愚蠢的民族先进的文化和先进的科技，让两个国家成为一个共荣的合体，难道这有什么错处吗？至于战争，那并不是我们想要的，只是支那人要来反抗，他们不理解，我们这是自卫罢了，我不是也差点儿死在了游击队的枪下，所以，我必须要消灭他们，只有消灭了他们，才能带给支那人新的文明……"坂本还没说完，赵婉已经转过了身子走向书桌边，她在掩饰自己的愤恨，如果现在有一把枪，她会毫不犹豫地将坂本击毙，但是此时她想起了一雄。

赵婉平静了一下心情，转过身问："坂本君，上次袭击你的游击队现在情况如何呢？"

坂本脸色有些阴沉地说："惠子小姐似乎总是对那些支那人很感兴趣，我想他们现在应该还有残余在活动，不过华北方面军司令官阁下之前已经下达了命令，我们将会对周边县区进行一次大范围的清剿，无论如何，他们也不可能逃过这次清剿。"

赵婉心里一惊，她在团部的时候听说过日军的清剿，所过之处几乎寸草不生，而坂本嘴里所说的残余，赵婉不知到否还包括着一雄，如果一雄已经牺牲，赵婉很可能会不顾一切想办法击杀坂本，但是，现在存在着太多的不确定性。

　　赵婉心里叹了口气说："坂本君，陪我在县城走一圈吧，我已经很久没出去了。"

　　在定县县城的光明茶馆外，林一雄正蹲在那里卖枣，他已经等了两天，但是一直也没见到赵婉出来，光明茶馆被日本人查封了，张老板听说也被抓走了，这件事让林一雄感到很头疼，而更让他头疼的是，他完全不确定赵婉的境况，他几次想冲进指挥部，却总会想起周长川的话，如果赵婉没事，自己这么一冲，肯定会得到一个最坏的结果。但是就这么等下去，他又实在不甘心。

　　正这时，林一雄隐约听见了一队马蹄声，正缓缓地从指挥部方向朝这边走来，他压低了帽檐，抬起眼看去，一支马队慢慢映入眼帘，走在最前面的两匹马，上面正坐着坂本吉太郎和赵婉，林一雄猛地站起身，却又缓缓蹲下，他想克制自己的情绪，但此时他的心中如同千面小鼓打得激烈，他每天都想见到赵婉，可是真的见到了，他却突然之间有些不知所措，完全想不出来该如何营救赵婉，在坂本的身后，跟随着一支步兵小队，随时注意着街上的行人。

　　林一雄低着头左思右想，急得汗水从额头上往下流，马队已经到了近前，他猛地抬头看去，赵婉也正看着他，明媚的阳光洒在赵婉的脸上，那动人的面容依然如同初次相识那样，坚毅中透着几分娇羞，林一雄突然间忘却了一切，冲着赵婉笑起来。

　　赵婉一脸的神往，却猛然间想起了身边的坂本，在她心里，只要知道一雄还活着，那就是最大的幸福了，她将头转向了一边，跟着马队就要离开。林一雄血往上涌，径直走到马前，一把抓住了赵婉的手，赵婉转过身微张着嘴看着林一雄，想努力抽出手并示意他不要轻举妄动，然而已经晚了，坂本的卫队已经举着枪瞄向了林一雄。

赵婉猛地抽出手用日语说："都不要开枪，这人肯定是傻子，没事的。"她转过头看着坂本，却发现后者面带杀气，冷眼看着这一切。

赵婉转过头冲林一雄使了个眼色，但是看到的，是林一雄无所畏惧的眼神，赵婉突然之间理解了林一雄，在他的心里，生死考验经历了太多次，如果不能把握住自己最爱的人，也许下一次就再也见不到了。

林一雄还想伸手去抓赵婉的手，被旁边的日本兵用枪托砸倒在地上，另外两名日本兵看了看坂本，坂本冷冷地点了点头，两名士兵架起林一雄就向一旁的巷子走去，林一雄一句话也没说，嘴角渗出血来，他朝赵婉笑了笑，这笑容显得凄惨而悲壮。

赵婉猛地回过头喊道："坂本君，快让你的士兵住手，你不能滥杀无辜，你……"她看到的只是坂本冷酷无情的面容，她急忙又转过身去看林一雄，此时他已经被拖进了巷子，紧接着就是两声枪响，街上的行人都被吓得趴在了地上，赵婉的眼泪瞬间流了下来，她慢慢拉起缰绳，决心以死相随。正这时，从巷子里爬出一名日本兵，浑身是血，微弱地喊道："八路，有……八路。"话没说完就断了气。

坂本的脸色顿时变得发青，赵婉心里又惊又喜，却被一个日本兵一把抢过缰绳拉着马同坂本一起向指挥部逃去，赵婉在马上不时地回头张望，留下的数十名日本兵举着枪正向巷子里冲去。

救下林一雄的正是周长川和张木林。二人提着两筐干枣混到县城，没有去茶馆，先去西南角侦察了敌人的驻军营地，那里很可能就是马上要回来的一个大队驻扎的地方，如果联队要进行围剿的话，会有两支大队从定县出发，届时指挥部会是一个很空虚的地方，周长川在心里慢慢盘算出一个计划。

当他们考察完地形后，便朝茶馆走去，就在茶馆的侧面巷子里，二人一边商量一边拐出巷子，周长川眼尖，刚露头就急忙退了回来并一把抓住了张木林，张木林看了看周长川那谨慎的脸色，慢慢探出头看去，正看到坂本和赵婉的马队停在茶馆的门口，而就在赵婉的身边，赫然站着林一雄。

张木林一闪身回到巷子小声说："这下糟了，一雄那毛糙脾气可能要坏事，怎么办？"

周长川说："咱们进来没带枪，但也不能不救他。"说着，周长川从枣筐下面抽出一把匕首握在手里。

张木林一晃脑袋说："老周，你就打算用这玩意跟鬼子干？虽然我也不是怕死的主儿，但你这……这不明摆着送死吗？"

周长川叹了口气说："看情况再说，能救的话拼死也要试试看。"

这时，林一雄已经被日本兵押着向这条巷子走来，周长川一看立刻给张木林一个眼色，两个人连忙躲在一旁的草垛里，日本兵架着林一雄进了巷子，把人往地上一扔就要开枪，周长川和张木林突然扑了上去，日本兵的两枪都打了空响，周长川的匕首从后背扎进一个日本兵的心窝，拔出来又扑向另一个，张木林正抱着敌人在地上打滚，周长川扑上去在日本兵脖颈上割了一刀，鲜血喷了张木林一身，两人站起身拍了拍土一回头，发现第一个被扎的日本兵已经爬到了巷子口正向外喊着什么，两人连忙扶起地上的林一雄就跑，身后已经响起了士兵杂乱的脚步声。

张木林一边跑一边冲周长川骂："你个挨球的，扎人都扎不死，一看就不是当猎人的料，竟然还能让猎物跑出去嚎一嗓子。"

周长川喘着气说："我扎的心脏，狗日的心脏没长左边你让我咋办。"

中间的林一雄哼了一声说："你俩就别争了，马上都要交待在这里了，还吵个什么劲儿。"

三人一路围着巷子跑，突然张木林看到一个宅院偏门是虚掩的，慌不择路地就冲了进去，三人刚把门关上，就听见外面杂乱的脚步声跑到跟前，又径直向另一边跑去。

三人长长舒了口气。这才打量起这家院子，墙高有一丈，四周墙上还有雕刻的狮子图案，正面房子后门上面也雕刻着镂花，一看就不像普通人家的院墙，倒有点像地主家的风格。

周长川嘟囔了一句："这院子怎么看着很眼熟。"话音刚落，院子后面冒出五六个黑衣人来，人手一把驳壳枪，黑洞洞的枪口指着三人，在这群人的后面，走出来一个上了年纪的老头，干瘦的体形仿佛刮个风也能刮倒，脸上很多皱纹，戴着一顶地主帽，最为显眼的，这人戴着一个黑色的墨镜，让人完全看不到他在想什么。

周长川和张木林愣了一下，异口同声地说："眼镜和？！"

第四十三章 误打误撞

戴着墨镜的这个人正是九里庄的地主严景和。周长川稍微愣了一下立刻怒气上涌，站起身就要冲过去，被几个黑衣大汉用枪顶着头推了回来。

严景和慢条斯理地拄着拐棍走到三人近前说："你们两个死娃儿竟然能活到现在，看起来还挺精神，不错啊。"

周长川吐了一口吐沫星子说："你个眼镜和，狗汉奸，你杀那么多乡亲，我跟你不共戴天。"

严景和向后退了一步说："你个死娃儿，你只看到了表面，却不知道详情，就在这里瞎咧咧啥。"

张木林在一旁骂道："你少抵赖，顺子也是你杀的。"

严景和把墨镜向鼻梁上推了推说："你们要把屎盆子都扣我头上，我也没办法，但是我也只是为了活命，大家都不容易。"

张木林鼻子一酸吼道："全村人都死了，都是被狗日的鬼子害死了，顺子全家都被鬼子用刺刀捅死，你们这些狗汉奸，还在给鬼子当狗腿子。"说着就想冲过去打严景和，被黑衣人一脚踹了回来，坐在了地上。

严景和站在那里好半天也没说话，然后摇了摇头，跟身边的郑三说："三儿，你把这些个零碎绑好了关到东面的牢房里，给他们整点吃的别饿死。"说完就转过身拄着拐棍慢慢向堂内走去。

在大堂的正门上面悬着一块牌子，写着"定县治安维持会"几个大字，林一雄被拖着经过的时候看得真切，他一闭眼，知道这次恐怕凶多吉少。

在房子里，张木林往地上啐了一口说："再让我看到他，就算用牙咬，也要让他陪我一起死。"

林一雄在一旁不言语，他在想赵婉的境况，不知道自己的鲁莽会给赵婉带来什么影响，如果坂本看出破绽，那么赵婉的生命随时可能有危险，他皱起眉，深深陷入苦恼中。

大约到晚上的时候，房门突然被打开了，严景和慢慢地走进来，他支开了身边的人，蹲下身打量着周长川三人，然后一屁股坐在了地上说："哎，我已经是一把老骨头了，本来还想着鬼子走了还能回村里继续当我的地主。"说着，他有些自嘲地呵呵笑起来，然后接着说："你们还别说，跟村里那些老家伙每天待在一起也挺好，至少我觉得我还是个地主，你们见了我还都害怕不是吗？"

周长川狠狠地啐了地上一口也不言语，严景和全当没看见，接着说："你说我喜欢当汉奸？其实我一点也不喜欢，谁喜欢给人当狗呢，我每天要弯着腰给日本人点烟，我自己也看不起自己，可是我能咋样，我只是个地主，如果我是个佃户，可能早就被日本人毙了，他们觉得我有声望，我有吗？看你俩这凶巴巴的模样就知道我没有了，哎。"

周长川骂道："你个走狗别在这里装可怜了，要杀要剐随便，给个痛快的，老子也好跟亲人团聚。"

严景和突然低下头说："我真没想到鬼子会把全村人都杀了，我也是人，谁还能没感情呢，鬼子说让我找出八路军的家属，给了我一张名单让我挑，不然就都要杀了，我当时手都抖成筛子了，我挑来挑去，川子啊，你父亲早死了两年，你又跑了，只好跟鬼子说，除了这些家有男丁的，其他的有没有参加抗日队伍我就不知道了。谁晓得他们下狠手，我……"严景和抬起墨镜用手抹了把眼泪说："知道庄子的人都被杀了我也不好受啊。"

周长川的心如同刀割一般，他悲愤地说："亲人的仇一定要让鬼子双倍奉还，但是你，也不要妄想靠着三寸舌头把自己的问题推得一干二净，你我的仇，老子只要还有这口气在，就跟你没完。"

严景和叹了口气说："你就是个混小子，别给老子耍横，要不是我才知道我家敏儿也跑去当了八路军，你们可能也没空听我叨叨了。"

张木林说："眼镜和，你个狗汉奸，少在这里污了八路军的名声。你女儿比你好太多了。"

严景和眉头上挑怒道："老子也算是爷儿们，你们八路在我眼里还算不上个数，当年娃他妈疯疯癫癫把自己烧死了，我一个男人带着女儿不容易，想着送去北平学点东西将来去国外避避这乱七八糟的战事，谁知这死丫头学了医，还参加了共产党，老子到哪儿说理去？"

严景和苦笑了一下，继续说："老子还在这里当维持会二会长呢，女儿却在八路军那里打日本人，你们现在说我是八路军家属也能说得通不是？你说这岂不是天大的笑话。"

林一雄说："我跟你女儿见过几面，她对抗战的信念是很坚定的，真没想到她会有这样的爹，你难道就不觉得羞愧吗？"

严景和脸色一沉说："羞愧？我有什么可羞愧的，我当这个维持会的会长虽然是在给日本人当狗腿，可我也救了不少人，当然，他们也许并不知道是谁救的他们，但是我问心无愧，如果我不来当这维持会会长，让别人当，也许会死更多的人，你们几个蠢娃子又怎么能理解。"

林一雄愣了一下，看了看周长川小声说："他的这个理论似乎跟你的还挺像。"

周长川瞪了他一眼转过身说："光明茶馆的张老板是不是被你抓的？你把他怎么了？"

严景和咯咯地笑起来，那笑声仿佛嗓子噎了口痰："你们这几个小娃子，从来都不可能是我的对手，我那闺女来县城独独就去了那家茶馆，还不就是手到擒来。"

三人心里一惊，张木林脱口而出："你女儿难道是奸细？"

严景和啐了张木林一口说："你个黑娃子，说我是汉奸我认，但是别诬陷我女子，那丫头虽然是我女儿，但是她绝对是个有骨血的中国人，她要是奸细，独立团还能活到现在？早在之前就被消灭了。"

周长川紧皱着眉头，他不知道严敏是否泄漏了独立团的驻地，如果被鬼子知道绝不可能善罢甘休，但是他们赶来的时候鬼子并没有行动的迹象。

严景和慢慢地说："老子实话告诉你，听说鬼子是在等华北战区的一个大队回来，然后跟现有的这个大队共同出击围剿独立团，然后另外两支大队会分头在稍后时间内一同出发围剿境内的抗日势力。"

周长川三人不约而同的都不再言语，他们清楚，如果不能及时赶回去通知团部，可能就真的要被围剿了，但是自己又被困在县城里，要想逃出去，似乎真的要依靠眼前这个不太可靠的眼镜和了。

周长川叹了口气，平静了一下心情，说："严主家，我希望你能看在民族大义上，帮我们逃出去，让团部能有个准备，不致于被鬼子消灭。"

严景和笑了，说："民族大义？在我这里，民族大义又能值点儿什么呢？值点儿草纸？还是能换点儿银圆呢？"

周长川提高了声音说："那就为了家，为了你的家和那七八百中国人的家，他们的家已经被鬼子毁了，但只要他们人还在，将来就还能建立七八百个家，你的女儿只要还在，那你也就还有家人，你的家也就没散。"

严景和抬起头看了看周长川说："这句话倒是比较受用，我年纪大了，就这么一个女儿，如果她也没了，我岂不是要孤苦一辈子。不过你们要再等两天了，现在外面全城都在搜你们，这时候就算是个苍蝇也别想飞出去。"

周长川说："一定要赶在鬼子出发前。严主家，鬼子的弹药库不知道你是否能接近呢？如果在他们大部队围剿的时候能把弹药库炸了，那么我们的转移就一定能成功了。"

严景和笑了，那笑声有些凄厉："你个娃儿，心都被狗吃了，老子是为了救女儿才给你们一条活路，你得寸进尺还让我去炸日本人的弹药，那是那么容易炸的吗？老子还没炸呢，子弹就先镶进了脑袋里，你说我犯得着吗？"

　　林一雄在一旁提高了声音说："难道你就不能为更多的老百姓想想吗？如果任由鬼子这么扫荡，还会有更多的村子会像九里庄那样被无辜屠杀，他们都是一个个完整的家，但是因为鬼子的扫荡变得不再完整了，我是亲眼见过九里庄被屠杀后的场景，那可都是我们的同胞啊。"

　　严景和的笑容僵持了一阵，从地上站起身拍了拍手说："你几个小子少给我灌米汤，老子不上当，不能为了你们把我的老命也搭上。"

　　林一雄还想说什么，被周长川阻止了，周长川说："严主家，我之所以还叫你一声严主家，是因为你当地主的时候村里没有饿死过人，我打心里并不是很憎恨你，只是，我们现在干的事情跟你的女儿是一样的，我们的目标也都是一样的，如果你觉得我们这是在浪费你的时间，那么你也不用帮我们，说大点儿，鬼子的枪弹都会打在每一个中国人身上，往小了说，鬼子的枪炮迟早都得打到我们还有你女儿身上。难道你就忍心吗？"

　　严景和慢慢地站起身，仿佛什么都没听见，转过身向门外走去，临出门时说："等风声不紧了你们就赶紧滚蛋，老子不伺候你们。"

　　等严景和关上房门走远了，林一雄叹了口气说："就算能逃出去又能怎样，也不知道赵婉现在什么情况，都怪我冒失，不知会不会暴露她的身份。"

　　周长川抬起头说："我之前想到了一个方法，也许能找到机会救出赵婉。"

　　林一雄眼睛一亮，连忙问："什么方法，无论什么方法，就算搭上我这条命也无所畏惧。"

周长川说："倒是不需要搭上你的命，但是需要赵婉的勇气和智慧。"

当林一雄听完计划的时候，深深地陷入了沉思，许久后他说："这个方法似乎可行，但是这其中一环套一环，有一个地方出错可能就全完了，还有更可靠的方法吗？"

周长川叹了口气说："现在我们只能冒险了，如果这次能利用鬼子的围剿来打一个时间差，会有很大的希望成功。"

张木林突然问道："可是，如果眼镜和告密怎么办？"

周长川摇了摇头说："虽然他不会帮我们炸弹药库，可是目前看来他也不会落井下石，我了解他，他还是很心疼他女儿的。"

林一雄点了点头说："那么就按照这个计划来，我们不管谁活到最后，都要按照这个计划实行，把赵婉救出来，我在这里先谢过了。"

张木林说："你放心，不过我在考虑一个问题。"林一雄和周长川都向他看去，张木林继续说："团部会不会让咱们冒这个险。"

第四十四章 众矢之的

两天后，城里的风声退了下去，严景和找来三套黑衣衫给三人，又跟身边的郑三交代了两句，回过头说："你们三个赶紧滚蛋，老子不想再见到你们，可有一样，我今天救了你们，你们回去好好待我那闺女，跟她说，老子这里随时等着她回来，干八路有什么好的。"

周长川点了点头说："严敏同志是我们的战友，我们一定会照顾好她，不过，也麻烦您最后帮我们一个忙，将这个纸条交给指挥部里的赵婉小姐，她现在的身份是一个叫惠子的日本女人，这件事对我们来说很重要，这也关乎到严敏的安全，希望你能做到。"

严景和推了推眼镜说："你们这些土八路，渗透得还挺深啊，那你不找她帮你炸了弹药库跑来找我干嘛？"

林一雄说："赵婉是女人，而你是中国爷儿们，这个理由够充分吗？"

严景和笑了，说："这理由好听，爷儿们，好听，这信嘛我指定送到，可是别指望我去帮你们炸什么弹药库。"

林一雄紧紧盯着严景和说："有一种精神叫作牺牲，老爷子，你跟你女儿还差得很远。"

说完，三个人跟着郑三走出了大院，留下严景和一个人在那里沉思起来。

在县城外四五里的地方，郑三一抱拳说："各位，我就送到这里了，我很敬佩你们这些打鬼子的，可惜严老爷子救过我的命，我只能跟着他，山高水长流，后会有期。"

周长川回了个礼说："郑三，其实你们家老爷子并不算是十恶不赦的坏人，我们能看得出来，跟着日本人最终是不会有好结果的，所以你有机会就劝劝老爷子吧，我们就先走了。"

三个人的身影渐渐消失在了丛林中，向梅子岭赶去。

当三人到达梅子岭的时候，团部的领导正在商议反围剿的政策，副团长曹剑说："如果敌人三个大队一起扫荡过来，加上伪军的力量，我们几乎没可能突围，这梅子岭虽然隐蔽不容易暴露，但是也难逃地毯式的搜索，所以我们应该先撤离，将来再视局势而定。"

政委刘矛逊沉思了一会儿说："只要敌人的目的性不明确，我们就可以打他个措手不及，何况咱们这梅子岭只有两条狭窄的进出口，一夫当关万夫莫开，如果咱们以一个团的实力驻守在这里，敌人要想进来，可能要耗掉一个大队的力量才行啊，这个机会难道就白白丧失吗？"

各营营长也纷纷响应："是啊，咱们都没怕死的，打他狗日的，就算打到最后一个人也绝不让鬼子占半点儿便宜。"

这时，周长川和张木林在门外喊了声报告，走了进来，团长李啸元见到周长川，连忙问："长川你回来了，我正担心你的安危，这次独自行动可真不应该，如果出了事我可就对不起你师傅了。"

周长川擦着汗说:"团长,鬼子的计划已经打听到了,定县的一个大队已经整装待发,等待华北战场的一个大队抵达定县后就会出发来扫荡梅子岭。"

李啸元一皱眉说:"敌人怎么会这么快知道我们的驻扎地,还有,你这消息如何得来的,可靠吗?"

周长川略微迟疑了一下,张木林搭话道:"应该是可靠的,消息是定县里面的治安维持会副会长严景和说的。"

李啸元面露不悦道:"那不是汉奸吗?你们怎么跟他打起交道了,再说了,这种人的话能信吗?你们还是太年轻啊。"

张木林说:"他就是我们村以前的地主,所以我们认识,他告诉我们也不过就是为了……"说到这里,旁边的周长川拉了拉他的衣角,他没再说下去。

李啸元急了:"你们两个兔崽子,这都什么时候了,你们还给我卖关子不成?"

张木林一低头说:"严景和是严敏同志的老爹,所以我们相信他的话……"

众人一听都震惊了,几个营长纷纷议论起来:"这卫生员严敏的父亲竟然是汉奸,这也太……""难道严敏也是鬼子派来的……""严敏上次刚找过光明茶馆张老板,随后日本人就上门抓人封店,这事……"

政委刘矛逊举起手示意安静,房间里顿时静了下来,他这才说:"关于严敏的政治问题我们稍后再讨论,但是这个消息的可靠性必须确认一下,到底是那个严景和良心发现透露给我们真实消息,还是严敏泄露了我团的秘密,现在要好好分析一下。"

李啸元坐下来说："严敏从北平上完学就加入了共产党，军区领导亲自派她来我们团，不该有问题的。"

副团长曹剑说："但是她也从来没提过她有个这样的父亲，这就是问题所在，难道她要刻意隐瞒？"

周长川看着众人说："各位领导，容我说一句，严敏同志没有提起她爹也许是因为不愿意认这个爹，听严景和说他们父女分开有两年了，一直都没见过。"

张木林接着说："不过严景和的确知道咱们的位置，而且……他也知道严敏在咱们团。"

李啸元一拍桌子说："这个问题关系到队伍的纯洁性，是个很严重的问题，敌人华北军区的大队一时间还不会到达，团部生产单位转移也需要几天时间，我们目前必须要处理掉我们的内部问题。如果连队伍都不纯了，就算跑到哪里，迟早也还是会被消灭。"

张木林看了看一旁眉头紧锁的周长川，这才知道自己的话闯祸了。

当潘云见到周长川的时候，心里一阵欢喜，只是她没有表现出来，因为跟周长川一起来医护站的，还有政委刘矛逊。

严敏正在给伤员换纱布，刘矛逊站在一旁一直等严敏忙完了，才说："严敏同志，麻烦你跟我出来一下，周长川你也来。"

严敏擦了擦头上的汗，一出门就说："政委啊，我正要跟你说一下呢，咱们的纱布也要完了，如果再有大的战事我们就真的救不过来了啊。"

刘矛逊点了点头说："好的，我知道了。"

严敏这才回过神，发觉两人的脸色都不好看，问道："怎

263

么都这脸色，难道被我说中了？真的要打一场大仗了？"

刘矛逊说道："是啊，真的可能是一场生死存亡的大仗，敌人已经知道我们的隐蔽地点，随时都可能打过来。"

严敏一惊，问道："敌人怎么会知道我们的驻地呢？"

刘矛逊没有回答，而是问道："严敏，听说你的父亲还健在？"

严敏脸色慢慢也变了，低下了头说："我是有个爹，可是我没脸提起他。"

"你爹就在定县，还当了治安维持会的会长。"看到严敏一脸的惊异，刘矛逊继续说："就是你爹告诉我们鬼子计划的，具体情况就让周长川同志给你说一下吧。"

周长川就把在定县的遭遇说了一遍，严敏紧咬着嘴唇说："真没想到他当汉奸还当上瘾了，实在是丢人。"

刘矛逊在一旁说："严敏同志，因为此事关系到队伍的纯洁性，所以团部决定，暂停你的医护队队长职务，接受审查，希望你不要闹情绪，要有大局观，等我们审查清楚了，自然会给你一个清白。"

严敏抬起头说："我已经不愿再认这个爹了，难道就因为血缘关系就要怀疑我吗？"

周长川在一旁拍了拍严敏的肩膀说："小敏啊，大家都不相信你会是内奸，这只是一个审查程序，你一定会清白的，我们都相信你。"

严敏的眼泪流了下来说："当年我娘烧死了，我爹把我送到北平上学，我就是想摆脱地主家闺女的帽子，所以从来也不想再提起这个爹，我早当他死掉了，这些年每当有人问起我爹是干啥的，我都没脸说……我……我宁愿他死了算了。"说完严敏捂着脸跑出了院子，刘矛逊叹了口气，给旁边的警卫员使了个眼色，警卫员急匆匆跟了出去。

周长川进了房间，潘云正在那等着，见只有周长川一人回来，问："严姐姐怎么没回来？"

周长川把事情说了一遍，潘云也急了："要说内奸，怎么也轮不到严姐姐啊，她救人就像在救自己的亲人，她每天就睡几个小时，夜里也要起来去看看病号，这样的人怎么可能是内奸呢，你们太不讲理了，我要去找团长说理。"

周长川一把抓住了往外走的潘云说："你先别急，这是团部的决定，你找谁也没用，严敏只要是清白的，终究会没事的。"

潘云坐在周长川的身边，气得小嘴也鼓了起来。周长川笑了笑，用手想把那嘴捏平，潘云一甩头躲开了，说："别老把我当孩子，我跟严姐姐住了这么久，她是什么样的人我还能不清楚，真是的，气死人了。"

周长川无奈地说："只要敌人的计划是跟严景和说的一样，那么她自然就能摆脱干系，还有可能会让她去策反他爹，岂不是更好。"

潘云皱着眉头想了想，说："她爹虽然打过我，但是她是个好人，如果严老地主肯走正路的话，我倒是可以不计前嫌，叫他一声严老叔。"

周长川一听就乐了，潘云一撇嘴问："你笑什么，我说错了吗？"

周长川说："以前咱们都叫他眼镜和，将来你再叫他严老叔估计能把他气死，你想啊，严老叔……严老鼠……是不是又多了个外号啊。"

　　潘云一听，也扑哧笑了，然后就抿起嘴说："不准笑，现在我们在讨论很严肃的事情呢。"

　　周长川又笑了，他并不是真的想笑，只是，在这残酷的年代，他甚至找不到能使自己高兴的事，他太压抑了，在这压抑的背后，似乎要发生一些无法阻止的事情，这随后而来的，将是一次更加危险的对决。

第四十五章 梅子岭遇袭

　　张木林自从严敏被单独隔离起来后就变得有些愧疚，他知道自己说的话带来了不好的结果，但是他也只是实话实说，所以这样的两难处境使得他有些无可奈何。

　　夜里，张木林无所适从地在营地走着，一抬眼，已经到了严敏所住的草房，张木林叹了口气，扭头往回走，正看到从外面回来的严敏，两人都站在了那里。

　　还是严敏先开口问："这么晚了，你来找我？"

　　张木林挠了挠头说："我觉得有点儿对不起你，所以来跟你说声对不住。"

　　严敏低下了头："你也只是说了句实话罢了，我爹他的确是汉奸，我知道，这是你们都无法接受的，其实，我也很难接受。"

　　张木林说："你爹其实人并不是很坏，我想也许真的是迫于形势吧……"

　　严敏说："也许吧，其实我们家以前也很穷的，后来我才知道爷爷是地主，因为跟我爹产生矛盾，把我爹赶出了家门，后来爷爷临终把家里的财产还是给了我爹，那时我娘得了疯病，把自己烧死了，我爹就回去接管了财产，然后成为了地主，一年前又将我送到北平学医，我就在那里加入了共产党，说实话，打内战我才不会去参与其中，无论帮了谁，最终还不都是在打自己的同胞，但是日本人就不同，如果我不去保卫自己的国家，我就算死了也不会安心。"

张木林一低头说："还是你懂得多些，我根本不知道这么多道理，鬼子烧了我们的家，杀我们的亲人，就凭这一点也一定要跟他们干到底，我就知道这理。"

严敏说："话说回来，我爹他真的不能算作坏人，至少当年还没成为地主的时候，他对人挺和善的，也许是后来我娘的死对他打击很大，他变得自私起来。"

张木林叹了口气没说话，严敏突然问："等抗战胜利了，你打算做什么？"

张木林被问得一愣，张着嘴好半天说："我啊，我可能就还继续打猎，经过了抗战，我的枪法更好了，肯定饿不死。然后，再娶个大胖媳妇，生个大胖儿子……"

严敏笑了起来说："你家养猪的吗？一定都要找胖子，这世道能吃饱饭的都没几个，你到哪儿去找胖媳妇啊。"

张木林也笑了："嘿嘿，我听我娘这么说就顺口了，那就瘦点的也行啊。"

严敏没理他，径直朝屋里走去，张木林忙问："怎么不聊了？"

严敏没有转身，回话道："我现在是戴罪之身，你我也不便长聊。"

张木林一挠头，咧着嘴不知说什么，刚想道别，却听着砰的一声房门关上了，他只得转身准备离开，突然发现身后有个黑影，吓得他猛地一跳，那黑影说："林子哥你跳个啥，俺是喜娃子，周队长，不对，是周排长让俺找你去开会，都找你半个钟点了。"

张木林急忙跟着喜娃子来到周长川的房间，里面已经坐了一圈人，分别是周长川、林一雄、鲁大志还有高小虎。

张木林跟喜娃子坐下，周长川先开口说："好了，人都到齐了，高连长，这就是我打算用的几个人，希望你能批准。"

高小虎看了看说："老周啊，你也是老革命了，你应该知道我没权利放你来搞这种违反纪律的任务，即便是团长来了，他也肯定是不会同意的。"

周长川说："是的，这我知道，所以我只能跟你说，如果这次我们的任务能够完成，对于敌人的围剿必定是一次沉重打击，会让我们团减少很多牺牲。"

高小虎微微一皱眉问："那，如果失败呢？"

周长川眼里闪过一丝悲戚："失败了，我们几个人牺牲，成为无名烈士。"

张木林一抬眼问："就是在城里说的那个计划吗？"

见周长川点了点头，张木林继续说："那个计划是有点儿冒险，但是我觉得用我们几条命去试一下还是很值得的，毕竟一旦成功就会给更多的战友带来有利的转移机会。"

鲁大志在一旁嚷道："刚才那计划我听着也可以，就算搭上咱几条命也没事，重要的是，咱能打得痛快。"

喜娃子跟张小鱼附和道："是啊，我们都愿意去，我们不怕死，高连长，你就让我们去吧。"

高小虎一皱眉："团长之前才跟我说过，要保住你们这支力量，将来会是很有用的侦察队伍，可你们，竟然当游击队还当上瘾了，这件事我实在没办法做主，要是你们牺牲了，团长非处分我不可。"

周长川叹了口气说："高连长，我们全村人都死在了鬼子手里，刘顺兄弟和他爹娘也死在鬼子的屠刀下，我们身上背负了太多的痛苦，如果不能为死去的乡亲们报仇，将来我们死了，也没脸见到他们啊。"

众人一低头，都充满了悲愤，高小虎也叹了口气说："虽然你们属于我侦察连的编制，我可以做主，可是你们私自制订作战计划还是违反军纪的，周长川，你必须跟我一起找团长说清楚，否则我是不能放你走的。"

鲁大志急了："高连长，你这不是等于告状吗？周排长去了那还能回来啊？那是这，你当没听见也没看见，俺们自己偷偷去你看行不？"

高小虎说："如果你们偷跑了那就等同逃兵，懂吗？"

众人都安静了下来，周长川慢慢站起身说："好吧，既然高连长不肯放行，我就跟你走吧。"

林一雄一直没吭声，但是眼睛瞪得很圆，他突然一拍桌子站起身来，抽出了驳壳枪指向了高小虎说："我们好心给你请示，你却要出卖我们？赵婉还困在定县，如果我们去不成，她必定要死，她死我也不活，你要是敢去告密，我的子弹可不认你。"

张木林急忙站起身说："一雄，你怎么还是死性不改，动不动就急眼，你把枪放下，都是自己人。"

高小虎怒道："林一雄，你要造反吗？"

林一雄恨恨地说："老子是国军，造的哪门子反啊？"

周长川回过身，一把抓住了枪管说："老张，你的脾气又来了，要想打死高连长，就先把我打死，我们找高连长是来商量的，不是来造反的。"

林一雄气得将手一甩，坐在了凳子上，周长川回过头说："高连长，大家都是打鬼子的队伍，希望你不要介意，我跟你走。"

两人刚要出门，外面突然之间传来炮弹急速坠落的声音，高小虎一惊，连忙喊道："鬼子的炮弹！快趴下！"

整个梅子岭大半个区域都覆盖在了敌人的炮火中，顿时火光冲天，四处都是炮弹溅起的泥土，整个梅子岭陷入混乱之中。

在梅子岭外围的一块平地上，小川雪松正举着望远镜看着远处的火光，在他的身后，排列开十余门九二式步兵炮，炮弹呼啸着射向了梅子岭入口。

这时前方负责侦察的士兵赶了回来报告："报告大尉阁下，前方梅子岭的确是八路军的驻地，借着炮火的光亮，能看到大批的八路军士兵以及茅草屋舍。"

小川雪松放下望远镜，向着身边的参谋说："高桥君，你说大佐怎么会知道这小山窝里藏着八路军呢，本来我因为他连夜命令我炮击此地而有些恼怒，如今看来，我这次真的得到了个立功的机会，我想我很快就可以升回少佐官职了。"

高桥点了点头说："大尉阁下说得是，支那人能把队伍藏在这深山里的确是很狡猾，不过联队长还有更精妙的后招儿，现在飞机轰炸加上我们的炮火，我想这次可以全歼这伙八路军了。"

小川雪松笑了起来，转过身冲后面喊道："帝国的勇士们，胜利正等着你们，给我狠狠地打。"喊完话他又转过身说道："高桥君，炮击三十分钟后，你命令入口处的两支步兵中队迅速进攻山岭入口，务必在天亮前攻下，明白吗？"

高桥立正敬了军礼离开了，炮弹继续向着梅子岭一发一发地打去。

高小虎推开房门，外面火光冲天，房屋和树木都着了火，炮弹还在不停地落下。

"他奶奶的，怎么说着话呢鬼子的鸟蛋就打来了，也太快了吧。"鲁大志看着屋外说。

周长川一皱眉说："不是说要过几天华北的大队才能调回来吗？"

高小虎喊道："这不是定县的部队。"

林一雄问："你怎么知道？"

高小虎说："我们早做过侦察，坂本联队的炮兵中队在河间县，有十几门九二式步兵炮，这种炮行动灵活，杀伤力很大。"

林一雄说："鬼子的一贯做法都是炮兵轰炸完步兵就会冲锋，我们没多少时间了。"

张木林说："高连长，马上护着队伍转移吧，你就让我们去吧，从西面的山上我们几个能爬过去。"

鲁大志也喊道："是啊，高连长，你就当没见过俺们，俺们现在就去掏鬼子老窝。"

高小虎刚要说话，外面跑来一个士兵，一身的血迹，高小虎一看，是团长的警卫班班长小孟，连忙把他扶起来问："你还不赶紧去保护团长突围，跑这里干吗？"

小孟哭着说："高连长，炮弹正打在团部，副团长跟政委在里面开会，全被炸死了。团长也受伤了。"

"什么！"高小虎的身子猛地晃了一下。小孟接着说："现在团长正指挥大家从南面的出口撤出去，让我来找你带着人赶紧撤，一营已经到北面入口去挡住鬼子了，敌人说话间就要到了。"

周长川在后面听得真切，一低头，硬是忍住了眼泪。

高小虎回过头，眼里满含着泪水说："周长川，我现在命令你，依照你的计划行事，我们都等着你的好消息，你们……"他环顾了每个人说："你们一定要活着回来，这是命令。"

周长川用力点了点头，回过身喊道："全体人员，跟我走。"一行六人离开了房子向西赶去。

第四十六章 逆流而上

　　刚出了房子没走多远，一颗炮弹落在了旁边一间房，火光瞬间就覆盖了整个茅草屋，张木林一惊，一把拉住了周长川喊道："老周，那里是严敏和潘云住的房子！"

　　周长川一瞪眼，喊道："一雄，你带着他们三个先从西面的山路出去，在外面汇合，我和张木林去救严敏和小潘，随后就到。"说完六人分作两队，分头行动。

　　周长川跟张木林跑到房子跟前，大火已经覆盖了整个房子，烧得面目全非了，周长川瞪圆了双眼想往里面冲，张木林一把抱住他喊道："老周别犯傻，咱们的计划还没完成，大局为重啊。"

　　周长川眼里噙满了泪花，却怎么也不愿离去，二人正在这里难过，突然身后传来呼唤声，二人一回头，顿时悲喜交加，两个人影跑了过来，正是严敏和潘云。

　　"你们怎么在这里，团长让赶紧撤离。"严敏喊道。

　　周长川缓了缓这才说："我们准备去定县执行任务，刚出来看到你们的房子被炸了，以为……"

潘云走到周长川跟前说："我们俩听见爆炸声就出来了，去了伤病员的房子帮助他们转移，现在准备回来收拾东西撤离呢，看样子也不用收拾了。"

周长川勉强笑了笑，严敏护着耳朵喊："你们去执行什么任务？危险吗？"

张木林脸色凝重起来，说："我们去狙杀定县那个叫坂本的联队长，他一死，敌人的战略就会停滞不前，这样就能救出更多的同志，我们……不一定能活着回来。"

潘云听完抬起头看着周长川，眼中现出泪花说："周大哥，你们真的要用命去拼吗？"

严敏也愣在那里，她看了看周长川和张木林说："你们这不是送死吗，就算刺杀成功了，县城里的鬼子也还有很多啊，你们怎么可能逃得掉。"

周长川说："我们有一个详尽的计划，也许能保全性命。"

"也许？"严敏默念了一遍说："也许我爹能帮咱们，你们带上我，我让我爹帮忙。"

周长川一皱眉说："这次任务很危险，你不能去，我们也不一定就要送命。况且……你爹那人并不是轻易能被说动的。"

严敏不依不饶说："不行，到了县城跟前那就是九死一生，我去说服我爹帮我们，如果不帮我们，我就死给他看，他就我这么一个女儿，我不信他不在乎我。"

周长川把身边的潘云推到了严敏身边说："都什么时候了，别胡闹，战场不适合女人，无论如何都要活着出去。"

潘云也哭了说："周大哥，你一定要活着回来，如果任务失败了，你们就赶紧跑啊。"

张木林叹了口气，想要去把严敏和小潘推走，但是看到严敏那悲愤的眼神，又停在了那里。这时，远处高小虎带了几个人跑了过来喊道："你们还在那磨叽什么，炮火停了，再不走就没机会了，一营只剩下不到百人了，顶不了多久了，赶紧走。该干吗干吗。"

周长川拍了拍张木林转身就要走，严敏突然拦住去路喊道："我已经是个有政治问题的军人了，就算我留下来，我也洗不清我的冤屈，你们带上我，我还有机会去证明我的纯洁性，如果你们就这样走了，我会背着汉奸女儿的罪名一辈子的。"

周长川的脚步停在了那里，怜惜得看着严敏，看着这个神情坚定的女人，好一会儿，才艰难地点了点头，严敏擦了一把眼泪，站到了周长川的身边。

潘云说："严姐姐，你们一定要当心啊。"严敏点了点头，潘云又跟周长川说："周大哥，你们一定要活着回来。"

张木林在一旁说："放心吧小潘，有我在，保证你能见到周大哥。"

潘云点了点头，跟着高小虎消失在了夜色中，不多时，北面入口处便传来了激烈的枪战声，周长川一行三人急忙钻进了树林，向着西面的山路跑去。

在定县县城里，日军第十二联队的指挥部里，刚刚从华北战场巡回视察而来的日军华北方面军司令官冈村宁次大将正坐在会议桌前训话，这是一个长方形的桌子，坂本吉太郎以及其他大队长和中队长都站在两旁认真聆听。

"此次围剿是要肃清整个山东这里的反日力量，前方我们的勇士正在浴血奋战，据我所知，我们现在跟美国的关系也很紧张，大战一触即发，所以，占领区域决不能出乱子，如果继续任由支那人的正规军和游击队损坏我们的援助设施和公路电线，我们前线的勇士们就可能要饿肚子，就要变成瞎了变成聋子，明白吗？特别是八路军的游击队，如同附骨之蛆，药劲儿一过便又迅速生长，因此决不能放松对游击队的打压。"作为刚刚上任华北方面军司令官的冈村宁次，为人谨慎、严肃，并具有极高的指挥才能。在这次围剿前，冈村宁次亲自成立了督导队，在各辖区中监督剿共实施方案。

坂本低着头一个立正，说："完全明白，司令官阁下，我们已经做好了全方位的进攻计划，目前在定县与河间县两地活动的敌人主要是八路军一个新编独立团，前些日子我们得到可靠的情报，明确了敌人藏身的地方，今天缺席的小川雪松已经带领一支炮兵中队和两只步兵中队连夜前去围剿，稍后派出去的富冈君和山本君将带领各自的部队对辖区进行一次大范围的扫荡，我相信，这次扫荡过后，在这一片区域将不会再有敌人的踪迹。"

冈村宁次点了点头说："现在你们的北方将由110师团的白泷旅团长亲自带领四支大队对辖区进行扫荡，你们的西面，驻扎在无极的加岛大队以及骑兵110大队正在进行围剿，东面有池上君的一个旅团和骑兵13联队进行围剿，他们的计划我都听过了，很严密。坂本君，我相信你的能力，你的父亲就是一位强者，我希望你也是，那么现在来谈谈你的围剿计划吧。"

坂本冲旁边使了个眼色，一旁的士兵连忙拿出一张地图铺在了桌上，坂本用手指着一点说："司令官阁下请看，这里就是梅子岭，根据可靠消息，八路军的一个新编独立团正在这里驻扎，依靠小川大队炮火的突然袭击，我相信，这次足以将敌人消灭大半，然后……"说着，坂本用手指着定县："这里，我们两个大队以及骑兵队还有皇协军将一同以扇形向外扩张，地毯式围剿，所有敌人都不会逃出这样的网，我也坚信，通过这次围剿，境内的支那军队将不复存在，独立 12 联队将可以完全无所顾忌地开始向主战区提供必要的物资支援。"

冈村宁次点了点头说："这样的围剿我相信应该是比较好的方案了，如果此次围剿成功，肃清境内所有的支那兵，我们的前方作战部队将不再受到物资匮乏之困扰，可以完全有实力歼灭所有的支那中央军，大日本帝国的胜利也将不再遥远。"

坂本抬起头，眼中闪烁着光芒："司令官阁下，我一定不辱使命，必定彻底消灭辖区内的抵抗力量，请司令官阁下放心。"

冈村宁次点了点头说："八路军的游击作战形式多种多样，我针对他们的作风研究了很长时间，如果你要想在战争中取胜，那么就要有更加诡异的布局，明白吗？我们也可以完全不按照正规军队的作战方式去对付这些游击队，敌人比我们诡异，那么我们就更要诡异。"

坂本说："谨遵司令官教诲，家父很推崇司令官阁下的作战方针，我很希望能够有机会向您学习，受您教诲。"

冈村宁次露出一丝笑容说："此次围剿如果顺利结束，我相信坂本君自然会受到嘉奖，到时候进入华北司令部的机会也就大了很多，我也希望你能够完成你父亲的抱负，为国家的振兴和天皇陛下的志向做出努力，好吧，大家都散会吧，我还要回华北战区指挥，这里的防务就交给坂本君了。"说完，冈村宁次带着警备队匆匆离开了会议室。

坂本站在会议桌前久久没有挪动脚步，这时，门卫进来说："报告联队长，从国内回来的一名士兵带来口信，说是要亲自告诉小野吉川少尉，请联队长指示。"

坂本的心思突然被拨动了一下，他抬起头说："把人带来吧。"

不多时，一名日本兵被带到了会议室。日本兵看到联队长，连忙立正敬礼说："报告联队长，我是从国内刚入伍的新兵吉田佳成，回国的一名伤兵让我给小野吉川少尉捎一句口信。"

坂本坐了下来说："小野君已经在战场上殉职了，你带的话直接跟我说吧。"

吉田愣了一下，说："是！那名伤兵说，关于中山惠子小姐的家庭住址以及父母名姓，在当地都无法查证，还有惠子小姐所说的学校，也没有相关的记录，还有……"

坂本举起手制止了吉田的报告说："好了，我知道了，你下去吧。"

当门卫关上门时，坂本陷入了深深的痛苦之中，他不知道自己的判断是否会成为现实，但是他宁愿就这样一直糊涂下去。

第四十七章 身份暴露

此时的赵婉正坐在床边，手里紧紧握着一张纸条，这是几天前一个穿黑衣的人送来的，戒备森严的指挥部他也能进来，除了汉奸，不可能再有别的身份。那黑衣人看到赵婉在窗前坐着，慢慢靠近了窗户低声说："请问是赵婉小姐吗？"赵婉警觉地一抬头，但很快又恢复了平静，她一句话也没说。

黑衣人说："赵小姐，你不需要说话，我也不是来揭穿你的，你的朋友托我带给你一张纸条，你看后就明白了。"说完，很快地将一张纸条递给赵婉便匆匆离开了，出门的时候还冲卫兵点头笑了笑。

赵婉心里一阵乱撞，她看了看四周，快速打开纸条。里面写着一行字："待敌倾巢出洞后，引坂本出南门外三里，雄静候。"

赵婉心中一阵激动，那正是林一雄的字体。

在这两天的煎熬和等待中，赵婉发现一支大队进驻到县城，所有的日军都在靶场练枪，指挥部的灯火从未熄灭过，她知道这就是林一雄所说的倾巢出动的前兆吧，她在等待着这一天的到来，当她看到冈村宁次被簇拥着离开，所有的军官都出了指挥部开始指挥军队出城时，她知道，这一天终于到来了。

她就这样静静地坐在床边，她时常会憧憬与林一雄相聚的那一刻该是怎样的激动，这几个月来，她已经受够了被拘禁在一个四处都是侵略者的地方。

日军的扫荡部队在城外集结完毕，坂本登上了城楼，看着城外的大批军队，无不自豪地说："帝国的勇士们永远都是如此的有气势，等他们与小川君的部队汇合后，整个定县的敌后都会是一片和平的土地，不是吗？"

身边的芥川宇嘴角露出一丝笑容说："是的，大佐阁下，这次八路军将无处藏身，只能被我们团团围困。"芥川宇话锋突然一转说："不过恕我直言，大佐阁下似乎并不是很开心，是有心事吗？"

坂本说："芥川君，你身为一个擅长狙杀的战士，不但能够抓住最适当的时机去杀人，还能察言观色一眼就看出别人的心思吗？"

芥川宇笑了笑说："对于我瞄准的目标，我会很尊重他，让他死得很有尊严，这也是我所追求的，不过，察言观色这种事，并不是我所擅长的，我只是刚刚得知大佐阁下的父亲病重，也许您正在为这件事而烦恼吧。"

坂本眼里闪过一丝杀机说："芥川君只是猜对了一半。"

芥川宇看了看坂本，发觉他似乎并不想说下去，也就没有再问。

福冈少佐和山本少佐带了各自的大队和伪军向几个重要的地点进发，队伍带着辎重慢慢向外面扩散开，直到消失在坂本的视野里。

当坂本回到县城时，整个县城就好似空了一般，完全没有了之前的嘈杂景象，现在整个县城也只剩下了大约一个中队的兵力，坂本跟芥川宇说："现在全城就剩这么些人了，你说如果突然来几个小股游击队，我们岂不是很头疼。"

芥川宇笑了："大佐阁下真的很会说笑，在这种紧张的局势下，我们都需要放松，不是吗？"

坂本笑着的脸慢慢低沉下来说："也许，我说的会成为现实呢？"

芥川宇连忙一个立正说："那么我将用自己的生命誓死保卫大佐阁下的安全。"

坂本看了芥川宇好一会儿，拍了拍他的肩头笑起来："芥川君，我相信你会的，既然暂时还回不了祖国，我也就要继续为天皇尽忠了，你传我命令，所有城门都要严防死守，让治安维持会的人也都去门口守着，绝对不准任何人出入，懂吗？"

看着芥川宇离开的背影，坂本的脸色又变回了阴沉，他慢慢向指挥部走去，在那里，一个谜团正等着他去解开。

当赵婉听见门外的脚步声时，她急忙将纸条塞进了枕头下面，坂本推门而入，虽然有所准备，但是赵婉还是对他的无礼闯入感到愤怒。

"难道大佐阁下就不能尊重一下我吗？难道不应该先敲门吗？"赵婉说。

坂本看了看赵婉说："惠子，叫我坂本君吧，听起来会亲切些。我的父亲正在家里受罪，我想他也许熬不过这几天了，可是我却只能留在这里为天皇尽忠，中国有句古话叫作忠孝两难全，我现在岂不正是如此吗？"

赵婉一皱眉，不知说什么，她尽量克制自己的厌恶，表现出同情之意说："那真的是很不幸，如果我的父母得了重病，我肯定会不顾一切回去看他们的。"

坂本站在那里好半天没说话，赵婉说："坂本君能陪我出去走走吗？县城难得这么安静。"

坂本默默地点了点头说："我也正想和惠子小姐好好谈谈。"

当二人出了房间后，坂本冲守在门外的一个士兵使了个眼色，后者悄悄潜入了赵婉的房间。

二人骑着马出了指挥部，身后跟着一支警卫队共十二人在县城街道上慢慢走着。

"我的父亲是大阪武士道协会的会长，我从小就很崇拜他，我希望自己能成为他那样的人，可惜，我连他最后一面都无法见到了。"坂本说着，此时的他正在等待一个结果。

赵婉心神不定地应了一句就再也没说话，坂本接着说："我的母亲三年前就去世了，父亲是我唯一的亲人，现在也将不久于人世，惠子小姐，请恕我冒昧，不知你是否愿意成为我的下一位亲人呢？"

赵婉顿时有些错愕，不知该如何回答，只是皱着眉低头不语，坂本突然笑了笑说："我这么说可能有点儿唐突了，其实第一次见到惠子小姐时，我就被惠子吸引住了，否则我是无论如何不会因为一个女人而放走那些支那人的。当然，请原谅我说得这么直白。"

赵婉抬眼向前看去，县城南门已经进入视野。她回答道："真的很感谢坂本君的厚爱，其实我对坂本君也有一些爱慕之情，只是这战争总是让人的心情无法平静。"

坂本闻言不觉低头笑起来："没想到惠子小姐也如此坦

白，是啊，如果没有这场战争，你我也许已经在大阪过上幸福的日子了，不是吗？"

马队慢慢接近南门，赵婉突然说："今天心情很好啊，坂本君，我们不妨出南门看看山坡上的野花吧，我这几个月都快闷死了。"

坂本笑了："外面很不安全的，惠子小姐想看花草我可以陪你去县城里面的小花园转转。"

赵婉故作不满地说："坂本君，你身为这里的最高长官，为何如此谨慎呢，大部队刚刚出城地毯式搜索过去，你说外面还能有什么危险？何况，有坂本君的保护，我相信是不会有问题的。"

坂本微微一笑没说什么，这时身后飞奔而来一匹快马，一名警卫赶到了坂本身边，在他耳边说了几句话，坂本笑着的脸慢慢僵硬起来，待警卫离开后，坂本停了好半天说："惠子小姐真的很想出南门吗？"

赵婉点了点头，坂本不再说什么，带着队伍向南门走去，南门口参与防守的有维持会的人，为首的一个戴墨镜的老头脱下帽子向坂本行礼，同时用眼角看着赵婉，这让赵婉感到一丝不安，她不知道这个人是否可靠，但是送纸条的那个黑衣人就站在他的身边，无论如何，她知道自己已经没有了退路。

第四十八章 深入虎穴

在县城南门外三里的一片山林里，周长川正趴在林子里的制高点紧紧盯着大路。他们已经在这里等了四五个小时了。

当他们绕过小川雪松的部队后，一路向北赶到县城南门时，已经是天明时分了，日军的部队正在城外集合。张小鱼匆匆忙忙地赶回来，指着县城说："鬼子正集合呢，至少三千多人，还有一个骑兵中队，二鬼子也有上千人，看样子马上就要出发了。"

周长川说："看来咱们刚赶上时间啊，只要等鬼子部队出发，坂本也就快出来了。"

"你们说的那个赵婉真的能把坂本引来吗？"严敏轻声问道。

林一雄不由得感到一阵紧张，周长川说："赵婉是绝对信得过的，只是坂本能不能上圈套就没底了，我们现在只能向好的方向考虑，如果错过这次机会，不光赵婉救不出来，敌人的围剿计划也会全面展开，对于我们部队的损失将会是致命的。"

严敏皱起了眉头冲张木林说："等会儿你可要瞄准点儿啊，要是打不着，你以后就再也别夸你是什么打猎出身的了。"

张木林笑了笑说："我这打猎技术你就放心吧，甭管什么坂本，就算老虎来了，我一枪也给他撂在这里。"

鲁大志在一旁说："没事，俺这身上还有把大刀呢，没等老张的枪响，俺就先冲上去剁了他狗日的。"他的话惹得一旁的喜娃子乐起来，鲁大志扭头冲喜娃子说："等会儿你就猫在这后面别上去，你小子看准了打，别打着我，听见没，能不能给你那曹老爹报仇，就看这次了。"

喜娃子一听到老曹头的名字不觉低下了头，他一直也没能走出这个阴暗的回忆。

趴在最前面的张木林向后面的人发出一个暗号，众人都沉寂了下来，大路上，一队近百人的特务自行车队伍快速向城南进发，先头部队已经到了张木林的视野里，大约前方六百米左右。

张小鱼在一旁说："我看到的特务和二鬼子的队伍至少四五千人。"

周长川说："鬼子一定是分散队伍，成扇形向南面扫荡过去，现在大路来的只是第一支部队，最前面一般都是汉奸的自行车队，后面会有伪军，然后才是鬼子的部队，这是拉网式扫荡，我们必须趴着别动，等他们全部过去了，再慢慢等城里的动静。"

林一雄在一旁点了点头说："大家赶紧从旁边找些枯树枝杂草铺在身上，一会儿都不要动，等鬼子全过去了再动。"

众人纷纷将干草树枝放在身上，周长川看旁边的严敏半天也盖不好，将自己身上的伪装盖在严敏身上说："等会儿你在我身后，只要我在，你就绝不会有事。"

严敏回了句："谁要在你后面。我爹肯定还在县城，可是我见不到他就没法说服他。"

"不要用自己的生命当儿戏，如果太冒险就不要去了。"

周长川就这样静静地趴在树丛里，眼看着一辆辆自行车从公路上向南面驶去，不多时，一队伪军小跑着通过了公路，虽然他们很想在鬼子面前表现良好，但是歪七扭八的队伍还是显出乌合之众的迹象。

最后跟上的便是日军，大约一个中队的样子，带队的军官骑着高头大马，身后整整齐齐跟着一队人马，队伍的严整跟之前伪军的阵容形成了鲜明的对比，即使在战场上冲锋时，日军也会很有序的排成一个阵列，这一点即便是对日军恨之入骨的周长川看来，也不由得暗自佩服。

当日军最后的一队人马走远了，众人才把身上的树枝推到了一旁，林一雄轻声说："现在就看赵婉能不能把坂本引出来了。"

周长川回过头说："为了保险起见，我带小鱼还有大志再往前一里探察情况，你们在后面听我的口信。"

周长川刚要起身，林一雄一把抓住他的衣角说："我也去！"周长川看了看林一雄急切的神情，点了点头，一行四人向南门方向赶去。留下了喜子，张木林还有严敏在后面接应。

张木林看了看严敏说："你真的不该来，这次救人还兼带了刺杀任务，我们这些人随时都可能交待在这里，你要活下来，还能救更多的人。"

严敏说："那你们活下来，还能杀更多的鬼子，不是吗？

你不能这么看轻自己的性命，都是爹妈养的，谁希望自己的儿子是给鬼子当炮灰的。"

张木林脸色阴了下来："我爹娘在天有灵，一定会理解我的选择，我已经没有了亲人，如果没有日本人，我们家现在过得很好，一家人和和睦睦，我想我现在都已经娶了媳妇，过上好日子了。"

严敏也低下了头，一旁的喜娃子说："你们说这些又让俺想哭了，谁还不想过个好日子，都是干活的汉子，结果被拉到这里打仗，你说练成神枪手又能咋样，那可是杀人，俺到现在也还是怕。"

严敏心里一阵悲戚："我虽然是为了信仰参军，但是我也不想见到这么多的伤亡，每当看到有人死去，我就难过，他们临死前的求救声和哀号声，总是在我耳边响起，我很想把他们救活，但是又总会去帮他们合上双眼，他们当中很多人还都只是孩子，我像他们那么大的时候还在上学，现在想想，坐在课堂的日子好过打仗的日子千倍万倍。"

张木林叹了口气说："如果我牺牲了，你们都别难过，就权当我去跟爹娘见面了。"

喜娃子闻言低头不再言语，严敏鼻头一酸说："说不定我还比你先牺牲了。"

张木林抬起头说："如果你牺牲了，我绝对会跟鬼子同归于尽，帮你报仇。"

严敏惊诧的抬起头看着张木林，从他坚定的眼神中看到这句话的可靠性后，便默默地点了点头，不再说话了。

在南门外的大路上，围剿部队留下的脚步印记还崭新如初，坂本和赵婉的两匹马正慢慢地踏着这些印记向前走着，在身后十余米处，警卫队紧跟在后面。

"很久没有看到城外的景色了，这气息让人心情很好，不是吗？"赵婉心里想到很快就能见到一雄，心情开始变得很惬意。

坂本的马稍稍靠后一些，他紧紧盯着前面的赵婉说："惠子小姐如何看待这场战争呢？"

赵婉稍微愣了一下，并没有回头，只是默默地说："毫无疑问，这场战争是错误的，不仅加深了两个国家的仇恨，也带给两个国家巨大的灾难，多少人因为这场战争失去了亲人，失去了家园，坂本君，你不是也因为这场战争而见不到病重的父亲吗？"

坂本点了点头说："是啊，我的父亲，是他让我从军的，却因为他的这个决定而在临终前无法见到自己的儿子。我的所有，都献给了天皇陛下，我甚至从来没有去想过这场战争的意义，但是，军人就必须服从命令，不是吗？"

赵婉看着四周的树林说："如果一个人把灵魂交给了从不关心自己的君主，你觉得有意义吗？"

坂本微微一皱眉，低着头看着马头，一只手放在了佩枪的盒子上，问道："我以前一直都觉得很有意义，但是直到认识惠子小姐后，我更愿意过一种温馨无争的生活。惠子小姐，如果一个日本军人爱上了一名中国女人，你觉得他们有可能在一起吗？"

赵婉心里微微一颤，她似乎感觉到了什么，但是她不愿放弃近在眼前的自由，冷冷地说："这是不可能的，日本军人只能用强硬的手段得到中国女人的肉体，却永远不可能得到她们的心。两个国家的仇恨已经太深，深到无法调和。"

　　坂本绝望地看了一眼赵婉，慢慢将那支德国造 P08 式 9 毫米鲁格手枪握在了手中，而这一切，赵婉全然不知。

　　坂本心有不甘地继续问："如果那个日本军人肯为了这个中国女人退役回国呢，难道那个女人还是不为所动吗？"

　　赵婉没有看坂本，只是默默地摇了摇头。

　　坂本终于被激怒了，说："那么如果将那个痴情的男人换成八路军或者游击队员呢？"

　　赵婉一惊，回过头去，一支乌黑的枪口已经指向了自己。

第四十九章 对峙

"坂本君你这是做什么？"赵婉心里已经知道了答案，但是如果暴露身份，那么前面的林一雄便再也等不到自己了，她的心里打了个死结，她并不怕死，却很害怕见不到这即将到来的幸福。

坂本笑起来，那笑声既悲戚又冷酷："我们已经走了两里了，是不是再走一里路你就能见到你的男人了？其实我一直想给你一个机会，我甚至愿意为了你抛弃天皇陛下赐予我们的信仰与荣耀，回去就算被人嘲讽我也不在乎，只要能得到你的垂青，可是，你一直都在骗我，你以为日本人看不懂中文纸条吗？愿意为大日本皇军效劳的支那人很多很多，但是我不想得到这样的结果，真的不想。"

赵婉到了此时，也就无所畏惧了，用中国话说道："如果你在家里过着幸福日子，我们跑去占了你的家，侮辱了你的老婆，然后杀光你的亲人，你会是什么感受呢？如果没有你们，中国人现在也就不会有这么多的灾难，难道你不明白吗？"

坂本眼里露出一丝寒光说："我们大日本天皇的初衷是要

带领你们支那人走向富强和文明，你们为什么要反抗，如果没有反抗，我们何必要大开杀戒？"

赵婉笑了，笑声中充满了嘲讽："你们日本人侵略邻国却还要找一个如此荒诞可笑的借口，你们从进入中国以来，杀了多少老百姓，仅一个南京城你们就杀了多少手无寸铁的老百姓，你们数过吗？你们没有，你们只是杀，累了歇会儿接着杀，你们还有一丝的人性吗？"

坂本怒道："够了！我再问你一遍，如果你愿意伴随我直到战争结束，我会当你是日本女人那样给你一个名分，生或死，你必须做出选择。"

赵婉倔强地说："生或死对于每一个中国人而言，是最平常的两个字了，你觉得真正的中国人还会在乎做这样的选择题吗？你们日本人真的很自大。"

坂本紧紧握着手枪指着赵婉，他只需要一用力，就可以结束这个女人的生命，但是，却会毁灭自己最后的寄托，坂本瞬间面临一次艰难抉择中。

就在坂本犹豫未决时，周长川和林一雄的枪口也瞄向了坂本。

周长川带了人向前一里路赶去接应赵婉，一行人顺着高处的梁子赶了一里路就停了下来，找了一块凹进去的山地几个人都伏在了里面，从这里正好看见大路。

周长川小声说："我和林一雄盯着大路，小鱼你注意警戒四周，大志，你的机枪一会儿可能要派上大用场，所以不要老想着用你的大刀知道吗？"

众人点了点头，林一雄说："如果能等来赵婉，希望大家帮我合力救出她，我一雄在这里谢过诸位了。"

鲁大志说："都啥时候了你还这么见外，再说了，俺们就算见到别人家的姑娘被鬼子掳走也是要救的，不在乎多救你家一个。"

张小鱼一边审视着四周一边笑起来："如果能宰了坂本，咱们团的反围剿就有戏了，他们的大王都被杀了，小喽啰哪儿还有心恋战呢。"

林一雄说："小兄弟此言差矣，坂本只是一个联队长，在他的上面还有师团长，还有司令官，他的死的确能够引起鬼子分心，要想他们彻底丧失进攻能力，那只有炸掉鬼子的军火库。"

周长川接着说："是这么个理，所以这次如果严敏同志能够策反她爹来帮咱们，那么这次行动有可能取胜。"

鲁大志在一旁说："嘿，要是那样就太解恨了，老子就算搭上这条命也心甘情愿。"

林一雄沉默了一会儿说："这样的行动又能活着回去几个人，你们想过吗？"

周长川叹了口气："其实，我真的很自私，这次行动我是抱着必死的决心来的，只是我一个人无法完成，所以带上兄弟几个，你们不会怪我吧？"

鲁大志脸色有些黯淡，说："俺这条命本就不值钱，死球了俺也不怕，就是不能白死，怎么着，俺也寻思要抱他一个大佐一起死，等下去了见了俺那村里的老少，俺也有个说道不是？"

众人一阵酸楚，张小鱼勉强笑了笑说："死有啥怕咧，当年我哥被鬼子绑树上用刀扎死，他连疼都没喊一声，要死，我也要像他那样，绝不喊一声疼。"

周长川说："鬼子打仗就是为了他们见都没见过的天皇，而我们是为了保家卫国，也是为了报仇雪恨，所以我们如果连死也不怕了，那我们就是一支不可战胜的力量。"

众人点了点头默然无语，向大路看去，这才发现远处已经有一队人马慢慢向这里逼近。

"最前面是两匹马，后面有一队人……"林一雄似乎意识到了什么，回头看了看周长川。

周长川仔细看了看说："这队伍很像赵婉在县城时的阵势，如果没猜错，前面两匹马就是她和坂本了。"

众人一阵激动，周长川命令道："现在敌人据此还有四百多米，开始检查弹药，等会儿放过敌人往张木林那里再走一点儿的时候打，这样敌人就算逃窜也只能往南逃，正好遇见张木林的拦截。"

鲁大志说："那边可就老张和喜娃子两个人，能行吗？"

张小鱼说道："不是还有严敏同志吗？"

鲁大志一瞪眼说："严敏那是卫生员，打仗能管用吗？"

周长川一摆手说："等会儿看情况，如果敌人数量多的话就让小鱼去支援老张，我们在暗处，鬼子最吃亏。"说完，周长川下意识地向大路对面的一片树丛里看去，在临近盛夏的季节里，树木长得特别茂盛，对面这片树林在阳光下也显得阴暗潮湿，要是能在那里设伏就更好了，刚才怎么会没注意呢，这念头在周长川的脑子里一闪即过，他又专心看向大路。

随着那支队伍的慢慢临近，林一雄紧张的手心直冒汗，周长川轻轻按了按腰里的驳壳枪，转过头，将师傅王翰的那支九七式狙击步枪平端起来，枪口慢慢伸向了草丛外，透过二点五倍的瞄准镜，周长川已经能够看清两匹马上面的人影，正是身穿和服的赵婉和一身军装的坂本吉太郎。

周长川在手指上蘸了点儿吐沫星子，伸到空中试了试说："今天这东风有点儿紧，一定要放近了打，不然可能会伤到赵婉。"

众人默默点了点头，周长川深深吸了口气，瞄了瞄坂本那匹马，却没有十足的把握，他不自觉地又看了看对面那块丛林，心想如果从那里瞄过去，应该能瞄得更准一些。

这时坂本的队伍已经进入到大约百米的距离，队伍却突然停了下来，周长川连忙看去，发现赵婉的马靠前一些正回过头看着坂本，坂本的身体被赵婉挡住了，就在两马稍微一错开时，周长川倒吸了一口气看着林一雄，后者不知道怎么回事，连忙问看到了什么，周长川说："坂本正用枪指着赵婉。"林一雄一惊，抢过望远镜仔细看去，猛地抬起头就想冲出去，被周长川一把按住了。

"他们后面有一个班的鬼子，你出去不是送死吗？"

"那你要我怎么办？难道看着赵婉被打死吗？"林一雄低声吼道。

周长川头也不回地说："小鱼，你赶紧到后面去叫张木林他们赶过来，我们要先打了。"

张小鱼应了一声起身沿着山梁跑起来，周长川紧紧盯着坂本和赵婉，两马一错开的工夫，周长川将手指放在了扳机处，在这样的紧急时刻，已经不容他多想什么，只能选择开枪。

第五十章 血染战场

在后面的张木林三人突然听见前面一声枪响，知道是交上火了，连忙提着枪站起身就要走，突然又停了下来回过头说："严敏，你在这里等着，我和喜娃子去支援他们，无论遇见什么事儿，你都趴着别动，知道吗？"

严敏一把抓住了张木林的袖子说："你小看我，我是卫生员，哪儿能躲在前线后方的。"

张木林一皱眉，想甩开严敏的手，但是她抓得很紧。

"你活下来还能救人，老实在这里趴着。"

严敏死死地抓着张木林说："生或死我都要跟长川在一起，明白吗？"

张木林无奈地看了看严敏，从身上抽出一支驳壳枪给她说："你要学会保护自己。"

严敏咬着嘴唇点了点头，三个人一同向周长川的隐藏地点跑去，就要到周长川那里时，跑在前面的张木林突然举手示意停下来，在他前方不远处，张小鱼倒在了血泊中，子弹贯穿了他的太阳穴，严敏慢慢爬过去看了看，冲张木林摇了摇头，张木林咬着牙向前爬了几米，看到了前方的周长川。

"老周，怎么回事？"张木林轻声喊道。

周长川比画了一个瞄准的手势，指向了大路对面的树林里。

在此之前，就在周长川准备扣动扳机时，枪声响了，周长川猛地回过头看去，张小鱼的身体正向另一侧倒下去，他迅速转了枪口瞄向对面的丛林，但是已经找不见敌人的踪迹，坂本因为这声枪响，急忙将赵婉的马拉到身旁，用赵婉的身体挡在了身前，周长川这个位置的最佳射击机会已经不复存在，一队日本兵连忙排开阵势四处观望，因为周长川一枪未发，他们也无法估算敌人的准确位置。

一时间，三方人马陷入了对峙。

周长川一阵懊恼，他本该早些意识到对面的危险，如果敌人也带来了狙击手，很可能会顺着对面山梁一路跟过来保护坂本，目前完全不知道敌人狙击手的人数以及方位，本来占优势的伏击，现在却变得毫无优势可言。

林一雄用拳头狠狠砸在土里，举着驳壳枪瞄着坂本。此时的坂本也知道，自己如果转身逃跑是绝跑不出狙击手的射程范围，只有用赵婉挡在身前，才有可能让敌人有所忌惮。

张木林带着严敏和喜娃子慢慢爬到了周长川身边，鲁大志先开口说："鬼子带了一个小队出城也就算了，竟然还带了个狙击手，现在我们也不敢开枪，会被敌人发现的。"

张木林说："那就一队人吸引火力，另一队人直接打坂本。"

周长川摇了摇头说："现在局势有些不妙，你看。"张木林顺着周长川的手看了看说："这下真的有些不妙了，打也不是，撤更不行。"

林一雄把心一横说："是不是有人冲出去吸引敌人你就能把狙击手干掉？"

周长川一愣，忙说："一雄你别干傻事，你用命引子弹太危险了，随时可能……"

林一雄打断了周长川的话说："我不怕死，只要你们能救出赵婉，让她过上幸福的日子就行了。"

周长川刚要说话，林一雄已经如同脱缰的野马冲了出去，周长川心里一惊，第一反应就是瞄向了对面的丛林，同时喊道："狙击手给我，其他人去支援一雄，快！"

话音刚落，对面一道光亮射了出来，子弹擦破了林一雄的头皮，他身子一歪，滚下了山坡，那里，正是坂本小队的所在地。

周长川的枪声几乎是在同一时间响起，子弹呼啸着射入丛林，但是直觉告诉周长川，没有击中目标，他本能地向侧面闪了下身，一颗子弹射到了刚才隐藏的地点，溅起一阵泥土。

周长川吸了口气，拉了枪栓举枪冲对面又是一枪，他并没打算能击中目标，但是必须要拖住狙击手，不能让他有空去对付其他人。

林一雄翻滚着跌落山坡，驳壳枪甩出去十米开外，他站起身就想去捡枪，坂本举起手枪一枪打在了林一雄的手臂上，他感到一阵钻心疼痛，捂着胳膊侧躺在了地上，赵婉看得真切，硬是甩开了坂本的胳膊，跳下马冲到了林一雄的身旁，用身体挡在了中间说道："你要杀我就杀吧，请你放了他。"

坂本冷笑道："你认为我会放走一个支那士兵吗？"说完就准备扣动扳机。

这时，树林里一阵枪声打了出来，日军士兵接连倒地六七人，其余的人连忙转换防御阵形匍匐在地上向林子里射击。坂本一个侧翻下了马趴在地上举着枪看着对面。

张木林瞄向趴在最前面的日本兵，一枪打过去，正打中头部，子弹击穿了帽子，鲜血顺着那名日本兵的额头淌了下来，喜娃子咬着牙很认真地瞄着日本兵，嘴里骂着："狗日的小鬼子，你们都下去给我曹老爹磕头去。"严敏不太会打枪，举着枪打出去，后坐力把她的手腕震得一阵发麻，张木林不时地把她往树后面拉，担心她中枪。

鲁大志端着枪瞄向坂本，却总是因为视线原因挡住了目标，急得低吼了一声，端起歪把子机枪就冲了出去，张木林想叫住他，一声喊喝却被淹没在了枪声之中。

机枪的子弹扫过，日本兵又有两人再也没能爬起来，一梭子子弹打完，鲁大志瞪圆了眼睛，扔了机枪，迅速从背上抽出大刀冲向了敌人，仅剩的两名日军立刻起身向大志冲过来，张木林在后面提着枪就往外冲，喜娃子瞄不准敌人，也端着三八式步枪冲了出去。

鲁大志一刀劈向一名日本兵，被枪杆拨开了，另一个日本兵的刺刀已经扎进了大志的腹部，他怒吼一声，斜里一刀劈过去，日本兵的胸口顿时鲜血迸流瘫倒在地上，另一名日本兵趁着这档口一刺刀扎过来，鲁大志已经无力再抵挡，任由这刺刀扎进了胸口，后面赶来的张木林冲到近前一个枪托把日本兵砸得倒退数步，然后举起枪结果了鬼子的性命，喜娃子眼看鲁大志的身体要倒下去，连忙跑上前扶住了他，将他慢慢地放在地上。

张木林抬头四处找坂本吉太郎，突然发现一匹快马向县城方向飞奔过去，骑在马上的正是坂本吉太郎。

张木林一跺脚，就要去拉赵婉那匹马，路边一个满脸是血的日本兵微微扬起了头，端着三八式步枪向张木林瞄去，严敏此时正赶到鲁大志跟前，往前一看，瞬间就看到了危险，她不顾一切地飞奔过去，喊了声危险，身体已经挡在了张木林身前，一颗子弹贯穿了严敏的胸口，擦着张木林的脸颊呼啸而过，张木林本能地转过身掏出驳壳子枪几枪结果了敌人性命，严敏也倒在了地上。

张木林心头如同刀绞一般，喊道："严敏，你醒醒，你不能死。"

严敏睁开眼，却已是气息急促，将手中的驳壳枪递给张木林，指了指南门方向。张木林狠狠一跺脚，猛地站起来飞身上了马径直向县城方向追去。

山坡上的周长川和芥川宇已经对峙了很久，大路上枪声喊杀声不断，周长川心里着急，却还要紧紧盯着对面的敌人。芥川宇此时也明白，如果去支援坂本吉太郎，那么自己也要送命，两个人就这样形成了对峙局面。

赵婉撕下衣角给林一雄一边包扎伤口，一边流着眼泪说："你不要命了，一个人冲下来，我都说了，如果你我要死去，我情愿死在你前面。"

林一雄勉强点了点头说："没事儿的，都没打到致命处。你别管我，去看看其他人的伤，要赶紧撤离才行。"

不远处，喜娃子抹着眼泪抱着鲁大志，此时的大志已经气息微弱，他四处看了看说："坂本杀了没？"

喜娃子说："林子哥去追了，你放心，他是打猎的，没啥东西能跑出他的手心。"

鲁大志想笑却没笑出来:"喜娃子,以后的任务就靠你了,俺爹娘在跟俺招手了,等俺去找了他们,你记得……别再……是那熊样子了……啊?"

喜娃子狠狠地点了点头,再看鲁大志,已经没有了气息。

赵婉心疼得低下了头,林一雄也不忍心转过了头去。喜娃子突然端起歪把子机枪,换了个弹夹,疯一般地朝着对面山坡的林子扫射过去,子弹击打着树枝啪啪作响,芥川宇紧紧地靠着一棵树后,等到一梭子弹扫过,芥川宇突然间回身瞄过去,一枪打中了喜娃子的大腿,喜娃子向后退了几步,机枪被扔出去三四米远。

与此同时,周长川的子弹也已经打了过来,周长川就是在等这个机会,当芥川宇的子弹射出时,周长川已经精准地找到了他的位置,这一枪过后,对面林子里突然一阵静寂,就在周长川微微猫起身时,一颗子弹准确地击中了周长川,他的身体向后倒去,不再动弹。

喜娃子爬着想去捡枪,一颗子弹打在地上,他不由得收回了手。丛林里慢慢走出来一个人,正是芥川宇,他显然也中了弹,手捂着左腹部,狙击枪背在身后,握着手枪的手明显有些颤抖。

林一雄本能地想去捡枪,芥川宇冲赵婉说:"请允许我还叫你惠子小姐吧,如果我是你,就绝不会让他去干送死的事情。"

赵婉抓住了林一雄的手,摇了摇头。

芥川宇勉强做出一个胜利的姿态说:"我不得不承认,你们的伏击真的很精彩,如果我没有事先准备,你们现在应该已经满誉而归了,不是吗?可惜你们的狙击手太差劲了点儿,就像当年一样差劲儿。"

赵婉咬着嘴唇说："你认为你们日本人还能风光多久吗？全国的反日风潮迟早会将你们赶出中国的土地。"

芥川宇笑了："我很期待，不过我更期待你们将要面临的死亡，有时候我也奇怪，坂本君怎么会如此空虚，竟然喜欢上你这个支那女人，你的日语水平的确不错，我都以为你就是我们帝国的女人。"

林一雄瞪着芥川宇说："你少废话，不就是一死，我们能死在一起也比你舒服，你死了也见不到亲人。"

芥川宇并没有完全听懂，但是他却领会了些许意思，他看了看一旁捂着伤口的喜娃子，又看了看林一雄说："你们想死在一起可能还有点儿困难，坂本君也许还惦记这个女人，无论如何我不想扫了他的雅兴，至于你们两个支那士兵，也许就要跟这片土地永别了。"

说完，他举起枪指向了林一雄，赵婉用身体挡在了前面，芥川宇无奈地说："好吧，让你多活几秒，你先死吧。"枪口指向了喜娃子，喜娃子一闭眼，一句话也不说。

就在芥川宇扣动扳机的瞬间，他突然感觉到山坡上的风声，那是一种危险的信号，这种危险并不是他所能左右的，一声枪响过后，芥川宇捂着脖子向后看去，林木间，一支乌黑的枪管正冒出一丝青烟，周长川打完这一枪，慢慢倒了下去，捂着伤口蜷缩在了地上，之前的子弹已经贯穿了他的小腹。

第五十一章 蜕变

定县南门外，一匹马飞奔而来，后面紧紧跟着另一匹马，不时地还有枪声响起。严景和向外张望着，手里握着枪，却给身旁的郑三使了个眼色，让他不要轻举妄动。

跑在最前的战马上正是坂本吉太郎，后面紧追不舍的是张木林，后者咬着牙抬枪射击，但是在马背上始终无法瞄准，全都放了空枪，眼看着坂本就要冲进了南门，张木林恨得牙根痒，举起枪接连打出三枪，一颗子弹击中了马匹，战马猛地向前翻倒，坂本吉太郎被甩出去几米远，重重跌落在地上，他艰难的站起身抹了一下脸上的血迹，向南门一瘸一拐跑去，然而没跑出几步，便倒了下去，张木林的一颗子弹击中了他的后背，鲜血染红了整个军装，南门的守兵纷纷冲了出来，向张木林射击。

此时的张木林已经把心横下，不再去想自身的生死，他骑马冲向敌群，被数颗子弹击中，张木林翻滚着跌落在地上，坂本吉太郎微弱地向赶到的日本士兵说："你们立刻派一支小队去大路两里外的地方接应芥川君，还有，抓住惠子小姐，要活的……"几名士兵连忙将坂本抬起来送往县城。

倒在地上的张木林想爬起来，却已全然没有了力气，几个日本兵端着刺刀正要上前，严景和在一旁叹了口气，提着枪跑到近前说："太君，让我来，别累着你们。"

说完，严景和用枪顶住了张木林的头，低声说："看在我闺女的份儿上，我让你走得爽快一些吧。"

张木林抬起头，茫然地看着天空，喃喃说道："严敏……快去救……严敏……"严景和的枪在空中悬了好半天也没能扣下扳机，被一旁的日本兵一脚踢到了一边，刺刀一刀一刀地扎向张木林。严景和呆呆地坐在地上仿佛丢了魂魄一般，郑三连忙跑过去扶起严景和小声问："爷，您这是怎么了？"

严景和看了看郑三，突然笑了："你说这狗娃子可恶不可恶，临死了还不忘吓我，你说这是什么用心，这孩子……"后面的话没说出来，严景和便起身跌跌撞撞往城南跑去。

日军的一个小队赶到了出事地点，地上横七竖八躺着十几具日本兵的尸体，当中还有芥川宇，八路的游击队已经不见了踪影。

严景和在郑三的搀扶下跑到出事点，一眼就看到了倒在地上的严敏，急忙扑过去扶起严敏，此时严敏还有微弱的气息，严景和抱着女儿骂道："你说你个天杀的，老子就你这么一个女儿，你咋就一点儿也不珍惜自己，死就死了，还死在老子眼前，你……"

严敏微微睁开眼睛，微弱地说："爹，临死能见你一面，女儿知足了。"

严景和抹着眼泪要抱严敏离开，却被严敏制止了："爹，我不行了，不用费劲了……我不后悔，如果爹能念着女儿这条命，不要再当汉奸了……鬼子……军火库……"

严景和狠命地点了点头说："爹答应你，爹不当汉奸了，爹知道错了，小敏……"而此时，严敏已经垂下了头，再也没有了呼吸。

入夜时分，昏死过去的严景和慢慢醒了过来，一睁眼就看到郑三站在身边，他猛地抓住郑三的衣袖问道："我女儿是不是真的没了？快说啊！"

郑三低着头很久才说道："老爷子您别难过，敏丫头的尸体我已经给埋了，在她身上拿了这块玉，您看……"

严景和将玉颤颤巍巍的拿到眼前，仔细看了看，不由得捂在胸口骂道："原来不是在做梦，你这个傻闺女啊，你参加什么不好，非参加共产党，鬼子那是好惹的吗？是要拿命给人家的啊……"

郑三说道："爷，我老早就看不惯鬼子了，他们杀了那么多中国人，如果这次扫荡成功了，还要死很多人，不如咱们就反了吧，您说呢？"

严景和慢慢地将墨镜摘了下来，露出眼睛上的烧伤说："当年，那女人嫌我穷，说要带着女儿走，我一狠心，就放了一把火把她给烧死了，眼睛上留下这疤痕，为的什么？还不是为了这个女儿，我穷得跑回家跟老爷子要地，他不给，我又一狠心，也送他老人家归了西，又为了什么，还不是为了小敏，我已经一把年纪了还要当汉奸，为的是能保住那丫头的命，可是，最终还是得了报应，是我干了太多缺德事儿，招报应了。"

郑三呆呆听着老爷子说出十几年前的秘密，心里说不出的滋味儿，这时，严景和重新戴上了墨镜说："既然做了一辈子的坏事，临末了，也让我做次好事吧，下去了也不至于被女儿指着脊梁骨骂我，这辈子算是跟她形同陌路了，总不能下去了还是互相不理吧？你说是吧？"

郑三点了点头说："老爷子准备怎么做，我郑三至死相陪。"

严景和抬头看了看郑三说："估摸着整个维持会也就你，我还能信得过了，那就咱爷俩去会会鬼子？"

郑三点了点头，出了门去准备了。

大约后半夜的时候，两条黑影逼近了指挥部后面的弹药库，大部队开拔，县城显得异常冷清，门口只有两个门卫，严景和跟郑三慢慢走过去，被日本兵拦住："前面是什么人？"

郑三连忙说道："太君，是我们，维持会的。"

两个日本兵上下瞅了瞅两人说："很晚的，你们到这里，什么的干活？"

郑三笑了笑，给两个人点了支烟慢慢地说："我们俩是来要你们命的干活。"

日本兵还没反应过来，严景和已经掏出驳壳枪两枪打死了守卫，郑三说："爷，里面没守军了，您进去，我来挡着鬼子援军，我郑三就先走一步了。"

严景和定定地看着郑三，露出金牙，裂开嘴笑了笑，慢慢拍了拍他的肩膀，转身径直走到大门，一枪打碎了门锁，推门进到了仓库。

这个弹药库是以前的粮仓改建的，大约五六亩地的大小，枪械弹药整整齐齐地排列在库房里，严景和慢慢地将那块带血的玉佩放在了一个箱子上，嘴角露出一丝欣慰地说："丫头啊，临末了，爹也当一回好人，你拿命去救那些个人，爹不怪你，你等着，爹这就下去陪你，咱爷儿俩好好唠唠。"

这时，门外的枪声停了下来，严景和慢慢拿起一颗 97 式手雷，拉掉了撞针，这时，一队日本兵已经冲了进来，严景和笑着说："小鬼子，今天你们也尝尝自己造的东西是个什么滋味！"说完，将手雷往箱子上狠狠砸了下去……

坂本在指挥部医务室接受治疗一直到傍晚，除了脸部的擦伤，肋骨也摔断了两根，但是致命伤在后背，医生慢慢地取出了子弹，坂本迷迷糊糊地问："我这伤有得治吗？"

"联队长，您总算醒了，您身上的子弹已经取出来了，但是您现在还很危险，需要特殊照顾，不能有任何闪失……"医生的话还没说完，屋外传来一阵剧烈的爆炸声，整个县城都开始轻微晃动，窗外的火光映红了黑色的夜空。

门外连跌带撞冲进一名警卫喊道："不好了，联队长，军火库被炸了，整个营房军需都炸没了。"

坂本吉太郎瞪大了眼睛想要说什么，但是刚坐起来，一股鲜血便从口中喷洒出来，身体径直倒在了手术台上，再也没有了气息……

尾 声

浓密的树林遮挡了前进的道路，四处的燥热侵袭着走在这里的每一个人，即便是很有方向感的人，在这样的林子里，也似乎失去了目标，变得有些无所适从。

树林的深处，林一雄艰难地背着周长川，虽然经过了简单包扎，但是两人的伤口依然往外渗着血，染红了一大片衣服。赵婉扶着喜娃子走在他们的身后，一行四人不分方向前进，努力摆脱着后面的追兵，他们已经在林子里行进了整整一夜。

"周长川，你一定要活下去，你救了赵婉，你就是我林一雄的恩人，我绝不能让你死。"

周长川紧紧靠在林一雄的背上，身上的鲜血顺着林一雄的后背慢慢淌下来，他的声音变得极其微弱："我昨晚好像听到一阵爆炸声，你听到了吗？是不是……弹药库炸了？"

"我也听到了，那声响是大批弹药爆炸才会有的动静，难道严老爷子真的帮了咱们一把？"

喜娃子在一旁说："如果真的是眼镜和干的，那我就敬佩他这一次，不再跟他追究以前的血债。"

赵婉沉默了许久说："严敏是个好人，她不该卷入这场战争，我们本可以带她走。我不该告诉她在南门看到她爹的，不然她也不会执意要留下来，她的伤口如果及时治疗也许还能活，但是她要用自己的死来说服她爹，在生死抉择之间，她还是选择了牺牲。我们失去了太多，我一点儿也不觉得值得。"

周长川努力转过头看着赵婉说："在这场战争中，生死本就很渺小，如果死得其所，死得有价值，我们的战士就没白死，如果弹药库真的炸了，我也就安心了，你们放下我快走吧，我已经没办法坚持回去了……"

"放屁，上回你也伤得很严重还不是好了，老子不相信你周长川能死在我前面。"林一雄咬着牙骂道，眼泪却流了下来。

"这次我真的不行了……我自己清楚，我也不想……不想拖累你们。有时候，我是真的感觉累了，一闭眼……就看见师傅和顺子，还有死去的战友，我是该去看看他们了。"

林一雄艰难地向前走着，冲身后的周长川说："你小子不能死，如果方向没错的话，我们绕过这个梁子就能进入中央军的防区，我给你找最好的医生。"

"一雄……我其实一直想问你，你……从一开始，真心没看上我这支游击队吗？我一直都想着能拉你入伙。"

林一雄迟疑了一下，喃喃说道："说实话，长川，你这支队伍是我见过的最好的队伍，我在任何一支中央军里也很难看到有你们这样的战斗意志，能够成为你们的一员，我林某深感荣幸。"

"嗯……有你这句话，我们的牺牲……就有价值了，我们……不是不想多杀鬼子，我们只是没有更多的武器，我们的队伍……每一个人……都是……最可爱的……也是最勇敢……"

周长川的身子慢慢沉了下去，林一雄忍住眼泪，将他的身体向上提了提，加快脚步继续向前走，喜娃子在一旁连声呼唤了一阵，不由得小声哭起来。

三人走出林子的时候已是旁晚时分，被一支国民党军队的巡逻队发现，带到了营地，医生跑上前摸了摸周长川的脉搏，无奈地摇了摇头，林一雄一把抓住医生说："你摇个什么头？快点儿救人啊，我不相信他死了，快救人！"

"这人身上的血快流干了，已经没办法了。"医生叹了口气转身走了。

林一雄还想去拉医生，被几个士兵推在了一旁，这时走来一个营长级别的人问："你们背着个死人，还都负了伤，竟然从鬼子的封锁线走出来，的确是够厉害，说说吧，你们是哪支部队的？出于人道，我会派人把你们送回去。"

林一雄木然地蹲下身，用袖子裹住手腕，轻轻地擦了擦周长川脸上的血迹，抬头看了看赵婉，又看了看喜娃子，回过头冲那名军官说："我们以前是定县一支无名的游击队，今后，我们依然会是一把直插敌人心脏的利刃，这一点，也许永远都不会变了……"

一年后，一九四二年深秋。

残阳如同血色一般洒在土地上，映衬出成片的野草，起伏的山峦中隐隐现出一支马队，为首的军人穿着一身日军少佐军服，身后跟着十余骑士兵一路尘嚣向定县赶去。

紧随身后的一名副官喊道："宫泽少佐，我们的行进速度是否太快呢，这定县周围并没有大股敌军，我们完全可以放慢速度。"

宫泽少佐稍稍勒住绳索回身说:"混蛋,难道你忘了坂本阁下是怎么遇袭的吗?难道你认为我们此时的实力强于坂本阁下吗?不要因为这里是占领区而轻视敌人,这些支那人的游击队并不是容易对付的,明白吗?"

副官低头应诺,转身向后面的骑兵高喊一声,准备加速前行。

此时,两支乌黑的枪管正静静地隐蔽在一丛杂草之间,枪管后的一人死死盯着那支小队,发现敌人加快速度,不由得微微动了一下。

"怎么,敌人速度加快,你怕了?"

"怎么会,我只是感觉身上有点儿痒!"

"你这个扶不上墙的喜娃子,真不该带你来!"

"我怎么就扶不上墙了,我既然叫你师傅,自然不会给你丢脸,就算鬼子跑得比子弹还快我也能打到,瞧着!"说完,喜娃子屏气凝神死死盯住队伍的最前锋,子弹出膛,日军小队的副官应声跌落马下,马队顿时乱了阵脚,纷纷驻马四处张望,分毫之间,第二颗子弹也已经打出,正中宫泽少佐要害,尸体翻落马下。

喜娃子急了:"我知道了,原来你故意激我,让我打了第一枪,鬼子停下来了你才去打最容易那枪,你……你抢我功劳。"

此时,林一雄拨开伪装,露出坚毅有神的眼睛笑着说:"只能怪你笨,还能怎么办,走吧,鬼子马上就冲过来了!"

"你……你要补偿我!"

"好好好,回去让你师娘给你烤个玉米吃,快走吧!"

　　两个身影迅速消失在丛林中，向远处匿去，再也没了踪
影……

（完）